希利斯·米勒述行理论研究

王雅楠 著

东南大学出版社
·南京·

图书在版编目(CIP)数据

希利斯·米勒述行理论研究 / 王雅楠著. —— 南京：东南大学出版社，2022.11
　　ISBN 978-7-5766-0266-1

　　Ⅰ.①希… Ⅱ.①王… Ⅲ.①解构主义－文学研究－美国－现代 Ⅳ.①I712.065

中国版本图书馆 CIP 数据核字(2022)第 183169 号

责任编辑：陈淑　责任校对：子雪莲　封面设计：顾晓阳　责任印制：周荣虎

希利斯·米勒述行理论研究

著　　者	王雅楠
出版发行	东南大学出版社
社　　址	南京四牌楼 2 号　邮编：210096　电话：025 - 83793330
网　　址	http://www.seupress.com
电子邮件	press@seupress.com
经　　销	全国各地新华书店
印　　刷	南京迅驰彩色印刷有限公司
开　　本	700 mm×1000 mm　1/16
印　　张	10.75
字　　数	202 千字
版　　次	2022 年 11 月第 1 版
印　　次	2022 年 11 月第 1 次印刷
书　　号	ISBN 978-7-5766-0266-1
定　　价	59.00 元

东大版图书若有印装质量问题，请直接与营销部联系。电话(传真)：025 - 83791830

目　　录

绪论 ………………………………………………………………… 1
　一、述行的概念及范畴 ………………………………………… 1
　二、关于希利斯·米勒的研究 ………………………………… 5
　三、统会问题、适度诠释、践行理论 ………………………… 17

第一章　述行理论的发展及演变 …………………………… 20
第一节　述行：从语言到文学 ………………………………… 20
　一、文学述行：从奥斯汀到德里达 …………………………… 21
　二、跨越文学的述行理论 ……………………………………… 24
第二节　述行理论与其他理论 ………………………………… 27
　一、述行理论与言语行为理论 ………………………………… 27
　二、文学述行与文学本质论 …………………………………… 29

第二章　米勒的文学述行理论 ……………………………… 35
第一节　文学的三重述行 ……………………………………… 35
第二节　述行性文学语言 ……………………………………… 39
　一、文学语言的述行性特征 …………………………………… 39
　二、文学述行中的自我与他者 ………………………………… 45
　三、述行性情感 ………………………………………………… 49
第三节　述行性文学阅读 ……………………………………… 52
　一、阅读的伦理 ………………………………………………… 55
　二、述行性阅读方法：修辞性阅读 …………………………… 61

三、文学述行理论视域中的文学、人文学科与大学 …………… 67

第三章　米勒媒介批评的述行之维 …………………………………… 75
　第一节　作为制造者的媒介 ………………………………………… 75
　　一、媒介:从载体到制造者 ………………………………………… 76
　　二、媒介的述行方式:心灵感应 …………………………………… 78
　　三、媒介就是意识形态 ……………………………………………… 83
　第二节　赛博空间的媒介与文学 ……………………………………… 88
　　一、媒介的述行视域中的"文学终结论" …………………………… 89
　　二、理解媒介:媒介的修辞性阅读 ………………………………… 95

第四章　米勒图像阅读的述行之维 …………………………………… 99
　第一节　图文关系的述行之维 ……………………………………… 100
　　一、语境:从文本到图像 …………………………………………… 100
　　二、文本中的插图:共生而异质 …………………………………… 102
　　三、阅读泰纳:述行性图像阅读 …………………………………… 106
　第二节　数字复制时代的图像阅读与文化批评 …………………… 109
　　一、米勒述行理论视域下的文化批评 …………………………… 109
　　二、米勒文化批评实践:人类世偶像的黄昏 ……………………… 114
　第三节　建立图像述行理论的可能 ………………………………… 119

第五章　米勒的述行性阅读实践 …………………………………… 123
　第一节　修辞性阅读:《押沙龙,押沙龙!》 …………………………… 123
　第二节　修辞性阅读:广告 ………………………………………… 126
　第三节　展望:米勒的述行理论与自媒体时代的文学 …………… 128

结语 ……………………………………………………………………… 139
附录一　希利斯·米勒学术年表 …………………………………… 142
附录二　希利斯·米勒在中国 ……………………………………… 152
参考文献 ……………………………………………………………… 155
后记 ……………………………………………………………………… 166

绪　　论

J. 希利斯·米勒(J. Hillis Miller,1928—2021)是美国著名文学批评家,解构主义批评的重要代表人物,20 世纪 70 年代至 80 年代初与同在耶鲁大学任教的保尔·德曼、哈罗德·布鲁姆、杰弗里·哈特曼并称"耶鲁学派""耶鲁四人帮"。希利斯·米勒同时也是欧美文学及比较文学研究的著名学者。其在中国声名斐然一是因其理论建树,二是因为 20 世纪以来他曾多次来到中国,积极参与学术活动和学术交流,与中国学者建立了良好的关系。本书以希利斯·米勒的述行理论和述行批评观为研究对象。米勒的述行理论以语言为核心,强调文学、媒介、图像等与现实世界的交互关系,关注读者的阅读和批评行为的建构性品格。因此该理论表现出宽广的理论包容性和极大的实践性,值得关注和研究,或可为文学研究、媒介批评甚至文化批评提供可资借鉴之处。

一、述行的概念及范畴

述行,"performative",被译为"述行的""施为的""施行的"或"述为的"。其含义是语言在被言说的同时本身也是一个行为,即用语言来行事。例如某国家元首在奥运会开幕式上说"现在我宣布第 15 届奥林匹克运动会正式开幕"。这句话既是一个陈述,又是一个行为。因为在他说出该句话的同时,奥运会开幕这个行为就发生了,这就是具有述行功能的述行句。如果是某观众说"奥运会开幕",那就只是在陈述事实,不具备述行的功能,不会决定奥运会是否开幕。述行有多层含义,既指某一个特定的句子,又指用语言来行事的现象。因此述行既存在于话语和文本中,又存在于阅读和批评中。希利斯·米勒在《文学中的言语行为》中概括了他所探讨的述行的含义:"短语'述行'是一个统称,用来命名语言做事情的普遍力量,尽管需要确认每一个述行在某种程度上是不同的。"①这即本书所要讨论的"述行"概念的核心内涵。

述行这个概念是由 J. L. 奥斯汀首先提出的。他在研究语言的效用时为了区分言语的功能,用述行来命名言语行事的功能。奥斯汀在《如何以言行事》中区分了日常用语中所包含的两种话语,一种是"constative utterance",即陈述话语,或述愿话语,用来陈述现象,例如"奥运会开幕了""他们结婚了",这样的语句陈述的是一个事实、状态或者现象;另外一种是"performative utterance",即述行话语,用来做事。乔纳森·卡勒在《文学理论入门》中对述行和述行语的概念和发展历程进行了阐释。他认为述行指语言修辞的过程,是语言的行为,在述行理论中语言建构世界,而不是重复或者反映世界。

从词源上来看,"performative"作为形容词,意为涉及动作行为的、与动作行为有关联的,作为名词则指一个行动的声明。作为一个独立的词,"performative"是由奥斯汀自己创造的,后因其广泛的理论影响得以延续使用至今。"performative"的词源是"perform"。"perform"有两个来源:一是源自诺曼时代英国所用的法语,其中"form"强调演奏家执行的动作,"per"强调动作的完成;二是基于戏剧、音乐表演,包括"制造、建造、生产、实现"等含义,同时也表示梦想得以实现,实现梦想的时间要求是"活得长久"。由此"perform"具有三个含义:① 做:履行、执行;② 演出,表演;③ 工作,运转。因此在述行概念中突出强调了行为。2004 年出版的《牛津高阶英汉双语词典》中并未收录"performative"一词,然而 2014 年"performative"则被收入词典中,作为形容词其释义为"表述行为的(如说 I promise 或 I apologize,同时表示许诺或道歉)",并提示参见"constative"(奥斯汀用来与"performative"对应的词语,译作"述愿语")。这一变化一方面表明了"performative"不再是小范围的学术用语,而是已经被广泛接受和正式运用,另一方面也暗示了述行理论在现实生活中使用效用的丰富性。

需要特别强调的是,与述行相关的概念有两个不同的形态,经常被混用。一是"performative";二是"performativity",可译为"述行性",也可译为"操演、施行或者展演"。"performativity"是一个使用范围较为广泛的理论概念,不仅被用于

---

① J. Hillis Miller. Speech Acts in Literature[M]. Stanford:Stanford University Press,2001:2.

文学领域,在性别研究、科技研究和社会经济学中亦有涉及。"performativity"同样强调话语的行动力以及建构性,同时揭示个体与社会话语结构中的距离和关系。米勒认为,"performativity"理论和当下的"表演研究"是后来发展出来的杂合概念,糅合了言语行为理论、福柯的思想和最初的表演研究①。这都可以纳入广义的述行理论中,同时也显示了述行理论自奥斯汀之后的两条路径(这将在后文进行详细阐释)。后期"performativity"被运用于语言、哲学、人类学、法律、性别研究、行为艺术甚至经济领域。"performative"探讨语言自身,而"performativity"则与社会语言相联系。在这个意义上说,"performative utterance"译为施为语,"performativity"译为述行性更为恰切。"performativity"是朱迪斯·巴特勒的"性别述行"的核心概念。学界一直认为巴特勒受到奥斯汀理论的影响,巴特勒自己也在理论发表后撰写文章将自己的理论与奥斯汀的理论相联系,但是在巴特勒的作品中"performativity"和"performance"是混用的。事实上,很多时候国外的学者们也并没有对二者做出区分,乔纳森·卡勒的《文学理论入门》即使在探讨巴特勒时也用了"performative"。但无论用词怎样混乱,述行概念中语言行事的力量是不可被忽视的。

我国学界在翻译和引介"performative"时也遇到了一些问题。在翻译"performative"时,"施为""述行"的使用较为广泛,米勒的《跨越边界》一书中也出现了"践行"的译法,而盛宁教授则将其译为"述为"。其实如盛宁教授所说,"performative"这个词在日常用语中并不存在,只是在学界具有意义,因此无论选择何种翻译都可。

"施为",并不是一个标准的现代汉语词汇,而是作为一个合成短语被运用于语言学和文学研究中。"施为"是"实施行为"的简称,目前语言学领域对"施为"的运用更加广泛,如对施为句的语用研究等。"施为"进入学术领域始于20世纪70年代末国内对于国外语言学研究成果的引介。J. L. 奥斯汀的《如何以言行事》被引入中国,该书不仅成为国外语言哲学研究的基础,也对我国的语言和文学理论研究产生了深远影响。1979年出版的《语言学译丛》中许国璋摘译了奥斯汀书中的重要概念,他将书名译为《论言有所为》,并将"constative"译为"有所

---

① [美] J. 希利斯·米勒. 德里达独特的述行性理论[M]//王逢振,周敏. J. 希利斯·米勒文集. 北京:中国社会科学出版社,2016:546.

述之言"、"performative"译为"有所为之言"。该文成为国内对奥斯汀理论引用的源头。之后通过中国知网检索到的最早以"施为"作为关键词的论文发表于1982年,题为《英语中的施为句》,其中引用了许国璋的译文,并明确提出"performative sentences"为实施行为句,简称为施为句。1988年王宗炎主编的《英汉应用语言学词典》问世,在词条"施为性言语行为"中,他附注:"从吕叔湘先生意见,不译为施事性言语行为,以免与 agentive 相混。"此后国内语言学领域对于奥斯汀理论的翻译都采用了"施为"。

述行,亦不是标准的现代汉语词汇。述行,意思是指用语言来使行为发生,同时也有讲述行为的含义。东汉蔡邕的《述行赋》,描写了他在被当权的宦官强征赴都城洛阳途中的所见所闻,"心愤此事,遂托所过,述而成赋"。这里的"述行"是讲述、记述行程的意思,多见于对汉朝赋体的研究中。而魏晋时期文人品评之风盛行,不少文学作品记述了文人的言行,但这个"述行"只是现在我们讨论的述行理论的含义之一。2000年陈永国翻译的《现代性、后现代性与新技术制度》一文中将"performative utterances"译为述行语段①。随后出版的对米勒文章的翻译专著中,"述行"和"施为"皆有使用直至当下。进入20世纪,对于德曼、德里达理论中的述行性理论的研究开始出现,另外对于朱迪斯·巴特勒的述行理论研究也成果显著。

学界并没有文章从翻译角度来深入探讨"述行"和"施为"的异同。就词语本身而言,两者都是使动用法——使行为发生,并且都隐含了主语。那么使行为发生的主语是什么?是人还是社会、规则或者事物?都有探讨的空间。只是这两种译法一个重点在"述",一个重点在"施"。述行,有讲述的成分,强调了语言的内容;施为,侧重于行为的发生。学者们大多根据自己的理解以及研究对象来选择如何翻译。段德宁在文章中也提到了两种翻译法,他认为"一方面其动词形式'perform'就没有和语言相关的含义。另一方面在解构批评对施为性的对象做出了扩展之后,施为性并不局限于某种述说,因而施为性比另一常用翻译'述行性'更准确地表达出这一概念外延"②。

因此,就研究而言,无论采取哪种翻译都具有合理性。就本书而言,之所以

---

① [美] J. 希利斯·米勒. 现代性、后现代性与新技术制度[J]. 陈永国,译. 文艺研究,2000(5).
② 段德宁. 施为性:从语言到图像[J]. 中南大学学报(社会科学版),2015(2).

采纳述行的译法，而不是施为或者述为，是因为"施为"更倾向于站在言说者的角度，指言说者在说出某句话的同时也是一个行为，而"述行"更能体现这句话本身既是一个表述，又是一个行为。有学者认为述行是言语行为的简称，这也是不够全面的，因为言语行为理论是包含以言述事或者述愿的，而述行只强调以言行事。述行与言语行为理论的异同也将在后文中进行详细阐释。

本书选择"述行"来进行研究，首先是因为本书的研究对象并不限于语言学领域，而是拓展到了文学、媒介和图像以及社会学领域。这种拓展之所以成为可能，是因为无论图像还是媒介，性别还是交往，从根源上来看都是建立在语言之上的。尽管它们有着本质的不同，有各自不同的呈现方式，但是读者在阅读、理解和批评时所采用的方式都是述行的：不仅批评家们陈述了观点和看法，书稿还具有建构意义。对述行的研究需要关注阅读对象中重复的内容。在对阅读对象进行批评时，用语言来建构对阅读对象新的认识，并且对自己所做的论断和分析负责。例如本书对米勒的理论的分析和阐释就是这样一种述行行为：我承诺忠于米勒的本义和理论，这是我的责任和义务，但同时我也在做一件新的事情，通过我的分析和阐释建构一个新的米勒，尽管他已经存在，但是我的阐释与以往的阐释有所不同。这就是述行。

二、关于希利斯·米勒的研究

希利斯·米勒自投入文学研究一直笔耕不辍，成果斐然。他的理论不仅在美国文学批评领域占有一席之地，更对中国的文学理论批评和研究产生了深远影响。米勒的学术历程大致可以分为以下几个阶段：第一阶段是"现象学、意识批评"阶段，时间大致为1958—1970年。这一阶段米勒的文学研究基本围绕维多利亚时期的小说展开。他侧重描摹、感悟作者的精神人格，并采用语词的重复、象征意义和寓言的分析的方法，将文本中的意象与个人精神和社会生活建立联系。尽管米勒很快就摒弃了意识批评，但是他在后来的研究中始终坚持注重修辞的阅读方法。

第二阶段是"解构主义批评"阶段，时间大致为1970—1992年。这一阶段的米勒同杰弗里·哈特曼、哈罗德·布鲁姆和乔纳森·卡勒并称为解构主义研究的"耶鲁学派"。米勒一方面阐述自己的解构主义观点，另一方面则在与其他文学批评家的论战中捍卫文学研究的法则。在这一阶段中米勒的解构主义批评仍然建立在语言和修辞之上。米勒在后期竭力否认自己的研究是解构主义的,但是这并不影响他对解构主义研究做出的贡献。

第三阶段米勒依旧采用解构主义的研究方法,只是更加关注文学中的言语行为。在这一阶段中他开始致力于述行理论的思考和建构。其中《阅读的伦理》的发表标志着他理论研究的正式转向,述行成为他研究的中心。《皮格马利翁的版本》《新起点:文学与批评中的述行地形学》《理论今夕》《地形学》《文学中的言语行为》《文学作为行为:亨利·詹姆斯的言语行为》《论文学》等分别从理论和批评实践的角度进行述行性思考。

对第四阶段目前学界没有统一的定论,因为米勒一直坚持修辞性阅读的方法,只是将研究的对象纳入全球化时代、媒介时代的背景之中,姑且称其为"电子媒介时代的文学批评"。国内外对于米勒的研究围绕着米勒的研究焦点进行。

2017年9月通过JSTOR期刊网搜索的关于希利斯·米勒的研究共213篇,其中期刊论文179篇、书籍34本。主题包括:美国文学研究(8),艺术和艺术史(4),传记(6),英语文学研究(10),经典研究(1),教育(9),历史(17),科学和技术史(1),爱尔兰文学研究(1),语言和文学(172),拉丁美洲文学研究(1),图书馆科学(1),哲学(20),宗教(13),社会学(2)。自1935年始,每年均有相关研究文章发表,其中研究的高峰出现于2005年、1992年和1983年。

米勒的理论在国外学界影响深远。谷歌学术的文章引用指数分析亦可见国外学界对于米勒的关注(详见表0-1、图0-1)。对于米勒文章的引用量逐年递增,首先说明了米勒的学术理论在学界的影响力。其次,也体现了米勒理论的与时俱进的特征。米勒的理论不仅作为解构主义的代表被研究,同时也影响了当下的学术热点和学术问题研究。

表0-1 米勒文章引用指数分析

引用指数	全部	自2012年
总被引用量	10 733	3018
h-index	45	26
i10-index	124	55

注:h-index 称为h因子,指至多有h篇文章分别被引用了至少h次,h代表高引用次数(high citations);i10-index,指超过10次被引用的出版物总数。

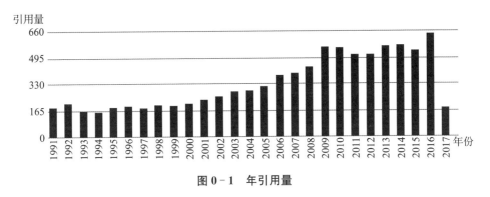

图 0-1 年引用量

具体来看,《希利斯·米勒读本》和《激发阅读:希利斯·米勒和即将到来的民主》均收录了多篇研究米勒理论的文章,以及若干篇对米勒的采访。文章的主题涵盖了米勒各个阶段的研究主题:叙事、阅读的伦理、重复、线的理论、批评的角度和责任、翻译以及时下的文学研究的功用等等。此外,埃蒙·邓恩(Éamonn Dunne)有两本专著系统地研究了米勒的理论。其中《希利斯·米勒和阅读的可能性:解构之后的文学》以阅读为主题,探讨米勒意所提倡的"好的阅读"以及阅读的方法,其中包括了米勒的述行理论、言语行为理论以及维多利亚小说研究、他者等主题[1]。《现在阅读理论:好的阅读以及米勒的 ABC》则用词典索引的形式来对米勒的作品进行导读。但是书中索引的 A—Z 并不完全是米勒研究的关键词,例如解构(deconstruction)、言语行为(speech act)等并没有出现在索引中,而是用开始(beginning)、愉悦(joy)、零点(zero)等作为关键词,其目的并不是具体阐释米勒的观点,而是描摹米勒理论的灵魂。他所关注的阅读理论是指文本中正在发生的,以及在阅读中所发生的一切,并由此直抵米勒理论的核心:关注阅读发生的过程以及时间[2]。如何能正确阅读?其中最为核心的便是理解"述行"的概念。

对于米勒的研究最为集中的论题是他的解构主义批评。有学者认为米勒的研究很好地规避了解构主义批评中虚无主义的问题,"米勒从雪莱中发现文本,

---

[1] Éamonn Dunne. J. Hillis Miller and the Possibilities of Reading: Literature After Deconstruction[M]. New York: The Continuum International Publishing Group Inc, 2010.

[2] Éamonn Dunne. Reading Theory Now: An ABC of Good Reading with Hillis Miller[M]. New York: Bloomsbury Academic, 2013.

多了预见但是少了虚无主义,尽管他转向用动词和词源的表达的蔓延来进行阐释,侧重更为直接和基本的阅读。对他来说,解构主义就是阐释虚无主义中未清理的修辞,并通过细读文本的方式来对修辞进行阐释"①。也有学者认为米勒通过对阅读行为中伦理问题的关注来反对大众媒介和学术圈中对于解构主义的虚无的抨击。阅读中的伦理时刻通常会引发一个外在的行为,即反过来塑造社会、政治和制度的行为②。也有学者对米勒诉诸伦理来应对虚无主义并最终落脚于"政治批评"的尝试进行质疑。他认为米勒在使用言语行为理论时有一些复杂性,并非是严格的言语行为研究,而是将有效性、意图等统统赋予述行意义③。罗伯特·斯科尔斯的质疑则更加尖锐,他认为米勒在为解构主义申辩的同时并没有贯彻解构主义的原则,"米勒将文学作为一块独立的领地,有自己的法律和伦理。他想怀疑那些有利益的、有目的取向的或者建立在其他上面的,而不是建立在纯粹的人文主义之上的阅读"。斯科尔斯指出米勒理论最主要的问题是他所谈论的伦理并不是真正的伦理,"他采纳批评主义的理论活动,将其减少到解释的阐释学问题。他称作:阅读的伦理。他完全避开了伦理化、政治化领域,好像阅读对人类的其他选择和行动没有任何作用。他似乎忘记了,尽管我们像阅读书本一样阅读文化和生活,我们同样在文化和生活中行动而不是在书中行动。……我们在书中只能阅读、阐释和批评"④。斯科尔斯认为阅读应该用这种伦理的方式,即读者必须将书中人物的文本和他自己生活的文本一起进行隐喻的联系,而不是脱离现实生活,直接建构新的生活。

这些对米勒的解构主义的质疑以及米勒对质疑的反击,事实上是解构主义与文化研究、新历史主义等理论流派之间冲突和融合的缩影,同时也是米勒研究转向发生的背景。正是在这种背景下米勒将述行概念从文学延伸至媒介、图像

---

① Monroe C. Beardsley. Deconstruction and Criticism by Harold Bloom, Paul de Man, Jacques Derrida, Geoffrey Hartman and J. Hillis Miller[J]. The Journal of Aesthetics and Art Criticism, 1980, 39(2).

② Gerhard Joseph. The Ethics of Reading: Kant, de Man, Eliot, Trollope, and Benjamin by J. Hillis Miller[J]. The Journal of Aesthetics and Art Criticism, 1987, 46(2).

③ Steven Rendall. The Ethics of Reading: Kant, de Man, Eliot, Trollope, and Benjamin by J. Hillis Miller[J]. Comparative Literature, 1990, 42(1).

④ Robert Scholes. The Pathos of Deconstruction[J]. NOVEL: A Forum on Fiction, 1989, 22(2).

以及现实生活。米勒对于伦理的阐述确实异于通常意义上的伦理。他的伦理概念实际上根植于德曼的理论，即认为伦理的问题在理论上是属于认知的，伦理的必要性是语言的而不是主体的，在本质上与"主体的，或者自身特征的自由，或个人关系，或与来自一些纯粹的资源的分类的影响"没有关系。米勒则不同，他认为语言作为行为揭示了人类自由的空间。米勒将"述行"加诸伦理价值之上，因此述行成为主体中不可或缺的、想象的力量，他还为述行理论加了"语言表达效果的情感部分"，清空修辞的"认识论的影响"[①]。

除了对解构主义进行持之以恒的研究和辩护以外，米勒对文学和文学语言、文学批评以及文学教育的研究也产生了一定的影响。米勒的《论文学》对文学和文学语言以及文学阅读做出了自己的判断，也是他少有的纯理论专著。有学者将米勒在书中对文学的定义概括为"阅读作者的虚拟现实"，认为米勒努力探索文学语言的功能、可行性和文学语言的力量，寻求文学语言的有趣性特征。文学对于米勒而言是虚拟的真实，文学作品和现实都依靠文本和语言的结构、联系、模仿和述行性潜力来建构。[②]

部分学者注意到了"述行"在米勒的言语行为理论和文学批评中的重要性，认为米勒试图从言语行为理论中将文本的述行性区分出来。述行的言语行为效用以"我"为先决条件。通常意义上，我们认为在合适的环境中行动的"我"是有主导权的，是具有意向性、选择权利和有意识的；但是米勒则相反，他相信是言语自己在行事而不是"我"在行事。他相信阅读的权利是一个被破坏分裂的权利，因为它从"我"和"集体价值"中逃离，通过产生他者的经验进行阅读。米勒的历史观也因此与众不同，他认为"历史的发生不是表现的而是述行的。一个历史的事件是一种特殊的言语行为，其中包括以前投入的内容以及对具体标志的阅读。写作的行为或者阅读的行为无论在何时何地发生，都是一个历史性事件的范例"[③]。即写作这种行为虽然看上去是独特的，创作的文本和内容也是独立的，但是其中都包含着过去的事件和内容，例如作者长久的训练、阅读的内容以及经历的事件等，是这些内容通过语言建构了一个文本作品。诚然米勒的这种历史

---

① Marc W. Redfield. Humanizing de Man[J]. Diacritics, 1989, 19(2).
② Kurt Fosso, Jerry Harp. J. Hillis Miller's Virtual Reality of Reading[J]. College English, 2012, 75(1).
③ Lora Romero. Making History[J]. NOVEL: A Forum on Fiction, 1993, 26(2).

主义的批评是有局限性的,但是其提倡的述行的建构角度却是值得关注的。

这种历史观也反映在米勒对于文学、理论和历史文本的研究中。他的作品《社区的冲突:奥斯维辛之前和之后的小说》将历史与伦理问题进行了关联,"米勒使用了一个描述性的短语'预见'来表达卡夫卡文字和未来的关系。对于米勒来说,他将德国和当下美国的有效元素进行比较,指出德国令人不安地和痛苦地背叛了自己精心制作的文化启蒙运动"①。米勒不仅关注维多利亚时期的小说以及卡夫卡,他更加注重时下的文学和文化事件,并将其纳入自己的理论研究范围。

有学者概括了米勒的研究历程,认为米勒从捕捉作者的无意识的解构主义批评到后期关心伦理、人文教育的命运以及新的数码技术,特别是晚期转向了德里达研究,同时围绕阅读的问题对时下新型的媒介进行了研究,无论在哪个阶段都具有述行的建构意识。尽管学者们从不同的侧面和角度关注了米勒的研究成果,但是无论对解构主义的研究,还是对言语行为理论以及文学阅读的关注,都不可避免地涉及"述行"的理论——尤其是米勒的后期作品。米勒本人在与笔者的交流中也肯定了"述行"在其理论中的地位和作用。因此,对米勒的述行理论进行研究不仅是重要的,而且是必要的。

国外对于述行理论的研究相对较为丰富。普拉特的《走向文学话语中的言语行为理论》将言语行为理论引入文学研究,将文学定义为述行的建构过程。佩特雷在《言语行为和文学理论》中认为语言"述行历史,即使它又在历史之外解构自身"②。埃斯特哈默对文学述行的研究最为充分和系统。她不仅对弥尔顿和布莱克的作品进行了述行分析,更将述行性引入浪漫主义作品,她认为浪漫主义作品无论小说还是诗歌都带有对话、互动和述行的特征。"我将浪漫主义哲学理解为述行理论,而将浪漫主义文学放到这一理论中来理解,试图开启重新思考浪漫主义和语言哲学的两条新的途径。"③

---

① Sonali Thakka. J. Hillis Miller The Conflagration of Community: Fiction Before and After Auschwitz [J]. Modern Philology, 2014, 112(1).

② Sandy Petrey. Speech Acts and Literary Theory[M]. London and New York: Routledge, 1990:158.

③ Angela Esterhammer. The Romantic Performative: Language and Action in British and German Romanticism[M]. Stanford: Stanford University Press, 2000:12.

绪　论

　　自1987年王逢振的文章《"耶鲁四人帮"之一:希利斯·米勒》刊登于《外国文学》起,我国学者便开始了对米勒理论的引介、研究和讨论。随着米勒研究重心的转移和研究主题的变化,国内对于米勒的研究集中围绕着几个主题:意识批评、解构主义批评、文学言语行为理论、阅读伦理观以及电子媒介时代的"文学终结论"等。另外,由于米勒多次访问中国并同中国学界建立了良好的关系,学者对他的访谈也多有刊发。本书在附录二《希利斯·米勒在中国》中梳理了米勒在中国的交流活动及其著作的编译和研究情况,此处不再多加赘述。

　　国内对于米勒理论的研究成果颇丰。首先,就研究著作而言,除了附录二中已经列出的几部对于米勒著作的选编和翻译外,国内目前对米勒的研究专著有3本。肖锦龙的《意识批评、语言分析、行为研究——希利斯·米勒的文学批评之批评》从历时性的角度对米勒不同阶段的文学批评理论进行了梳理和批评。他认为专注于"意识批评"阶段的米勒揭示了文学作品中作家意识的重要性,但是"将作品中人物意识等因素不是当作隐喻性的艺术因素,而是当作真实的现实存在,所以对作品的解读不是文学意义上的解读,而是一种哲学意义上的解读"[①]。另外,他认为米勒的解构主义的语言分析注重了语言的重要性和重复、异质性的特征,但是忽略了语言符号的现实性、主观自为和同质性的一面。该书对米勒的文学批评理论有着深刻的理解,对其局限性的认识和把握也相当精到。秦旭的《希利斯·米勒解构批评研究》以解构主义为研究核心。他同样回顾了米勒的现象学意识批评以及异质性和述行性批评。值得关注的是,秦旭将研究的视线投入米勒的媒介研究中,不仅分析了米勒的心灵感应的媒介理论,也将米勒本身作为媒介来探讨电子媒介时代人性、文学所面对的变化,同米勒一起为全球化和电信时代的文学辩护。另一部研究专著是申屠云峰和曹艳所著的《在理论和实践之间——J.希利斯·米勒解构主义文论管窥》,其核心虽然依旧是解构主义,却以异质性的语言为核心,探讨米勒所论的阅读的伦理以及线性的叙事理论,并最终回到了全球化背景之下的文学研究。他们认为阅读伦理以异质性语言为基础,其核心是差异性和他者性,因此米勒的阅读伦理是建设性和颠覆性共存的。这些专著对米勒的研究都极为细致、深入,虽各有侧重但都为米勒的理论

[①] 肖锦龙.意识批评、语言分析·行为研究——希利斯·米勒的文学批评之批评[M].北京:高等教育出版社,2011:30.

研究提供了可借鉴的方向。

其次,以米勒的理论为主题的博士论文亦有4篇,分别是2006年肖锦龙的《希利斯·米勒文学观的元观念探幽发微》、张青岭的《论希利斯·米勒的解构批评》,2009年郭艳娟的《阅读的伦理:希利斯·米勒批评理论探幽》以及2012年王月的《希利斯·米勒文学言语行为理论研究》。这些论文都从不同的角度对米勒的核心理论进行了深入、系统的阐述。

除了专著和博士论文,国内对米勒理论的研究和批评大致分为以下几个主题:

1. 解构主义文学批评

米勒最早被中国学者关注和引介便是以解构主义文学批评代表的身份。1987年王逢振的《"耶鲁四人帮"之一:希利斯·米勒》是米勒作为解构主义的代表人物首次出现在中国学界。盛宁的《二十世纪美国文论》从文论史的角度介绍了米勒的解构批评,不仅肯定了其在解构主义文学批评实践中的意义,还首次关注了米勒理论的根源。随后朱立元主编的《当代西方文艺理论》也将米勒的理论纳入其中,着重指出了其重复理论的重要性。另外,国外学者对于米勒的研究和评价也逐渐被译介引入。如罗里·赖安编著的《当代西方文学理论导引》、张德劭翻译的阿布拉姆斯《解构主义的天使》都对德里达和米勒的解构主义进行了批评,尤其对米勒进行了尖锐的批评[①]。在肯定其理论贡献时也揭示了解构主义理论在西方所经历的理论挑战,并为国内学者批判性地吸收米勒的思想提供了借鉴。

1998年到2004年间,3部译介米勒文章的著作出版,同时米勒也与中国学界往来频繁,积极活跃于中国的学术活动中。国内对于米勒的研究逐渐地细致和深入。

首先是重复理论。米勒的《小说与重复》集中呈现了文学作品的异质性问题,强调异质性的关键是"重复"。肖锦龙的《解构批评的洞见与盲区——从希利斯·米勒的〈小说和重复〉谈起》指出米勒从小说中的重复符号出发,以独特的视角和方法展示了文学作品的异质性,但是"他对该作品的另一面即它的主观创造性,以及与之联系在一起的作品独特的结构和它的统一性差不多视若无睹,……

---

① 陈晓明.美国解构主义在中国的传播与接收分析[J].文艺理论研究,2012(6).

没有注意到由主体操控的文学话语的层面以及它的多元性中的一元性、模糊繁杂性中的明确有序性"①。这无疑也是解构主义的漏洞。秦旭从米勒文学解构批评的"异质性维度"出发,考察了米勒进行文本阅读的根本目的是揭示并释放异质性,通过对叙事中异质性意象的寻找和修辞性阅读方法的运用来实现这一目的,而异质性是文学述行的根本,"米勒事实上是将文学述行作为连接其修辞阅读与伦理阅读的一种纽带"②。对于如何进行以揭示异质性为己任的阅读,除了修辞性阅读以外,也有学者对米勒的解构方法进行了解构,认为其文本的着眼点是"悖论、物质性(地图)、把悖论结合文字(媒介文)"③。对于米勒重复观的解读还有申屠云峰的《作为重复的阅读》,他在该文中将米勒的重复与德勒兹的重复理论进行比较。王凤则将互文与重复两种文学观进行对比研究④。有学者认为,米勒通过重复所揭示的"异质性"是其文学理论的逻辑起点,在全球化背景下具有实践意义⑤。

其次是米勒小说研究中的叙事理论。无论是述行还是伦理意识,都与叙事紧密相联。申丹着重从叙事学的角度解析米勒的理论,其研究较为全面和深刻。在《解构主义在美国——评希利斯·米勒的"线条意象"》一文中她洞察了贯穿米勒小说理论研究的重要线索——线条意象,认为这个"线条"在米勒的笔下不仅是故事发展的线索,也是批评家对于文本的阐释路线,是米勒进行文本细读的方法,米勒通过"文本间的延续性对单一文本的结尾成功地进行了解构"⑥。另外,申丹还发现了米勒在面对西方其他理论家对解构主义的抨击时,积极接纳和吸收其中的有益成分,不仅吸收了文化批评的方法,还用结构主义的方法来进行技术分析⑦。陈晓明高度肯定了申丹等人对于米勒叙事理论研究的建设性意义,

---

① 肖锦龙.解构批评的洞见与盲区——从希利斯·米勒的《小说和重复》谈起[J].外国文学研究,2009(2).
② 秦旭.希利斯·米勒文学解构的"异质性维度"[J].外语研究,2010(6).
③ 何博超.论希利斯·米勒的文学解构"方法"[J].理论与创作,2009(2).
④ 王凤.希利斯·米勒的"重复"观解读[J].重庆邮电大学学报(社会科学版),2010(11).
⑤ 张秋娟."异质性"维度在两种重复理论中的体现——从希利斯·米勒的《小说和重复》谈起[J].文艺理论前沿,2016(1).
⑥ 申丹.解构主义在美国——评希利斯·米勒的"线条意象"[J].外国文学评论,2001(2).
⑦ 申丹.结构与解构——评希尔斯·米勒的"反叙"[M]//欧美文学论丛 第三辑.北京:人民文学出版社,2003.

认为其"与中国当代的叙事学研究语境有更大程度的协调,这一路径可能更具有实践意义"①。事实也正是如此,自解构主义批评被引介到中国,学者们开始运用解构主义理论来解读中外文学作品,如默然对布莱恩·卡斯特罗《沐浴赋格曲》的解读②。学者们不仅深入理解了米勒的解构主义理论,并做到了对其方法的娴熟运用。

再次是米勒的理论渊源和解构主义理论。毛崇杰以从尼采到德里达再到希利斯·米勒的路径来追踪解构主义的发展轨迹③,张青岭则通过米勒不同时期的文学及文学研究来描摹米勒对解构研究的调整和坚守,并试图分析他思想流变之原因④等,都从变化发展的角度对米勒的解构理论进行了追根溯源的深入探讨。

最后是解构主义阅读观。如果说米勒早期的文学研究还集中于解构主义的叙事理论之上,那么很快他就将研究对象扩展到阅读上,试图建立一种解构的阅读模式来完善解构主义的理论。米勒坚信"文本对读者的作用,就如同道德法则对读者的作用。那是一种难以避开的因素,将读者牢牢缚住,或是致使读者自觉约束自身的意志,阅读行为也将使读者自觉用这种文本中体现的必须的道德法则约束自己"⑤。余双梅对米勒的阅读观进行了全面的分析,认为其阅读理论的来源是德里达的延异概念以及德曼的修辞和寓言式阅读,而米勒的解构策略则是重复、互文、阅读伦理学和述行性⑥。金慧敏和米勒的对话也紧密围绕修辞性阅读展开⑦。

米勒对文学的基本理论和叙事、批评理论等都做了深入研究,其中引发最多

---

① 陈晓明.美国解构主义在中国的传播与接收分析[J].文艺理论研究,2012(6).
② 默然.对布莱恩·卡斯特罗《沐浴赋格曲》的解构主义解读[D].石家庄:河北师范大学,2013.
③ 毛崇杰.解构主义再循迹——从尼采到德里达和希利斯·米勒[J].杭州师范学院学报(人文社会科学版),2001(6).
④ 张青岭.文学解构研究的调整与坚守——析米勒不同时期对文学及文学研究现状与未来的论述[J].兰州学刊,2006(5).
⑤ [美]J.希利斯·米勒.阅读的启示:康德[M]//.王逢振,周敏.J.希利斯·米勒文集.北京:中国社会科学出版社,2016:27-28.
⑥ 余双梅.论希利斯·米勒的解构主义阅读观[D].济南:山东师范大学,2014.
⑦ [美]J.希利斯·米勒,金慧敏.永远的修辞性阅读——关于解构主义与文化研究的对话[J].外国文学评论,2001(1).

关注和谈论的则是他所提出的"文学终结论"。围绕着"文学终结论"的论断米勒阐释了自己的文学观,学者们一方面对米勒的文学观念进行认真的考辨,另一方面则开始立足中国语境,对文学问题进行思考。关于"文学终结论"的讨论将在第三章进行详细论述,在此不再赘述。

2. 言语行为理论

米勒在文学研究中对文学的言语行为有着极大的关注。通过对奥斯汀和德曼理论的借鉴和深化,米勒对言语行为理论进行了拓展。文学作为言语行为,这并非是米勒的首创,费什、德里达和德曼都对文学话语的述行性进行过探讨。王建香在博士论文中集中探讨了当代西方文论中的言语行为视域,追根溯源到奥斯汀、塞尔和奥赫曼的理论中关于文学话语和日常语言的区别。在评述米勒的言语行为理论时,她认为米勒"既强调言语行为中的'言',即语言自身的力量,或者说语言自动产生效果的能力,又强调述行对作者、读者(批评者)意识的依赖,强调作者和读者的述行"①。另外,米勒的教职和文学研究者的身份使得他不仅从作者和读者的角度来看待言语行为,更对讲授、批评和研究写作进行观照。王月在博士论文《希利斯·米勒文学言语行为理论研究》中对米勒的言语行为理论进行了系统研究。论文探讨了言语行为的主要内容和意义,认为米勒将文学作为有效的施为言语,将言语行为理论作为阅读文学作品的途径。同时她也运用了米勒的言语行为理论对刘震云的小说《一句顶一万句》进行了批评实践。有学者通过对比米勒和奥斯汀对于"以言行事"的理解来探讨米勒解构主义言语行为理论的异质性。亦有学者通过分析米勒对具体修辞方法的运用效果来探讨文学中的伦理和他者问题。

3. 述行理论

米勒的述行理论集中于对文学述行的研究,同时,他也将述行的概念运用到自己的媒介批评和图像阅读研究中。王建香在博士论文《文学述行:当代西方文论中的言语行为视域》中探讨了文学述行理论的生成语境、可能和形态,并对其规约与语境、意义生产和运作机制等进行了探讨。在文学话语的述行形态中,作者将米勒的述行理论概括为"与表述合一的文学述行",即在米勒的理论视域中

---

① 王建香.文学述行:当代西方文论中的言语行为视域[D].北京:北京师范大学,2008.

写作、阅读皆是述行。同时,米勒用双重阅读来探寻意义生产的尊重和质疑①。杨彩娟的硕士论文对此采取相同的观点,她认为米勒强调了写作、阅读都有不可置疑的述行性。该文不仅关注了文学述行理论,还着眼于其方法论意义,对巴特勒、哈贝马斯和布尔迪厄的跨越文学界限的述行理论进行阐述②。除了对文学语言的述行研究,也有学者关注米勒将述行概念运用到图像研究中。段德宁在《施为性:从语言到图像》中详细阐释了米勒在《图绘》一书中所表达的图像的述行特征,"图像作为一种施为性符号,它本身并不是文字符号的图解,而是有着不同于文字的表达方式和内容。图像施为和文学施为就这样既相互共生,又作为相互异质的他者"③。

述行理论从根源上来说并非传统的文学理论。述行理论源于奥斯汀的语言学研究并在当代的语言学研究中占有重要地位。语言学界对述行理论的研究较为充分。何兆熊、何自然在语言学、哲学领域从语用角度进行了研究④;顾曰国对塞尔的述行理论研究颇有建树⑤;涂纪亮、蔡曙山的言语行为理论研究⑥以及陈嘉映的语言哲学研究⑦等都在学界产生了重要影响。但文艺理论学界对其研究还并不充分。现有的文学成果中,《文化研究关键词》(汪民安主编)将"言语行为理论"作为文学和文化理论的关键词。此外,《当代西方文论中的文学述行理论》(王建香著)、《朱迪斯·巴特勒的述行理论与文化实践》(孙婷婷著)都对述行理论进行了深入研究。肖锦龙在他的多篇论文中均将"述行"作为米勒研究的主线,认为其文学述行观包括"隐喻性的文学本质观""修辞性的文学结构观"以及"基于阅读的伦理学的文学批评观"三个方面⑧。

中国学者对于米勒的研究取得了较为丰富的成果,尤其是对其解构主义文

---

① 王建香.文学述行:当代西方文论中的言语行为视域[D].北京:北京师范大学,2008.
② 杨彩娟.文学述行理论及其方法论意义[D].济南:山东大学,2017.
③ 段德宁.施为性:从语言到图像[J].中南大学学报(社会科学版),2015(2).
④ 参见何兆熊.话语分析综述.[J].外国语(上海外国语学院学报),1983(4);何自然.什么是语用学[J].外语教学与研究,1991(4).
⑤ 参见顾曰国.John Searle 的言语行为理论:评判与借鉴[J].国外语言学,1994(3).
⑥ 参见涂纪亮.近二十年来的英美语言哲学[J].现代哲学,1988(2);蔡曙山.再论哲学的语言转向及其意义——兼论从分析哲学到语言哲学的发展[J].学术界,2006(4).
⑦ 参见陈嘉映.语言转向之后[J].江苏社会科学,2009(5).
⑧ 肖锦龙.试谈希利斯·米勒的言语行为理论文学观[J].外国文学,2007(2).

学批评理论、言语行为理论以及文学终结论的讨论已足够细致完善。然而学者们虽然关注了米勒的言语行为理论,亦肯定了"述行性"在米勒理论体系中的重要作用,却尚未对其进行系统研究。米勒不仅肯定文学语言中"述行"的存在,还将其延伸运用至图像、媒介的研究之中,为理解图像、媒介提供了新的思路。

综上所述,就米勒理论而言,述行理论在其文学理论中有着特殊的地位,理解米勒的述行理论对于理解其文学批评路径、修辞性阅读以及阅读的伦理等问题具有重要意义。同时,米勒还将述行理论运用到图像和媒介的阅读之上,为理解图像、媒介以及其与现实世界的互文性关系提供了新的路径。就述行理论而言,米勒的述行理论在述行概念从语言学向文学研究的转向中具有突出贡献。同时随着述行理论向文化、社会研究领域的拓展,米勒也积极将该理论运用于自己的批评实践中,揭示了语言基础之上文本、文学作品、图像以及媒介对现实生活和社会的建构性力量。

三、统会问题、适度诠释、践行理论

米勒理论的特点之一是他能够始终根据时代的变化、社会文化的发展不断调整自己的研究对象。他的研究中心从文学文本到图像阅读、媒介批评以及人类世问题,不断转移。在研究过程中,米勒将承袭于德里达的述行理论不断运用于自己的文学、媒介以及图像研究中。因此本书在研究过程中首先明确述行的概念及其范畴,并对该概念的中文翻译进行简单的说明,同时对米勒理论的研究现状以及述行理论的研究现状进行梳理。

述行理论源于奥斯汀,但是塞尔、德里达、德曼等人都对述行概念的拓展和运用做出了贡献。述行理论从语言学领域进入文学研究领域,并向文化研究、社会学领域拓展。本书在第一章中梳理了述行理论的演变历程,阐释了述行理论和言语行为理论的异同,并分析了文学述行理论与其他文学本质论的差异。

文学述行是米勒述行理论的核心和基础。他的述行理论分为三个层面,首先是文学作品中的述行语,其次是作者通过创作文学作品来述行,最后则是整个文学作品的述行性。米勒认为阅读也是述行的,他倡导一种述行性的阅读方式,即修辞性阅读:关注阅读对象中异于日常事务和世界的地方,从而寻找差异,建构新的世界。修辞性阅读的述行性首先体现在其关注阅读对象中的述行语;其次强调从述行的角度对语言和现象进行建构;最后,每一次阅读都是一个行为,这个行为的发生是对阅读对象和整个世界的建构。

随着数字媒介时代的到来,媒介在改变人们生活的同时也对文学和文学研究产生了重大影响。米勒不仅认为媒介同样具有述行功能,而且还提出了"媒介就是制造者"的论断。媒介在作为载体传递信息的同时也在改变信息本身,这是媒介述行性的体现。同时基于述行理论,米勒提出了"文学终结论"的断言。他认为传统的文学基础、载体以及规则都被媒介打破,数字媒介时代的文学具有了新的伦理和规则。因此,如何理解媒介变得至关重要。米勒将修辞性阅读运用到了媒介阅读中,认为只有通过述行性的阅读才能够揭穿媒介的谎言。

除此之外,米勒在进行图像阅读时也受到述行观念的影响。他认为阅读图像也应该像阅读文学作品一样,关注反复出现的内容以及异于寻常的地方,这种阅读方式同文学述行一样是一种建构行为。通过这样的阅读来理解图像中所建构的原则、伦理和世界。

米勒擅长从具体的文本批评中来建构自己的理论。本书的最后一章将分别对米勒的文学述行批评、人类世批评和媒介述行批评的个案进行解析和批评。一方面,通过还原米勒的批评实践案例实现本书的承诺:高度还原米勒的理论;另一方面,本书作为述行的研究也试图从中建构一个新的米勒。

在本书的写作过程中,希利斯·米勒本人对论题有着极大的热情,他耐心回答了与论题相关的问题,同时也对本书的写作提供了具体的宝贵意见。本书在论述中也将米勒的回答和意见纳入其中。

米勒本人擅长文本分析,其理论多从文本分析中得出,因此本书在研究过程中运用了修辞性阅读和细读法来实践米勒的批评理论。同时,在对米勒的述行理论进行分析和总结时充分运用了辩证思维的基本方法,在每个部分都坚持逻辑与历史相统一,从抽象上升到具体的分析、综合和归纳的方法。同时,因为米勒的媒介理论涉及心理学内容,在进行数字媒介时代的阅读分析时需要采用社会学的方法,因此,本书也运用了心理学、社会学的方法进行研究,以期全面、客观地描摹、运用和评价米勒的述行理论。

就研究意义而言,20世纪文艺理论研究不仅硕果斐然,也挑战迭出。文艺理论经历了由文学向语言学、由内部研究向文学外部研究的两个巨大转向。转向所引发的是理论的空前兴盛和新旧交替中学者们或维新或守旧的论战,其中有理论的创新亦有对文学基本问题的深入探讨。于是文艺理论研究以一种繁荣的景象呈现,并最终得到了长足的发展。就挑战而言,20世纪社会、科技和文化以迅猛的姿态飞速发展,社会文化生活的日新月异为文艺实践的发展和文艺理论的研究带来了重重挑战。互联网、多媒体带来的全球化改变着传统文艺创作和传播,同时也引发了文本文化向视觉文化的转型,改变着阅读的伦理和人们对媒介的认知。正当人们渐渐熟悉互联网、多媒体所营造的文化环境时,自媒体又以新的传播姿态出现,改变着文艺创作和阅读、传播的模式。

在如此纷繁复杂的社会文化背景中,成长了大量的优秀的文艺理论家,他们或把握时代脉搏,将研究、批判的眼光投入其中某个专业的领域,如文化研究、新历史主义、女性主义及后殖民主义的兴起等;或坚守传统的文艺理论研究路线,坚持探讨文艺的根本问题,在变幻的文化环境中固守不变之道;但是亦有文艺理论家能够一方面坚持文学研究和文学阅读,另一方面则紧跟时代文化的变化,不断丰富、完善自己的理论,并使之具有强烈的时代色彩和现实指导意义,希利斯·米勒便是其中杰出的一位。

在面对文艺理论、文学理论长足发展的同时,人们又不得不面对一个现实:文学的式微。互联网、多媒体带来了一个娱乐至死的读图时代,对于文学的阅读大量减少;文化理论的兴盛让人们注目于文化、生活的细枝末节,却对文学文本产生了忽视。在这样的时代,文学死了吗?它为何而死,又如何不死?这是无数学者所关注的问题。"知己知彼,百战不殆",这句军法上的灼见在文艺理论研究中也同样适用。唯有深入其本质进行研究才能够得出正确的结论,希利斯·米勒的研究正是如此。他没有故步自封于解构主义中,而是始终关注文艺理论的发展和现实,在当下的媒介环境中研究文学的发展和内容,关注文学与媒介、文学与阅读、文学与地理、文学与现实生活的紧密联系,强调语言对世界的建构能力。因此,他的理论尽管有局限,却是有机的、富于生命力和行动力的,而这个理论的核心便是——述行。"述行"这个语言学的术语,被米勒运用于文学研究中进而延伸到媒介批评和图像阅读中。述行观念既是米勒对文学建构功能的凸显,又表现了其对文学实践性的重视,最终的核心便是拉近文学与现实生活的关系。因此,以米勒的述行理论为研究对象,不仅能够全方位把握其理论体系,更能够为当下的文学研究、文艺理论研究提供可资借鉴的方法和路径。

第一章 述行理论的发展及演变

在20世纪文艺理论的语言论转向中,索绪尔的语言学研究最为人所熟知,影响也最深远。索绪尔的语言学重新定义了语言和言语的区别,将语言看作区别个人言语的系统和结构,重视语言运用时的心理特征以及语言符号的社会性,同时他还重视对语言的共时性和历时性进行区分,关注语言符号的能指和所指特征。索绪尔的语言学理论不仅是结构主义、新批评等理论学派的研究基础,更为以语言为核心的理论研究提供了丰富的理论资源。

在语言学的转向中还有另外一支理论体系也为语言和文学的研究提供了新的视域,这就是以奥斯汀为代表的言语行为理论研究。他们将对语言的研究从语法结构、能指和所指转移到了语用的领域,探讨语言在运用时的规则和限定,强调语言行事的特点。在奥斯汀的理论基础上,塞尔、德里达、德曼等人将言语行为理论纳入文学研究中,关注文学、媒介以及图像是如何运用语言来行事的,并由此建立了述行理论。

第一节 述行:从语言到文学

语言具有表述和表达的功能,通常意义上语言的功能包括陈述事实、描述事情或状态等。但是奥斯汀通过对日常生活中语言的实际运用的分析,提出了语言的另外一种功能,即做事,以言行事。作为述行理论的创始人,奥斯汀的研究对象是日常语言,他认为文学语言被用来建立虚构的文学世界,因此无法讨论是否具有述行功能。奥斯汀的理论被理论家们从两条路线进行了延伸和拓展。塞尔、德曼和德里达等人将述行理论引入文学研究,这成为第一条路线;巴特勒、布尔迪厄和哈贝马斯等人在社会学、政治学领域对述行理论进行扩展,这是第二条路线。但需要强调的是,社会学、政治学领域对述行理论的拓展又反过来促进了文学述行理论的发展和深化。

一、文学述行:从奥斯汀到德里达

奥斯汀认为,在某一时间和场合说出的句子"不是要描述我在做我说这句话时我应该做的事情,也不是要陈述我正在做它;说出句子本身就是做我应做或在做的事情。同时无真假可言"①。例如婚礼进行时新人在仪式中需要回答"我愿意",说出这句话的同时既是承诺成为夫妻,又完成成为夫妻的事实。说话者在说这句话时是真心还是假意并不会对达成夫妻关系这个事实产生影响,因此我们也无法判断这句话的真假,只能在事后判断说话人是否履行了他的承诺。奥斯汀将这样的句子或话语称为"performative utterance",即述行句或述行话语。

另外一种与之相对应的、直接陈述的话语则被称为"constative utterance",即记述话语或述愿话语。例如参加婚礼的宾客说"他们结婚了"。这句话在陈述一个事实,并且不会改变新人达成夫妻关系这个事实。因此,这句话没有做事。除了是否做事之外,述行话语和记述话语的区别还在于是否能够判断真假。述行话语无关真假,但记述话语则不然。如果新人没有结婚,但宾客却说"他们结婚了",那么这句话就是假。我们可以根据说话人的话语内容对其进行真假判断,但是却无法从话语的内容来判断述行话语"我愿意"的真假。

在区别了两种话语之后,奥斯汀试图从进行述行式的条件、述行式的效果、可能标准、动词以及话语行为等方面来区分述行话语和记述话语。他提出了述行话语需要满足的条件:

(A1)必须存在一个具有某种约定俗成之效果的公认的约定俗成的程序,这个程序包括在一定的情境中,由一定的人说出一定的话。

(A2)在某一场合,特定的人和特定的情境必须适合所诉求的特定程序

---

① [英]J.L.奥斯汀.如何以言行事——1955年哈佛大学威廉·詹姆斯讲座[M].杨玉成,赵京超,译.北京:商务印书馆,2012:5.

的要求。

(B1)这个程序必须为所有参加者正确地实施,并且

(B2)完全地实施。

(F1)这个程序通常是设计给具有一定思想或情感的人使用,或者设计给任何参加者去启动一定相应而生的行为,那么,参加并求用这个程序的人,必须事实上具有这些思想和情感,并且

(F2)随后亲自这样做。①

奥斯汀对述行话语的限定颇为严格。这些条件被后来的学者们或延伸或推翻,从而形成不同类型的述行理论。奥斯汀强调了思想和情感的重要性,这成为文学述行的一个重要元素。在奥斯汀的条件中,一个话语要成为述行话语首先要在特定的规则下进行,强调约定俗成的公认法则。首先,说话者的身份必须得到认可。例如宣布新婚夫妇成为夫妻的人只能是身份得到认可的牧师,同时要有见证人。一个普通人在婚礼上说"现在我宣布你们成为夫妻",这句话是不具备述行功能的。其次,必须是约定俗成的话语。婚礼上新人必须说出"我愿意",而不是"好的""同意"。但是这点在被引入文学述行中时以及在巴特勒的述行理论中都被颠覆。

在对述行话语进行严格规范之后,奥斯汀发现述行话语和记述话语在很大程度上相互联系,并且在一定情况下会相互转化,于是他用更多的概念对二者进行细分。他将言语行为分为三个层次,分别是话语行为、话语施事行为和话语施效行为,但是在具体分析时却模糊了三者的区别,或者更为确切地说他更关注另外一个问题,即:"在什么意义上且以何种方式,一切(正常的)话语都是述行话语?"②这个问题即述行理论研究的终极问题,学者们从不同角度的回答成为述行理论发展和延伸的基础。

尽管奥斯汀并未对述行话语进行完美的阐释,但是他却创建了认识语言的一种思维方式。同时他也提出了述行理论的核心观点:第一,语言具有行事的功

---

① [英]J.L.奥斯汀.如何以言行事——1955年哈佛大学威廉·詹姆斯讲座[M].杨玉成,赵京超,译.北京:商务印书馆,2012:12.

② [英]J.L.奥斯汀.如何以言行事——1955年哈佛大学威廉·詹姆斯讲座[M].杨玉成,赵京超,译.北京:商务印书馆,2012:15.

能;第二,这种行事功能是一种建构过程。奥斯汀强调述行陈述不会构成它所指涉的物体,而是改变已有的物体和人,建构新的事物、规则和人。

奥斯汀的理论围绕日常语言展开,塞尔的述行理论则在对奥斯汀理论进行延续的同时,更强调意向性。塞尔认为"语言行为不仅使用了语言符号,而且表达了说话者的意向"①。他在《述行行为的分类》中对奥斯汀的言语行为理论进行了批评性继承,并对奥斯汀赋予所有动词述行功能的做法提出了质疑。奥斯汀认为述行行为需要依靠语言以外的习俗和制度才能实现,而塞尔更强调语言自身的规则和说话人的意向性,他认为作者的意图是决定话语是否虚构的唯一标准。塞尔认为:"在施事行为的完成过程中,存在着两个层次的意向性,一是完成行为的过程中所表达出来的意向状态,它是预先存在的意向,是言语及其意义的真诚性条件;二是完成言语行为的意向,它是施事(述行)行为中的意向,是意义意向。"②塞尔对语言自身规则以及说话人的意向性的强调为述行理论从语言学引入文学提供了可能。文学语言的述行性不仅基于语言本身的规则,同时也依靠作者对语言的运用技巧和意图。

真正将述行理论运用于文学领域,并使其在批评实践中发挥作用的是德里达。德里达对奥斯汀的理论进行了批判性继承,他认同语言的行事效用,但更关心述行发生作用的条件和语境。德里达继承了奥斯汀理论中的重复性,认为既然有约定俗成的程序,那述行行为必然可以在不同的场合和情境下不断重复和发生。例如在婚礼中具有述行效用的话语"我愿意",可以由不同的人在不同的举办婚礼的场地——如教堂、沙滩、餐厅等——说出。只要发生的情境是婚礼,那么这句话的述行效用都会重复发生,而这种重复也使"我愿意"成为达成婚姻关系时约定俗成的规则。奥斯汀为这一重复附加了很多的限定条件——正确的情境、完全的事实、具有思想和情感等,于是这样的情境就不是无限的,而是有数可查的。但是德里达却不同意奥斯汀的观点,他认为重复性首先应该是无限的,述行语的使用是否恰当并不重要。同时,他还质疑述行语是否必须在严肃的情境下发生作用。奥斯汀坚决排除写诗、表演、独白或者开玩笑时所用语言的述行性,但是德里达却认为这种独特的、存在于当下的一次性事件也是述行的。另

---

① 陈嘉映.语言哲学[M].北京:北京大学出版社,2003:241.
② 黄萍.论塞尔的意向性:意向状态与言语行为[J].黑龙江社会科学,2009(6).

外,奥斯汀的可重复性强调了说话者"我"的自觉意识和意图,说话者是说出承诺并且愿意信守承诺的"我",是历史的"我"。但是德里达认为述行中的"我"并不是已有的自我或者主体,而是在述行行为发生时被创造出来的"我"。这个"我"与历史无关,也无法保证信守承诺。或者说,"我"在说出承诺的同时并不会将事后是否会信守承诺纳入考量范围。在"我"被创造的同时,新的规则、语境或者法律也同时被创造。例如德里达解析的"签名事件",每一个签名的行为都是对同一个名字的重复,但是签下名字之时就创造了一个新的"我",从未婚的"我"变为已婚的"我",从没有房子的"我"变成拥有房子的"我",等等。这个"我"应该对签名行为之后产生效用的文件负责,但是签名却并不代表"我"会完全认同文件的内容或者完全信守承诺。

德里达认为语言应该在普遍的情况下(包括非严肃的情况下)都能够通过重复形成话语实践,从而实现行事的效用。他认为:"在一个述行陈述(例如:我宣布你们结为夫妻)中,任何一种形式的语言都能被用在超过一种、其实是无数种不同的情境或语境中。"①因此,德里达所说的"重复性"是述行理论的本质特征。德里达对述行语的阐释无疑扩展了述行语的使用范围和情境。他从语言本身的功能出发,认为述行性是语言自身具有的特征,而不是语言使用的条件和语境所赋予的。米勒的述行理论主要承自德里达的述行理论。除了从语言学领域延伸至文学领域,述行理论还向其他领域进行了延伸。

二、跨越文学的述行理论

从奥斯汀到德里达,学者们对述行话语的考量都停留在语言与文学的范围之内,从巴特勒开始,述行理论开启了它的跨界旅程。本书之所以关注跨越文学的述行理论,是因为社会学、政治学领域的述行研究一方面丰富了述行理论,另一方面也对文学述行产生了影响。

奥斯汀和德里达的述行理论都选择了"performative"词源中履行、执行的义项,但是"performative"还有另外一个义项,即表演。基于表演的义项对述行理

---

① [美]J. 希利斯·米勒. 德里达独特的述行性理论[M]//王逢振,周敏. J. 希利斯·米勒文集. 北京:中国社会科学出版社,2016:569.

论阐释和运用的代表是朱迪斯·巴特勒。巴特勒在《性别麻烦》中将言语行为与表演相联系,关注戏剧维度和语言维度,"言语行为既是被表演出来的(因而是戏剧化的,呈现给观众,任由他们阐释),同时也是与语言相关的,通过它与语言惯例的隐含关联,引发一组效果"①。语言的述行与装扮、戏剧表演之间不乏相似之处。戏剧表演中表演者用语言、服装、化装和道具等方式将自己装扮成虚构的人,但是这种装扮又赋予虚构真实,让观看者认为虚构的人是真实存在的人。文学述行也同样通过装扮来虚构,文学作品通过语言来创造一个虚构的形象、故事或者事件,但是这种虚构又借着述行的力量具有真实的效用。例如小说中的故事和人物都是虚构出来的,但是这些人物的语言、命运遭际或者行为会对读者产生影响,或启发读者的思想或引导读者的行为,因此小说是述行的。巴特勒认为述行理论将言语行为作为权力话语的一个表征,述行同时兼具的戏剧性和语言性的维度也随之凸显②。

巴特勒着重探讨性别形成的述行。她认为通过对程式化行为经年累月的重复,生理性别、社会性别和性欲等范畴的融贯性得以建构起来,并成为文化的一部分。这些程式化的身体行为经过重复,形成本质化的、本体论意义上的社会性别。这里的述行语言虽然与语言相关,但更多是通过身体表演和表现。例如拥有男性身体的人会被社会赋予男性化的期待,如强壮、高大、吝惜情感表达、喜欢女性等,正是这种期待建构出了社会中男性的本质。男性的穿衣、说话方式和行为方式等作为程式化的身体行为被不断重复,进而建构了男性的性别认知。

因此她认为性别是个人接受社会文化的期待,并通过心理暗示进行的自我创造。人们之所以羞于承认和接纳同性恋也正是基于这样的社会述行性,同性恋的情感取向和生活方式与社会对"男性"这个身体的期待截然不同。

通常意义上人们认为性别是由出生的那一刻一次性决定的。你所拥有的性器官决定了性别,然而巴特勒却提出性别并非是一次性完成的事情,而是"一再

---

① [美]J.希利斯·米勒.德里达独特的述行性理论[M]//王逢振,周敏.J.希利斯·米勒文集.北京:中国社会科学出版社,2016:554.
② 孙婷婷.朱迪斯·巴特勒的述行理论与文化实践[M].北京:中国社会科学出版社,2015:48-49.

重复的、有例可循的实践"①。性别的主体一方面被这种重复和规矩赋予力量，另一方面却使身体本来的特征受到限制，因此会引发反抗和颠覆。正如人们对同性恋的敌视并非一时一地，而是历史性、普遍性的，这些态度和观念是通过一次又一次的重复而不断扩大和加固的。对巴特勒来说，述行不是单一的行为，而是一种重复、一种仪式。德里达与巴特勒在奥斯汀所建构的述行含义中分道，一个侧重行事和执行，另一个重视表演、扮演，但是都在述行的核心——"重复性"中殊途同归，并将述行理论置于社会阶层、规则和伦理中进行思考。

除了巴特勒以外，布尔迪厄也在社会学理论的范围内对阶级身份的述行进行了研究。布尔迪厄认为"阶级身份生产和维持其自身的秘密机制是话语述行，言说者拥有足够的符号资本，以及言说内容的客观性是其成功述行的恰当条件，而阶级身份属性合法化并最终自然化是述行的'神奇效果'"②。布尔迪厄认为人的意识、观念源于社会对身体的长期塑造和建立。例如生长在狼群中的狼孩，他虽然是人，但是其行为习惯、思维和知觉因受到狼群的群体行为规范约束，最终与狼趋向同一，故而完全异于人类。生长于不同阶级的人亦然。个人的行为、思想都是其成长环境中的社会文化、资本和权利述行的产物。

阶级身份的述行同样建立在语言的基础上。但是阶级身份的述行与文学述行不同的是，文学述行话语的言后行为是不可掌控的、未知的，而阶级身份的述行是作为预言式的存在，即我们可以想象或者清楚地知道述行的效果，其效果是集体性的、符合集体的愿望。这种述行力量实际由资本拥有者所掌控。

哈贝马斯建构的交往行为理论也是述行理论在社会学领域的扩展。哈贝马斯的普遍语用学重建了交往行为的普遍规则和条件。他认为交往活动的目的是理解，为了实现这个目的，要求进行交往的人"a. 说出某种可理解的东西；b. 使自己成为可理解的；c. 与他人——听者达成相互理解或共识"③。同时哈贝马斯重新定义了"生活世界"，提出"客观世界、社会世界和主观世界"三个世界。他认为交往活动参与的是一个符号的世界，即语言和文化的世界，其对其他三个世界的

---

① Judith Butler. Bodies that Matter: On the Discursive Limits of "Sex" [M]. New York: Routledge, 1993: 231.
② 王建香, 王洁群. 阶级身份述行：布迪厄社会学理论的言语行为视角[J]. 国外社会科学, 2011(6).
③ [德]哈贝马斯. 交往与社会进化[M]. 张博树, 译. 重庆：重庆出版社, 1989: 29-30.

参与是间接的①。在哈贝马斯的理论中,共享的语言是交往的基础,主体在与这三个世界交往时需要有对应的有效性要求,即真理性、正确性和真诚性,这是交往述行的规约和条件。

无论性别述行、阶级述行还是交往述行都从不同角度延伸了述行的理论内涵,拓展了其运用领域。同时这些理论也指出了述行理论发展的趋势,即从语言到文学再到文化研究的趋向,这样的研究趋向同样也出现在米勒的理论中,我们将在后文进行详细论述。

第二节 述行理论与其他理论

述行理论作为研究语言行为的理论,与言语行为理论有着密切关系。有学者认为述行理论就是言语行为理论。诚然,二者都强调语言行事,述行理论就是在奥斯汀言语行为理论的基础上产生的。但是侧重点各有不同。

此外,与言语行为理论主要运用于语言学领域不同,述行理论的核心是文学述行。文学述行理论对于文学作品与现实的关系的看法异于以往的文学理论。文学述行不探讨文学如何反映或模仿现实,而是强调文学对现实的建构、影响和生成。从文学述行对建构和创造的强调中,我们可以更好地领会述行理论的核心精神。

一、述行理论与言语行为理论

米勒在论述言语行为理论和述行理论的关系时指出,言语行为理论是一种语言哲学理论。该理论起源于奥斯汀,并被塞尔等人加以发展之后被运用于文学研究中。奥斯汀的言语行为理论包含三个行为,分别是话语行为(locutionary act)、话语施事行为(illocutionary act)和话语施效行为(perlocutionary act),即言内行为、言外行为和言后行为。其具体的划分标准如下:"我们首先区分出在

---

① Jurgen Habermas. The Theory of Communicative Action Vol. Ⅱ [M]. Boston:Beacon Press,1987:125.

说某些事情时我们所做的一组事情,从整体上将其概括为实施了某个话语行为。我们也实施了诸如告知、命令、警告、承诺等话语施事行为,即具有一定力量的话语行为。再次我们也可能实施了话语施效行为,通过说某些事情我们实现或取得某些效果。"①奥斯汀在《如何以言行事》中用了大量的篇幅和例子来对三者进行区分,但是这种区分却并未能完全成功,因为"描述话语虽然仅仅是描述,但是它也完成了行为——声明行为、证明行为、描述行为等等。结果,它们也成了述行"②。因此在奥斯汀的理论中,述行是言语行为的核心概念,是言语行为中的言后行为。

但需要注意的是,文学并不在奥斯汀的言语行为理论的研究对象中。奥斯汀考察了日常用语的使用规则,他坚持认为诗歌是谎言,并且可以像物质力量一样作用于行为来使事情发生。但是后来的理论家接受了述行语的概念,并将其运用到文学研究中。理查德·奥赫曼在《言语行为和文学的定义》中首次将言语行为理论完全引入文学理论。约翰·塞尔强调言语行为的意向性,认为"言语行动表征世界上的对象与事态的能力,是对心灵(或大脑)经由信念和愿望这样的心理状态,特别是通过行动和感知,将有机体与世界关联起来的那些在生物学上更加基础的能力的扩充"③。德曼跳出了意识困境,将言语行为作为一种回应和责任,他将述事话语和述行话语完全区分开来,强调语言自主述行的能力问题。米勒在《文学中的言语行为》中这样定义言语行为:"文学中的言语行为即指文学作品中的人物或者叙述者在作品中的发声,例如承诺、谎言、借口、声明、诅咒、要求原谅、道歉和宽恕等,以及他们在作品中频繁使用的话语或者写的内容。同时也意味着一个文学作品作为整体来进行述行。"④

述行理论与言语行为理论的差异表现在:言语行为是不受真假约束的,而述行则具有欺骗性或者虚构性。一个言语行为在发生效用时是无关真假的。例如

---

① [英] J. L. 奥斯汀. 如何以言行事——1955年哈佛大学威廉·詹姆斯讲座[M]. 杨玉成,赵京超,译. 北京:商务印书馆,2012:94.
② [美] 乔纳森·卡勒. 文学理论入门[M]. 李平,译. 南京:译林出版社,2013:101.
③ [美] 约翰·R. 塞尔. 意向性:论心灵哲学[M]. 刘叶涛,译. 上海:上海人民出版社,2007:1.
④ J. Hillis Miller. Speech Acts in Literature[M]. Stanford:Stanford University Press,2001:1.

结婚时新郎、新娘说出"我愿意",不论说话者抱有何种目的和心情,是真心还是假意,只要说出这句承诺都宣告着婚姻关系的正式成立。而述行却有欺骗的可能性,谎言或虚构的话语可以是述行语。婚礼中新人说出"我愿意",这是一个言语行为,一旦这个行为被人相信,那么这个行为就有了述行的效果,从而可以判断是真话还是谎言。

另外,言语行为关注话语的技巧和具体的使用方法与情境,如米勒的言语行为理论中强调的活现法、呼语法等。述行理论关注的则是言后行为,是言语行为与历史、道德和社会的联系,包括语言行为发生之后的伦理问题以及作品中人物的伦理化行为和读者在阅读行为中的伦理化影响。

由此可见,述行理论并不能完全替代言语行为理论。言语行为理论是述行理论的根源,它为述行理论提供了思路和逻辑框架,而述行理论是言语行为理论中的建构层面,也是言语行为理论的核心。述行理论扩展了言语行为理论的使用范围。言语行为理论与语言密切相关,多被用于语言学研究和文学研究中,而述行理论的研究对象更为广泛。我们既可以基于语言对图像和媒介以及现实生活进行述行的解构,又可以将语言的建构作用拓展到社会、阶级和文化之上。述行理论从一个全新的角度建构了文学文本与社会、读者和作者的关系。该理论缘起于语言学领域,被纳入文学的研究视野之后又被运用到文化研究的相关领域,其理论的外延在不断扩大。

二、文学述行与文学本质论

在解构主义理论家尤其是耶鲁学派理论家的视域中,"文学本质"是不存在的。耶鲁学派的理论家,尤其是德曼认为文本是不可读的,因为语言在不断破坏自己的意义,并且从根本上来说语言是虚构的、没有根据的,仅仅是符号之间的相互替代,"在文学中,读者发现自己被悬在字面意义和比喻意义之间而无法从中进行选择,这样他就被已经成为不可读的文本带入了一个无底的深渊"[①]。也正是在这个意义上,解构主义被批评者们认为是虚无主义。但事实并非如此,耶

---

① [英]特雷·伊格尔顿.二十世纪西方文学理论[M].伍晓明,译.北京:北京大学出版社,2007:142.

鲁学派的理论家们在否定了文本的可读性之后又发现了一种新的揭示文本与现实关系的理论——文学述行。文学述行理论中的语言和文字是建构性的：不仅建构了文本中虚拟的情境，更建构了新的社会、规则、伦理和世界。

文学述行不仅关注文学作品内部呈现的世界，同时也揭示了文学作品与外部世界的关系。其所揭示的文本与现实、读者和作者的建构关系，打破了原有的文学本质论对文学与现实、读者和作者关系的解读。文学述行理论"既关注文学作品建构文本内部世界的行为，也考察文学话语作为一种指向现实世界的实践行为，即文学在创造现实、改变现实或影响现实方面的'行事'作用。作者、读者、语境等在其中的互动是文本成功述行的必要条件。它将文本的想象性和真实性、虚拟世界与现实世界、文本内与文本外、内容与形式、表述与述行等方面辩证地统一起来，表现出了宽广的理论包容性"[①]。由此可见，文学述行对文学与现实关系的阐释与其他理论有着很大差异。

"模仿说"认为一切文学艺术都是对现实的模仿。苏格拉底将文艺看作是对世间万物的模仿，因此文艺中所有的元素都能够在现实中找到对应。同时他认为艺术对自然的模仿不应是表面的，而是强调精神方面的特质，尤其是情感。柏拉图发展了这种模仿理论，认为文学艺术是对理式的模仿，并且只能对表象世界进行模仿，而非本质世界。亚里士多德则认为"艺术模仿的对象是行动"[②]，同时要求"从艺术品的各种外部关系去把握一件艺术品，认为他的每一种外部关系都具有作为作品'成因'的功用"[③]。亚里士多德强调模仿对象和欣赏者的情感效果的重要性，同时指出作者从自然中提炼形式，进而赋予形式情感和意义。"模仿说"在西方理论界具有深远的影响。文学述行理论与"模仿说"不同的地方：首先在"模仿说"中，现实是处于首位的，然后是文学艺术，而文学述行理论却打破了这种顺序或者等级，强调现实与文艺的共生关系。其次，"模仿说"的模仿是单向的，即文学艺术模仿现实，在文学述行理论中，文学与现实是互文关系，二者相互作用，形成了一种循环往复的建构过程。现实对文学作品产生影响，同时文学作品转而介入现实，并改变现实的规则和关系。最后，"模仿说"是被动的，作者

---

① 王建香. 文学述行：当代西方文论中的言语行为视域[D]. 北京：北京师范大学，2008.
② [古希腊]亚里士多德. 诗学[M]. 陈中梅，译. 北京：商务印书馆，2012：38.
③ [美]艾布拉姆斯. 镜与灯：浪漫主义文论及批评传统[M]. 郦稚牛，张照进，童庆生，译. 北京：北京大学出版社，2015：8.

进行文学创作必然要被动地模仿世界,而文学述行则是主动、积极和建构的。例如伊瑟尔就从文学用虚构的方式改变社会现实并重新创造出新的现实的角度进行了探讨。

此外还有"实用说","把艺术品主要视为达到某种目的的手段、从事某件事情的工具,并常常根据是否能够达到既定目的来判断其价值"①。实用主义者重视作者的目的和实现目的的手段,运用修辞等方式来感染读者、激发读者的情感。在实用主义原则下创作文学和艺术时,在创作伊始就有预期目的,并且创作的目的和内容都以读者为中心,关注对读者的影响、引导以及读者的接受。文学述行虽然同样注重文艺创作中修辞的运用以及文艺作品对读者的影响,但是文学述行是否定前置预期和目的的,作品的述行效果也是不可控制的。述行性虽然也具有实践意义,但并不完全等同于工具。在当代文艺理论体系中,杜威的实用主义思想可以说是这种理论的典型。杜威强调"做"的行为以及艺术的教育功能。他说"审美经验是一个显示,一个文明的生活的记录与赞颂,也是对一个文明质量的最终的评断",他还强调了审美与艺术的教育作用。杜威的做的行为指的是"这些公共活动方式中的每一个都将实践、社会和教育因素结合为一个具有审美形态的综合整体。它们以最使人印象深刻的方式将一些社会价值引入经验中"②。这与文学述行中的建构和共生相同,但是其差别在于是否存在预设目的。杜威肯定价值标准和目的,且目的和标准先于行为。文学述行的标准和目的是全新的、被语言所建构的,并最终通过读者的阅读来实施建构。文学述行无疑也具有实践意义,"在这种法则和现实世界中,有关实践理性的作品之间的鸿沟里,必须植入一些虚构的故事。同时也应该给纯粹的意志提供实用的建议,这些建议是针对历史和社会的作品,以及个人周围的具体情形而提出的"③。

"表现说"强调文学艺术对创作者的情感和思想的表现,"诗歌是修改、合成诗人意象、思想、情感的想象过程。按照这种思维方式,艺术家本身变成了创造

---

① [美]艾布拉姆斯.镜与灯:浪漫主义文论及批评传统[M].郦稚牛,张照进,童庆生,译.北京:北京大学出版社,2015:13.
② [美]杜威.艺术即经验[M].高建平,译.北京:商务印书馆,2005:362.
③ [美]J.希利斯·米勒.阅读的启示:康德[M]//王逢振,周敏.J.希利斯·米勒文集.北京:中国社会科学出版社,2016:37.

艺术品并制定其判断标准的主要因素"①。"表现说"关注情感,尤其是创作者本人的内心世界,将反映外部世界看作是低等的。文学述行同样关注情感。无论塞尔对意向性的强调,还是德里达对激情的重视,抑或是维特根斯坦的痛苦、奥斯汀的愤怒,都是文学述行的题中之义。但是"表现说"的情感是描述,是述事话语。而述行的情感则是建构的,是通过外在的表现创造的。其差别正如米勒探讨的例子:我们在说"我爱你"这句话时,是因为先感受到了爱情然后才说的,还是因为说出了这句话之后,才被这句话带入了恋爱的状态?显然,"表现说"倾向于前者,而米勒的述行理论侧重于后者。

另外还有"客观说",即"在原则上把艺术品从所有这些外界参照物中孤立出来看待,把它当作一个由各部分按其内在联系而构成的自足体来分析,并只根据作品存在方式的内在标准来评判它"②。"客观说"将文艺作品看作是自足自为的独立整体,独立于现实生活世界之外,因此对文艺作品的解读和分析也仅仅从文本和词语入手。这与文学述行中对语言的重视相吻合,即文学作品是作为一个整体发生述行作用的。新批评理论便是"客观说"的典型代表。新批评流派的学者们在语言学的基础上以作品为中心,用文本细读的方法对文艺作品进行内部研究。文学述行理论家提倡的"修辞性阅读"的方法受到新批评理论的影响,同样注重语言的修辞性分析。二者的差异在于米勒的修辞性阅读不仅注重文本内部的修辞,而且还指向了外部世界,以及读者对作品的阅读行为和阅读后所引发的行为。

通过上述分析可以看出,文学述行在语言与作者、作品和世界的关系上与其他理论不同。文学述行并不是单向地模仿现实,而是一个循环往复的共同建构过程。文学述行中作品与现实之间具有互文性,文学述行一方面肯定文学作品与现实的关系,另一方面又强调文学作品对现实的创造。因此,文学述行"不是对现实的被动反映,不是社会规约的附庸,它同时也创造自己的文本现实,影响

---

① [美]艾布拉姆斯.镜与灯:浪漫主义文论及批评传统[M].郦稚牛,张照进,童庆生,译.北京:北京大学出版社,2015:19.
② [美]艾布拉姆斯.镜与灯:浪漫主义文论及批评传统[M].郦稚牛,张照进,童庆生,译.北京:北京大学出版社,2015:24.

甚至塑造社会现实"①。

另外还有文化研究。文化研究将文艺作品置于整个文化背景之下,研究文艺作品与外部世界的关系,探讨地域、种族和性别等文化元素在文艺作品中的呈现方式。文化研究的兴起对文学研究的边界、界线和研究方法都提出了挑战。但事实上述行理论的研究对象并不止于文学。德里达和德曼都将人文学科和文学理论看作是对历史和政治的积极干预,米勒更在《理论今昔》中指出:"解构论实现了对'逻各斯中心主义'的解放性批判,其目的并不只是为了拆除和破坏,而是一种意在指向新的体制形式和文化形式的肯定性的吁求。这种'前瞻性肯定'就是话语行为。"②文学作品及其相关创造物是介入历史并试图改变历史的。因此无论述行理论还是文化研究,都对当下的文化现象和文化产物进行了观照。但是述行理论与文化研究的路径和方法有着巨大的差别。述行理论强调语言的行事功能,伦理行为和建构性都是建立在语言的基础上的。尽管述行理论可以被用于研究媒介、媒介等文化对象,但是其逻辑起点始终是语言。

述行理论是实践性的。这种实践性不仅体现在其对行为的关注,更体现在它的建构意义上。建构,脱离了被动的反映和模仿,具有主观能动性。建构的观点类似于德勒兹的"生成",不仅消解了二元对立,还具有跨越政治、地域和文化的意义。

米勒赋予了文学、文学语言以及图像阅读、媒介理解极大的自主性。他认为这种述行是自主发生的,不受外界任何因素的影响。同时对阅读的重视和强调,也是述行理论实践性的一个表征。述行理论不仅关注语言自身的规律和形态,更重视基于阅读的意义生产。无论文学、媒介批评还是图像阅读都需要通过阅读来发生作用。读者的阅读、批评和研究行为本身就是一个述行行为。

从奥斯汀到德里达、再到米勒,述行理论的形态、模式、伦理、意义以及运作机制被清晰地建构出来。米勒的述行理论曾被解读为是对文化研究热潮的附

---

① 王建香.文学言语行为——文学与现实关系新思考[J].社会科学辑刊,2008(6):176-179.
② [美]J.希利斯·米勒.永远的修辞性阅读[M]//易晓明.土著与数码冲浪者——希利斯·米勒中国演讲集.长春:吉林人民出版社,2004:42.

和,但实际上无论文学述行研究、媒介批评还是图像阅读,米勒都以语言为基础;无论情感表达、自我遮蔽还是彰显,他都关注语言本身的技巧和结构。尤其是对修辞和修辞性阅读的研究,也都是对语言述行能力的拓展。当然述行理论虽然可以作为一个独特的切入点来观照文学本质,但是文学述行理论是否能够真正和模仿说、反映说等范畴并列存在,还有待深入的考证。

第二章 米勒的文学述行理论

虽然奥斯汀的研究重点是日常语言的实际运用,并将文学话语置于述行理论之外,但是鉴于语言与文学的密切关系,理论家们逐渐将述行理论拓展到文学批评和研究中。述行理论为文学的话语研究提供了新的视域。同其他文学理论一样,文学述行理论回答了作者、文本、读者和世界之间的关系问题,突出了作者、文本和读者对世界的建构。希利斯·米勒在他的文学研究中以述行理论为基础,建构了自己关于文学语言、文学阅读、文学批评和文学未来发展等的一系列理论。米勒的文学述行理论强调作者、文本和读者的三重述行,其中以读者的阅读行为最为核心。通过探讨阅读行为中的伦理问题和伦理责任,米勒提出述行性阅读方法——修辞性阅读。述行是语言的效用,但是在米勒的理论中文学也具有不容置疑的述行功能。奥斯汀在论述述行效用的发生过程时对说话者予以了充分关注。米勒除了关注文学语言的述行行为之外,还强调了作者和读者的述行,并最终建立了以文学述行理论为核心、修辞性阅读为方法、关注阅读行为中的伦理问题的文学述行理论。

第一节 文学的三重述行

对文学的述行性的关注和研究并非偶然,这与当代西方文艺理论的语言论转向密切相关。19世纪末20世纪初,索绪尔语言学的兴起引发了学者从如何认识世界的认识论转向如何运用语言来表述世界本质的语言论。从俄国形式主义到新批评派,再到结构主义、符号学和解构主义,都以语言为研究的重心,揭示语言的运用技巧和方法,进而探索文学内部的规律。语言论的转向不仅在科学主义文论中得以实践,更在现象学、阐释学等人本主义文论中有所体现。米勒等人的文学述行研究和探讨正是在这种语言论转向的背景下蓬勃发展起来的。

作为解构主义理论重要组成部分的文学述行研究也是文学重心转移的表征。当代西方文论在20世纪开始将研究重心从作家转移到文本,继而转移到读者的阅读和接受。文学述行的研究路径则涵盖了重心转移的三个过程。解构主义无疑是立足于读者阅读和接受的。如何通过修辞来解构文本,同时在阅读过程中会产生什么样的伦理问题,都是米勒关注的焦点,也是其文学述行理论的落脚点。但是米勒的文学述行理论并非仅仅关注读者而是分为三个层面,包括作品内部的词语本身的述行力量,文学作为整体与社会、历史之间的关系,以及文学的述行力量对读者的作用和结果。其理论从对作者和作品文本的关注走向对读者的关注。

文学述行理论的发展也与实用主义密切相关。20世纪实用主义不仅在哲学层面产生了重大影响,还影响了政治、教育和文艺研究。实用主义关注行为和行动,以及行为带来的实际效果,重视理论在社会现实中是否有用,并以是否有用为标准对真理的概念进行重新定义,进而引发了对伦理道德的重视。述行理论无疑受到了这种思想的影响。文学述行理论将文学语言、文学作品都看作是行为,强调文学语言对社会生活的建构以及文学与社会现实的共生关系。

米勒在《文学作为行为》中对述行做了如下界定:"文学作为行为,是指写作文学作品是一种行为,或者通过文学小说来表现行为,或通过文学作品来掌控他的读者,使读者相信(文学作品中的真实)或者用新的方式来行动。"[1]这个定义里包含了三重述行:第一是作者创作文学作品的行为是述行的,他采用各种技巧来操纵语言行事;第二是文学作品本身作为一个整体是述行的,它不受创作者或者批评家的约束,也不受时间、空间的限制,自己可以使事情发生,并建构一种新的规则和世界;第三是指文学作品中存在大量的言语行为,"在小说作品中叙事者和人物用语言做事的一种形式是彻底的言语行为——承诺、声明、借口、否认、承受目睹的行为、谎言、公开决定和喜好等。这样的言语行为弥补了叙述者或者

---

[1] J. Hillis Miller. Literature as Conduct:Speech Acts in Henry James[M]. New York:Fordham University Press,2009:2.

人物在生活中的关键时刻"①。在米勒的述行理论中有四个主体:文学语言、整体的文学文本、作者和读者。每一个主体都具有不同的述行力量,而这种述行贯穿于文学作品从创作、发布到阅读,最终被批评、研究和教学传授的整个过程。

首先,作者通过文学来行事。作者的述行力量不言而喻。尽管作者的权威性在现代尤其是后现代社会中被消解,但是其操纵语词、用语言做事的能力却没有分毫减少——虽然作者无法掌控作品完成之后对读者产生的影响。在传统意义上,作者被认为是需要说真话的,并且必须记述和准确反映现实社会。但事实上,作者也被赋予了操纵语词,创造一个新的规则、现实或者世界的权利。例如马尔克斯在《百年孤独》中运用语言建构出的全新世界——马孔多,以及在那里的全新社会和生存规则。作者还将自己的伦理标准和要求或借助作品中人物之口,或借助人物的行为传达给读者,即作者可以通过文学虚构来做事。如艾略特在小说中塑造了具有各种缺点的邻居,但是她又竭力去描写邻居的可爱来引导读者爱自己的邻居。

其次,文学作品本身具有述行性。虽然作者具有一定的权威性,但是文学作品本身作为一个整体可以自动述行。"作品的施行效果与作者的意图或知识无关,言语必须被看作是自己运作的,不论发出言语者的意图如何,文学作品是自己赋予自己权威的"②。文学作品呈现了一个完整的虚拟世界和这个世界中的伦理规则,塑造了全新的社会结构和信念,这些信念和规则被读者所接受并运用在现实生活中,又对真实的世界产生影响。如简·奥斯汀在小说中建构了以遗产数量为标准的社会阶层分类和婚姻标准,建构了人们可以在追求真爱的同时又能跨越阶级并拥有财富的完美婚恋观,并建构了夫妻之间全新的相处模式。在小说出版时,社会的整体婚恋规则是唯阶级论的,跨越阶级的婚姻是不存在的也不会幸福的。但是她小说中的这些观念逐渐成为读者在现实生活中的婚恋选择标准,影响了读者的现实生活。文学作品中存在着大量的述行语,这些话语能够发挥述行作用。文学作品尤其是小说中的人物对话推动了故事情节的发展,

---

① J. Hillis Miller. Literature as Conduct: Speech Acts in Henry James[M]. New York: Fordham University Press, 2009: 2.
② [美] J. 希利斯·米勒. 文学死了吗[M]. 秦立彦,译. 桂林:广西师范大学出版社, 2007: 164.

塑造了人物性格,具有述行的作用。例如《追忆似水年华》中马塞尔将圣卢的情妇命名为"从上帝身边来的拉谢尔",这个命名即为述行语。这些言语行为既来源于叙述者,也来自作品中的人物,他们的承诺、谎言、声明、决定等丰富和建构了小说中的世界,同时也是阅读和批评的主要对象。

再次,读者通过阅读来述行。文学作品的意义生产是基于阅读的行为之上的。"读者在教授、批评或者进行非正式评论的行为中,会将语言放入阅读中来行事。这样的行事会对学生、读者或者参与者产生影响。"① 无论作品内容中所呈现的述行还是作品自身作为主体的述行抑或是作者的述行,最终都需要通过读者的阅读行为来行事。读者的阅读方法、在阅读时产生的思想变化或者做出的具体行为,以及教师在阅读作品后进行的教学活动、研究者们在阅读后的批评,都是述行的,都在用语言来建构,建构一个异于其他的文本世界。正如"一千个读者有一千个哈姆雷特",每一个哈姆雷特都是被读者建构出来的,甚至读者也通过哈姆雷特建构了一个全新的莎士比亚。

既然述行的核心是阅读,那么阅读方法就显得尤为重要。米勒坚持将"修辞性阅读"作为有效的阅读方式,关注文本中的修辞性语言,"在阐释学和诗学之间、意义与意义被表达方式之间做一个区分"②。需要特别指出的是,米勒的述行理论关注读者、作品和作者的伦理行为。他重视小说中人物的伦理选择以及小说读者的伦理化行为及其相关性。伦理之所以重要,是因为无论在小说中还是在读者的阅读中都存在着行为,而行为是受到普世道德法律和规则约束的。另外,阅读也是具有责任的:读者有责任理解文本内涵、传达自己的阅读感悟。正因为文本和阅读是伦理的,文学与现实生活、社会甚至政治联系得更加紧密。

因此,正如有学者所总结的,米勒的文学述行理论是"将解构主义与言语行为理论相结合,形成了以阅读伦理为核心的文学述行观"③。米勒强调了语言的塑造能力,认为文学、文学创作和文学阅读是述行的,其存在的基础是语言的修辞性特征,对其进行分析和理解的最佳方式是修辞性阅读。修辞性阅读不仅能

---

① J. Hillis Miller. Literature as Conduct: Speech Acts in Henry James[M]. New York: Fordham University Press, 2009:2.
② [美]J. 希利斯·米勒. 萌在他乡:米勒中国演讲集[M]. 国荣,译. 南京:南京大学出版社,2016:329.
③ 秦旭. J. 希利斯·米勒解构批评研究[M]. 北京:社会科学文献出版社,2012:44.

够揭示文学作品的述行力量,还能够在具体的阅读实践中帮助人们区分虚假和真实,不仅在理论层面,同时也在实践层面发生着作用。

米勒在《论文学》中详细阐释了自己的文学观,从述行的角度回答了什么是文学,文学为什么能够存在,作为虚拟现实的文学以及如何阅读文学等。同时针对电讯时代的文学,米勒也在不断调整理论姿态,他"坚守以'修辞性阅读'为基础、以'文学性'为旨归的文学研究理念。与此同时,他又试图将传统意义的文学研究与当今的文化研究相沟通,一方面将'阅读'概念扩展到一切符号文本研究;另一方面将社会功能、政治、意识形态、主体性等引入既有的文学研究方式,显示出执著的信念、清醒的意识、开放与变通的态度"[①]。

文学述行的核心是语言。文学语言是如何具有述行功能并进行建构的?它所建构的到底是什么?接下来将对这些问题进行详细阐释。

第二节 述行性文学语言

长久以来,人们的研究重点都在于文学的语言是如何进行描述的,修辞是如何反映社会现实和作者意图的,关注文学话语是如何说的,但是却忽略了文学话语"做"的效用。那么文学话语中的述行性指什么?有学者指出,"作品中叙述人和众多人物说的话,显示了各式各样的言语行为,都是施为言语。存在比较隐蔽的言语行为,外在于作品的,不能被作品直接显示出来、由作者实施的言语行为"[②]。于是文学不仅仅是现实生活之外基于虚构的描述,同样可以作为行为和事件建构和创造人类生活。文学语言的述行性特征是文学述行的基础。

一、文学语言的述行性特征

文学语言的述行性可从两个方面理解。首先,文学语言具有创造性,可以创

---

① 赖大仁.我们今天应该如何研究文学——关于米勒近期的"文学研究"观念[J].文艺理论研究,2004(5).
② 王汶成.作为言语行为的文学话语[J].文学评论,2016(2).

造出不同的角色、行为甚至一个新的世界规则。这是述行语最突出的特征,也是其与述愿语的差别所在。奥斯汀难以完全区分述行语和述愿语的差别,但是卡勒却发现了二者在文学领域中对立的张力,从而界定了二者的差别。"述愿语是声明如实再现事物的语言,是命名已经存在事物的语言;述行语是修辞的过程,是语言的行为,它运用语言学的范畴,创造事物,组织世界,而不仅仅是重复再现世界,从而削弱了述愿语的声明。"①

其次,述行语具有重复性,文学的建构功能是以重复性为基础的。德里达强调述行语的重复性,即每一个述行的陈述都能够被运用于无数种不同的情境或者语境中。文学作品的写作过程以及出版发行到读者阅读和接受的过程都是述行的,其中有大量的社会规则的重复。作者的创作题材和立意、出版社对作品的选择、读者的购买取向等都在重复的基础上建立了新的规则。玄幻小说被追捧,于是会有大量的作者加入玄幻小说的创作中,出版社也更积极出版玄幻小说。于是关于小说的规则就这样被建立起来。

文学作品中的角色也是建立在重复性之上的。不同的人物有自己的语言系统、行为特征以及衣着外貌习惯。通过对其特点的反复重复,角色的性格便建立了起来,其形象也愈加鲜明。哈姆雷特被称为"阴郁的王子",这个称呼正是建立在他每次出场时的神态、情绪以及那些深刻思考人生的独白基础上的。重复也影响到了读者的接受,进而影响读者自身的生活。例如《红楼梦》中的人物林黛玉,她每一次出场穿戴的衣服、配饰都有清淡的特点,她说话时柔弱的语气语调、黯然的神态以及复杂的内心活动都在不断的重复中建构了一个饱读诗书、才气无双却又敏感、忧郁的少女形象。林黛玉这一文学形象的性格特点和说话处事方式,不仅对后来的文学创作产生了深远的影响,更深植于读者的心中,甚至影响读者在现实生活中的言行以及后来的文学创作。林语堂的《京华烟云》中名为红玉的女性形象便深受林黛玉的影响:她也熟读诗书,对爱情向往却敏感,甚至同样体弱多病。红玉的形象出现在《京华烟云》中是《红楼梦》对她的述行结果,也是林语堂和《红楼梦》之间的双向述行建构。

米勒的文学述行理论深受德曼的影响。德曼研究的重点是修辞。他关注修辞对自传、理论和政治等领域的影响以及修辞的影响方式。在德曼的理论中写

---

① [美]乔纳森·卡勒.文学理论入门[M].李平,译.南京:译林出版社,2013:106.

作和阅读都是述行性的,因为它们都是意义建构的方式。德曼认为"一个叙事同时是讲述和命名(讲述吝啬鬼的故事,命名吝啬鬼的生命的事件)——同时是述行性的,也是陈述的(他表演一个讲述故事的行为,同时陈述真相)"①,修辞是理解叙事的最佳方式。

对修辞的重视并非从德曼开始。修辞本身具有说服的功能,其产生之初就有运用语言来进行劝导的目的,并通过对语言的运作来实现这个目的。解构主义的修辞研究将语言从所指和模仿层面转向了描述和表述层面。批评家们"通过修辞分析、转喻分析及诉诸词源的运动,从而触及某种'超越'语言的东西。……来接触文学和哲学语言的神秘性"②,进而回答文学和历史以及社会的关系问题。

德曼认为文学语言区别于其他语言的最主要特点是修辞性,即修辞地使用语言。这种修辞并不是指向单一、固定的意义,因此在阅读文本时也无须寻找固定的中心。"修辞学是一个文本,因为它允许两种不相容的、互相自我毁灭的观点存在,因而在任何阅读和理解方面设置不可克服的障碍。行为语言和表述语言的疑难只不过是修辞手段和雄辩的疑难的变形。这个变形既产生了修辞学,又使修辞学疲软,从而赋予修辞学以历史的外观。"③德曼在《阅读的寓言》中详细地阐释了修辞手段的具体作用方式,如寓言、隐喻等手法的运用中体现的述行语言和表述语言的张力。他认为隐喻并不是对象的感觉或者性质,而是涉及说话主体的行为,并以卢梭的文本为例来探讨文本中的隐喻、语言、允诺和辩解,认为"其焦点从有关述行话语的意识困境,转向了在毫无意识或意向性(intentionality)干预的情形下,语言自主述行的能力问题"④。因此语言可以像机器一样运转,并无视说话者的思考、感觉或者目的。文学作品无疑运用了大量的修辞手段来塑造人物和讲述故事,并通过言语行为引发读者的认同和回应,甚至改变读者。

---

① [英]麦克奎兰. 导读德曼[M]. 孔锐才,译. 重庆:重庆大学出版社,2015:43.
② [美]J. 希利斯·米勒. 作为寄主的批评家[M]//重申解构主义. 郭英剑,等译. 北京:中国社会科学出版社,2000:147.
③ [美]保尔·德曼. 阅读的寓言[M]. 沈勇,译. 天津:天津人民出版社,2007:138.
④ [美]J. 希利斯·米勒. 保罗·德曼[M]//王逢振,周敏. J. 希利斯·米勒文集. 北京:中国社会科学出版社,2016:221.

德里达将文学性界定为"对语言或其他符号的某种比喻或虚构性的运用",他认为"就其自身而言,没有任何文本是文学性的,文学性不是文本与生俱来的、固有的特性。它是有意加诸文本之上的一种共生关系,这种共生关系或者把自己作为一个构成部分,或者把自己作为一个有意附加上去的意义层"①。这种共生关系实际是建构性的,也就是述行的。德里达的文学述行不仅仅局限于语言,同时还包括大量的实践例子,如礼物、秘密、证词、殷勤、原谅、伪证等。

米勒的文学述行理论结合了德里达和德曼的理论。他认为文学语言的述行性主要表现在以下几个方面:

第一,人物或者叙述者发出的言语行为具有异述行(iterability)。所谓异述性,是指"让每一个标记得以被重复,并且仍然在与原语境——这个标记的始作俑者的'交流意图'——完全剥离开来的新语境中充当一个有意义的标记"②。米勒从人物的言语行为的发生场域进行分析和理解,这些场域包括承诺、谎言、声明、决定、借口、证据和法律等。在《阿彭斯文稿》中"阿彭斯"作为一个历史人物,他的名字以及他的故事被叙述者"我"反复提及。米勒将其看作一种修辞手法,即拟声法,"用语言描述,或者重复死者的名字或声音,这是述行性地将死者重新拉回到存在,是对死者的调用和复活。这种通过重复的复活是理解耶稣的述行语——'拉撒路,出来'的新视角。所有历史故事的讲述都依赖于那样的述行性拟声法的效用。那些历史的人物或者故事通过文字的运用被建构成多样的角色,包括叙述者。在那个意义上,所有的历史故事都是鬼魂故事"③。"拉撒路,出来"是《圣经》中的一个故事。拉撒路生了重病不治而亡,家人将他安葬了。但是耶稣赶到后坚持认为拉撒路没有死亡,他对着安葬拉撒路的山洞说"拉撒路,出来",拉撒路就真的从山洞中走了出来,复活了。"拉撒路,出来"是典型的述行语,通过呼唤和重复死者的名字使死者复活。米勒认为这个现象同样出现在《阿彭斯文稿》中,"阿彭斯"虽然已经死去,但是小说中的人物每一次提及阿彭斯,都将他从死亡中拉回到他们的生活,也都为阿彭斯赋予了新的特征和意义。

---

① Jacques Derrida. Acts of Literature[M]. London:Routledge,1992:33-75.
② [美]J. 希利斯·米勒. 什么是异述性?[M]//王逢振,周敏. J. 希利斯·米勒文集. 北京:中国社会科学出版社,2016:94.
③ J. Hillis Miller. Literature as Conduct:Speech Acts in Henry James[M]. New York:Fordham University Press,2009:18.

阿彭斯就像鬼魂一样存在于人们的生活中，并对每一个人的行为和决定产生不同的影响，与此同时，阿彭斯本人的形象也逐渐丰满，尽管"阿彭斯手稿"从未真正在他们面前出现过。这就是语言的述行效用。从这个角度来看，文学作品的内部存在着大量的述行行为，包括对历史的调用、用重复的方式与过去的人物进行交流。历史与现在不是一个反映与被反映、讲述与被讲述的关系，而是相互建构的关系。每一次重复都在加深其本身的意义，同时也加深了当下的意义，在这种循环往复的共振中意义得以加深。

第二，语言的述行效用具有未知性，是不可预测的。同样在《阿彭斯文稿》中，叙事者只能通过重复已经发生的事情或者名字来"知道"他想知道的。那样的"知道"不是我们通常所说的历史性意义的认知，即一种清晰的、可以翻译的认知，而是一种未知的认知。文学语言是依赖作者的意志和目的、运用语言所讲述的故事和情节，具有教化的作用，其结果是可以预测的，但文学述行却不然。在述行理论中，语言自身具有权威性。一方面，它的修辞性指向语言产生的时间、文化和地域；另一方面，对语言的解读也与阅读者阅读时的时代、文化背景相关。正如文学理论具有多样性，这是因为不同的学者对同样的文本进行了不同层面的解读，进而建构了自己独特的文学理论，并将其运用于教学和批评的实践领域中，从而建构一个全新的文本。我们永远无法判断读者会对文本进行怎样的解读。同一个文本对不同的读者会产生不同的影响，对同一个读者在不同的时间也会产生不同的影响。面对同一个"阿彭斯文稿"，博尔德罗坚持用一生来守护，而她的侄女朱莉安娜却将其作为讨好心上人、获得爱情的工具。传言中的"阿彭斯文稿"诱惑"我"千里迢迢找到博尔德罗小姐，并用尽一切办法来得到它，但是在博尔德罗小姐死后，"我"面对同样的"阿彭斯文稿"却产生了良知，拒绝了朱莉安娜的赠予，仓皇出逃。"阿彭斯文稿"存在于传言中，被人们反复提及，但是其述行效用却是无法预知的。

第三，文学语言述行性地建构了虚构的文学世界。前文中论述了文学述行与模仿说、表现说等文学本质论的不同，文学述行理论强调文学与社会、生活的建构和共生关系。在奥斯汀的理论中真实是重要的。述行性依存于说话人的意图和真诚。说话人所说的"我保证""我承诺""我爱你"尽管可能是假的，但是在说出这些言语的时候是需要带有真诚的目的的，即说话者明确知悉其中的含义并没有保留。但是文学述行所建构的现实却是虚构的，且无谓真假。正如米勒对文学的定义:"文学是暴力的,文学与虚拟现实相互之间没有可比性,每一个都是特别的、自成一类的、陌生的、个人的、异质的。文学既然指称一个想象的现实那么它就是在述行的意义上使用词语,每一个词语都是一个述行语言链条上的一部分。"①既然是虚构和想象,那么便不需要用真和假来衡量。奥斯汀的述行理论关注如何用语言做事,而不是思考语言是如何做事的。文学述行则相反,语言文字之所以能够建构虚拟的文学世界,并对现实世界产生作用和影响,是因为"文学把语言正常的指称性转移或悬搁起来,或重新转向。文学语言是改变了轨道的,它只指向一个想象的世界,但一部作品中所用词语的指称性却永不会丧失。文学用这些实际的镶嵌来创造或揭示其他现实,然后说这些读者的信念和行为被阅读改变了,现实经由读者又回到正常的'真实'世界"②。亨利·詹姆斯承认他创作"阿彭斯文稿"是因为他听到了关于拜伦遗稿的轶事,然而虽然无论阿彭斯还是"我"、朱莉安娜等人物,形象都是虚构的,但是这个故事却与现实中人们为了利益不择手段的现象相符合。读者在阅读这部作品之后,或许有人会学习"我"的做法,利用感情来达到目的,或许有人会延续博尔德罗小姐的忠诚和原则,这些都建构了这部小说的世界和意义。

第四,文学语言通过修辞来述行。米勒将文学语言或符号看作是修辞性的,寓言、隐喻、双关、转喻等等修辞手法的运用是语言得以创造虚构世界的方式。述行性语言"不是关注神秘的或者秘密的,而是对语言学的解构,是语言张力的游戏,关注发生的语言事件,并根植于语言的可能性——从我们可能有的意图、动机、愿望和期望中独立出来"③。语言和符号都具有指称性,修辞的运用和解读并不是阐明对象或对象的性质,也不是描述感觉,而应该涉及说话主体的行为。正如德曼所说,"人类凭借隐喻将自己对世界的解释强加于整个宇宙,用一种令他的空虚得以释明的、以人类为中心的意义替代将他归结为宇宙秩序中纯粹昙花一现的偶然存在的意义,从而免得自己成为微不足道的生灵"④。修辞是文学述行实现的工具。但是修辞实际是不可靠的,因为它也是谎言述行的载体,

---

① [美]J.希利斯·米勒.文学死了吗[M].秦立彦,译.桂林:广西师范大学出版社,2007:45.
② [美]J.希利斯·米勒.文学死了吗[M].秦立彦,译.桂林:广西师范大学出版社,2007:30.
③ J. Hillis Miller. Speech Acts in Literature [M]. Stanford: Stanford University Press, 2001:32.
④ [美]保尔·德曼.阅读的寓言[M].沈勇,译.天津:天津人民出版社,2007:118.

因此在述行性阅读中更需注重对修辞的解读。

二、文学述行中的自我与他者

"述行"作为一个行为，必然有发出动作和实施行为的主体，因此在文学述行中自我和他者是值得深入探讨的问题。奥斯汀的言语行为理论发展出了两个不同的路径。一条路径清晰规范了言语行为的法则和使用方法，主要存在于语言、时间和分析哲学中，如塞尔的述行理论。在这条路径中，无论采用什么样的方式或者规则，都具有一个自我觉醒的"我"来思考在场，其规则、规定、法则和机构都是清晰的。奥斯汀的"我"是一个男性，并且是有能力的自我，他在说话时带有真诚的目的并将自己纳入社会的法律和规则中。述行语作为语言，其作用的发生与说话的主体密切相关，如在婚礼中说出"我愿意"的新郎、新娘，宣布"你们成为夫妻"的牧师等。当述行语发生作用时，主体的意识在其中扮演着什么样的角色？这是值得探究的。

奥斯汀在适当的述行式条件的第六点中特别强调了参加者必须事实上"具有这些思想和情感"并"随后亲自这样做"[①]。但是在随后的分析中他又意识到这样的情感、思想和意图是难以被保证的，并且很难进行区分鉴别。例如在婚礼上说出"我愿意"的新郎可能只是为了某种目的而必须结婚，但其本心却并不想这样，但是只要他说出"我愿意"这三个字，无论真诚还是虚假都可以完成结婚这个行为。然而如果说话人被认定意识不清，这个行为就无法完成。因此恰当的述行语必须依赖于自我的自觉意识及意图，即存在一个说出"我承诺"并愿意信守承诺的"我"。米勒在《文学中的言语行为》中对奥斯汀的言语行为理论进行了述评："一方面，述行依靠意图或者说话人的真诚，正如其他言语行为理论的评论家们所标注的那样，奥斯汀的述行性建立在自我意识的劝说之上。'I'是男性自我，有能力说出这样的词汇：我保证、我打赌、我承认，并带有真诚的目的……为了使述行性更为准确，我必须保证我所说的都是真的，必须知道我所说的是什么

---

① [英]J.L.奥斯汀.如何以言行事——1955年哈佛大学威廉·詹姆斯讲座[M].杨玉成，赵京超，译.北京：商务印书馆，2012：12.

意思,没有无意识的动机或者保留。"①

米勒认为文学的存在是与笛卡尔的自我观念、印刷技术及西方式的民主和民族独立国家概念、言论自由和权利联系在一起的。笛卡尔将自我看作是一个感知和认识的主体,经由文字印刷传播的文学便建立在具有认识和感知能力的自我基础之上,这里的自我是预先存在的。但是,文学述行中的自我是不断建构和重塑的。在米勒的述行理论中,人是没有固定的自我或主体性的,通过对某一角色的不同程度的强制性的重复变成了现在的人。

他在用述行理论对艾略特的小说进行分析时强调了不同时代对于自我的认识。"自我"从固有的、不会变化的转变为可以通过自我的选择和经验来进行塑造的。再次以"我爱你"为例。这个短语本身是一种情感表达,如同"我喜欢""我讨厌"一样大量存在于日常用语之中。但是通过被不同人、经过无数次的重复,"我爱你"成为爱情关系中一个重要的承诺,这个承诺意味着两个人的恋爱关系有了新的变化。因此在恋爱关系中形成这样一个约定俗成的规则:人们在恋爱之初并不用"我爱你"来表达感情,而当有人说出"我爱你"的时候便是一种极为强烈、不可替代的并且认真做出承诺的感情,是两个人关系改变的一个标志。因此,无论在文学作品还是在电影、戏剧等艺术作品中,当人物说出"我爱你"的时候,他本身已经不再是单纯表达自己的情感和喜好,而是将这句话作为承诺和开启新阶段的标志。这个承诺和标志的意义是由以往不同的人在不同场景中,经过无数次重复建构而成的,那么这里的主体就不是单纯的自我了,而是包含着过往所有说出这句话、做出这个承诺的并建立深层恋爱关系的"我"。

然而德里达对述行语却有着不同的看法。他认为:"述行语被视为一种回应,回应的是'完完全全的他者'对我的要求,这一回应不倚赖已有的规则或法律,不倚赖已有的自我(ego),我(I)和自体(self)。"②德里达和奥斯汀观点的不同,源于他们所处的时代的文化背景的不同。奥斯汀的述行理论建立在笛卡尔的"自我"的时代,而德里达则被互联网、电子媒介所包围。在数字媒体世界中

---

① J. Hillis Miller. Speech Acts in Literature[M]. Stanford: Stanford University Press, 2001:28-29.
② [美]J. 希利斯·米勒. 德里达独特的述行性理论[M]. 王逢振,周敏. J. 希利斯·米勒文集. 北京:中国社会科学出版社,2016:571.

"自我是大量的、多样的、相互渗透的,通过言语行为一个时刻一个时刻重塑的"[1]。基于此,巴特勒的性别理论就更易理解。在《身体的重要性》中她写道:"所谓'我'既不在产生性别之前,也不在其后,而只在其中,并且是性别关系本身的母体。"[2]

综上所述,在述行理论中人是没有固有的自我和主体性的。所谓的自我是被外在环境(社会、政治、文化等)对某一个角色的条件和要求进行不断重复,从而建构起来的。这里的自我如同个人在社会生活中所说的话一样,"你说的话进入人际网络、社会和政治领域,被理解成什么样子,将决定它会产生什么样的后果"[3]。你进入社会和政治领域,被要求成什么样子,便成长为什么样子。

除了自我,对他者的建构也是文学述行的重要部分。就德里达和德曼而言,述行语的有效性不依靠说话或者写作者的主体意识。文字的"作者"不需要存活在他的语言中来获得生命。在一个确定的意义上,述行语的有效时刻通常是作者的"死亡"时刻。述行语发生效用时,作者已经无法掌握,它并不因作者的意志而变化。德曼认为词语本身具有述行的效用,可以被算作是说话者或者作者的目的,不依靠于他作为"自我"主体意识持续存在的权利。德里达论及关于言语行为的省略形式,将性别差异带入了存在。他认为述行性的阅读或写作行为可以用来研究性别差异,因为阅读或写作都是记忆的行为。所有的现在都是对过去记忆的调用,我们说的话中都包含了一个"他者",无论写作还是阅读,都将"他者"唤起并进入存在。比如本书对述行理论的研究,在写作中用到概念、定义或者观点时都将作为他者的米勒、德里达召回到文本中,他们作为他者存活在本书的语言和论述中。

米勒认为德曼和德里达的分歧集中于德曼对述行性语言的命名方式,即特别的、讽刺的概念和非现象化语言材料的概念。德曼认为语言是材料化的,有力量并可以使事情发生。因为这个材料是非现象的,不向感觉知觉开放,它的效用

---

[1] J. Hillis Miller. Speech Acts in Literature[M]. Stanford: Stanford University Press, 2001:61.

[2] Judith Butler. Bodies that Matter: On the Discursive Limits of "Sex"[M]. New York: Routledge,1993:2.

[3] [美]J. 希利斯·米勒. 德里达独特的述行性理论[M]//王逢振,周敏. J. 希利斯·米勒文集.北京:中国社会科学出版社,2016:590.

就不向证实或者预测开放。述行语、拟声法、讽喻和非现象化的材料化——这些以交织成结或者节点的方式存在于德曼的作品中。

语言的非知觉的材料性便是德里达所说的"语言的他者"。米勒是这样看待二者的不同的:"对于德里达而言,语言的述行性力量是与他所说的语言的'他者'独特联系的。他不喜欢用'材料化'这个名称来命名他者性。……德里达说解构主义认为语言指向自身。这里的他者,是根本的他者,不是社会的、精神的、材料的或者现象的他者。……一个述行的称呼或者调用的同时,它自己也被命名,是运用语言来说'给他者一个位置,让他者过来'。那样的述行不符合奥斯汀或塞尔定义的实用主义的律条,是不遵守规则的言语行为。"①德里达将文学定义为完全的他者,对象是意识能够"意图"出来的一切。文学作品以替代的形式,使用那些指称社会、心理、历史、物理现实的词语,称呼它们发明或发现的超现实。文学作品通过影响读者的信念、行为,重新进入现实世界②。

"他者"是修辞中的重要部分,以言此而意彼的效用存在于一切修辞性手段之中。作者在创作时调用历史和自己的想象来表达,进而唤起或者回应他者。文学写作、文本以及读者阅读的整个过程中存在着大量的他者——历史、地域、文化、性别、阶级等意识形态。述行的文学语言和阅读并不是简单反映这些意识形态。米勒认为很多文学观强调文学被历史创造,历史的决定性力量反过来影响了文学作品。"如果这样的文学观是正确的话,那它将使文学研究是一种沉闷的工作。因为在文学中我们将会找到所有阐释者已经知道的,并且在其他地方知道得更清晰、更多的。例如,对历史和社会的研究。文学的研究,将不仅仅是研究其他更多真实或者更为重要的符号或者超结构,文学也不是历史的被生产的镜子,也不是产生历史的东西。"③

以历史为例,文学述行中作为他者的历史是如何存在的? 米勒在分析詹姆斯的小说《阿彭斯文稿》时详细阐释了历史与叙事,包括责任在文学理论和日常生活中的关系。首先,《阿彭斯文稿》的创作本身是一个述行事件,詹姆斯的创作

---

① J. Hillis Miller. Literature as Conduct:Speech Acts in Henry James[M]. New York: Fordham University Press, 2009:10.
② [美]J. 希利斯·米勒. 文学死了吗[M]. 秦立彦,译. 桂林:广西师范大学出版社,2007:45.
③ J. Hillis Miller. The Ethics of Reading[M]. New York:Columbia University Press, 1987:8.

灵感来源于拜伦的遗稿被收藏和险些被盗取的一些逸闻。这些逸闻是历史,在詹姆斯创作和读者阅读的过程中被反复调用,而这段历史也因为《阿彭斯文稿》而更加鲜活并且广为人知。尽管无论逸闻还是文稿都是一种虚构,但是它们却通过叙述者的讲述、命名而复活。其次,《阿彭斯文稿》中"文稿"是整个故事的核心,也是一个他者。故事的叙述者试图用骗婚的方式来盗取阿彭斯的文稿,博尔德罗小姐是文稿坚定的守护者,她的侄女朱莉安娜最后被"我"的爱情所迷惑,在博尔德罗小姐死后想要将文稿赠给"我",但最后"我"在良知的谴责下拒绝了然后消失。文稿作为"他者"也对人物的言行产生了述行作用。谜一样的文稿无论被抢夺还是最后被毁灭都不曾作为真实的存在出现,却引发了三个人物不同的言行和心理。博尔德罗小姐是古典时代忠实的捍卫者,恪守原则,而"我"则是矛盾的所在,一方面受到利益的驱动不惜采用骗婚的手法来抢夺文稿,另一方面又具有道德底线最后放弃了文稿,并从心底里真切地感到愧疚和忏悔。阿彭斯和文稿作为历史被一次次地召回和复活,进而产生了新的他者。这种历史的调用和他者的建立正如施莱格尔的"新神话"一样。"一方面,新神话将会是叙事性的,它会寻求最佳的间接方式,来表达一种一直就已经存在的、但却没有被我们意识到而且又永远不能被直接表达的东西。另一方面,这种新神话还要是彻底施事的,它将会是一种崭新的言语行为。它会创造出'至高',这并不是发现意义上的创造,而是铸造出新形式意义上的创造。"[1]

因此在米勒的文学述行中,如何对自我和他者进行把握是进入述行建构的重要途径。除了自我和他者,在文学述行中发生变化并对述行产生影响的还有情感。

三、述行性情感

行为与情感密切相关。在行为的产生过程中情感发挥着重要作用。一方面,情感的变化可以引发相关的行为;另一方面,情感同行为一样也是可以被唤起的,其本身亦可以看作是一个述行话语。德里达在《明信片》中讲述了他与一

---

[1] [美]J.希利斯·米勒.弗里德里希·施莱格尔:对混沌的误用[M]//王逢振,周敏.J.希利斯·米勒文集.北京:中国社会科学出版社,2016:303.

个文学系学生就研究对象问题的探讨而引发了关于媒介与传统文学关系的思考的故事。文学系的学生对于文学文本兴趣全无,而是热衷于媒介研究,学生的话使德里达产生了恐惧、厌恶以及怀疑的情感。他将这样的话作为一种独立的述行话语来看待。如"我爱你"这句话,"不仅会在说话者心中产生爱意,而且可能同时在听众心中产生信念和爱的回应"[①]。同样,文学作品也具有产生情感的力量。

对情感的关注并不是述行理论研究者们的首创。苏珊·朗格提出艺术的形式是艺术与现实脱离的"他性"的直接反映,形式在其中所承担的作用便是对感觉的刺激、满足和改造,直指人的视觉。而艺术家的使命则在于提供并维持基本的幻象,使其明显地脱离周围的现实世界,并明晰地表达出它的形式,直至准确地使情感和生命的形式相一致。艺术家创造的符号是"用来捕捉和掌握自己经过组织的情感想象、生命节奏,是感情形式的符号"[②]。与苏珊·朗格探讨的情感不同,述行理论探讨的是文学作品所唤起的影响行为的激情。米勒从德里达的"激情"、维特根斯坦的"痛苦"等感情出发来探讨文学述行中的情感问题。德里达认为激情是掺杂着情欲的、带有意向性的,激情所激发的行为是非理性的甚至是自我毁灭的。

基于阅读体验,读者在阅读文学作品时会产生情感。不可否认的是作家的写作也会受到自身情感的影响。在文学作品中,情感通过词语或者符号来表达,但问题在于,这些词语或者符号是述事性地描述了已然存在于内心的情感,还是述行性地创造了内在的激情?即我们在说"我爱你"的时候是先感受到了爱情然后才说的"我爱你",还因为说了这句话带来了恋爱的状态?米勒认为"每一部文学作品中所隐藏的不可知的秘密,都具有能够唤起我们激情的奇怪的述行影响。正如德里达所表述的那样,这种激情通过一种不可抗拒但又根本无法实现之责任感的形式表现出来"[③]。

---

① [美]J.希利斯·米勒.述行性的情感:德里达、维特根斯坦、奥斯汀[M]//王逢振,周敏.J.希利斯·米勒文集.北京:中国社会科学出版社,2016:191.
② [美]苏珊·朗格.情感与形式[M].刘大基,傅志强,周发祥,译.北京:中国社会科学出版社,1986:453.
③ J. Hillis Miller. Literature as Conduct: Speech Acts in Henry Jame[M]. New York: Fordham University Press, 2009:93.

维特根斯坦曾对"痛苦"的反映和表达是如何产生私人言语的问题进行过深入分析。首先"痛苦"可以通过一些符号表现出来,例如低头、眉头紧锁甚至流泪,在这些符号中痛苦的感情得以表达。同样的,文字也可以表现伤心的情感。当痛苦时人们会采用一些消极悲观的词语,选择黑暗、孤独的意象,或者用"难过""伤心""流泪"这样的词语直接表达。于是当看到别人的痛苦表达之后,人们会做出相应的反应:同情或者感同身受。这种反应便是语言述行的结果。对维特根斯坦而言,"情感表达好像是某种虚饰的诡计,为了让别人知道自己有这种情感才会想到它。情感是典型化的"。表达在时间顺序上来说是位于情感产生之后的,先有情感,然后才去表达。但是米勒却坚持"不是他人的那种痛苦或其他任何激情藏于某处而后得以表达,而是说表达即激情"①。

那么到底情感是如何发生的?米勒认为,情感或者激情就像童话故事里的魔法,只有被赋予了某种符号的外形才能够使一些事情发生。情感"表现出神秘莫测、不充分的、相互矛盾的符号的黑洞,正如隐匿的物体投下一片阴影,表明那里有某物存在,但是却不能令人满意地证明它为何物。因此,这些符号引发众多无法证实的解释。既然那些解释永远也不能直接与投下阴影的隐匿物体进行核对,那么关于这个物体(他者的思想与情感),我们所说的一切不是述事话语,不是陈述事实而是陈述信念,是一种评述的形式,是述行话语"②。为了更详细地阐释述行的情感话语,米勒以《追忆逝水年华》为例来说明语言是如何通过激情在文学作品中发挥作用的。普鲁斯特在小说中的述行主要表现在以下几个方面:

第一,命名。普鲁斯特将圣卢的情妇命名为"拉谢尔",马塞尔在见到她的时候笑称她是"从上帝身边来的拉谢尔"。米勒认为这个命名是典型的述行语。首先,拉谢尔是《圣经》中雅各的妻子。雅各为了迎娶她费尽周折伺候她的父亲,却被骗只能迎娶她的姐姐,但是雅各没有放弃,最终娶到了拉谢尔。拉谢尔和姐姐同侍一夫但却不符合法律关系。拉谢尔始终无法怀孕,最后是上帝怜悯她才让她有了身孕。米勒认为普鲁斯特将圣卢的情妇命名为"拉谢尔"便是通过这个名

---

① [美]J.希利斯·米勒.述行性的情感:德里达、维特根斯坦、奥斯汀[M]//王逢振,周敏.J.希利斯·米勒文集.北京:中国社会科学出版社,2016:200.
② [美]J.希利斯·米勒.马塞尔·普鲁斯特[M]//王逢振,周敏.J.希利斯·米勒文集.北京:中国社会科学出版社,2016:241.

字的由来隐喻圣卢和拉谢尔的关系。《追忆似水年华》中拉谢尔初次见到马塞尔的时候本身是一个妓女,但是后来她又改换身份成为圣卢的情妇,这便暗示着她和圣卢的关系本身是有欺骗性的。另外,米勒还指出"从上帝身边来的拉谢尔"本身是一个歌剧中的咏叹调,用以表达对基督教的仇恨。而马塞尔如此命名20法郎能够买到的妓女,实则是他对妓女的讽刺。这其中既有马塞尔初次见到妓女身份的拉谢尔时的不屑和嘲弄,又有当他见到作为圣卢情妇的美貌的拉谢尔时所产生的激情,尤其是当他看到拉谢尔和圣卢之间产生爱情时,那种想占为己有但又看不起的矛盾情感。

第二,与认知相悖的情感是述行的。圣卢对拉谢尔是爱的,马塞尔认为即便他知道了拉谢尔妓女的身份和背叛的行为,也不会影响他的感情。因为这种情感是有迷惑力的,可以让人忽略理性判断。正如马塞尔本人对阿尔贝蒂娜的追求和爱恋,他因这种述行的情感做了漫长的努力并且不在意阿尔贝蒂娜是否有风流韵事。马塞尔的情感是痛苦的,因为他无法准确地获知弗朗索瓦丝是爱他还是恨他,他只能通过那些不确定的符号、神秘莫测的表现来做出评述。"我认为她爱我"或者"我认为她恨我",这种情感的判断都是述行的。

米勒肯定了文学述行存在的意义,他认为理解和分析语言和情感的述行是正确阅读文学作品必不可缺的。文学述行理论与文学阅读密切关联。"真正的文学阅读与批评应以考察文学对生活原型的变异和重构为中心,借文学话语给自己无序的生活经验以秩序的方式,创作出了崭新的生活图景,塑造了新型的生活范式,为人类立法。"[①]如何进行述行阅读,以及在阅读过程中述行作用是如何发生的是接下来要讨论的问题。

第三节 述行性文学阅读

米勒认为同文学一样,阅读也是述行。在详细探讨了阅读中的伦理行为之后,米勒将阅读的述行推广到了文学批评、研究以及讲授,进而探讨了述行理论

[①] 肖锦龙.意识批评、语言分析、行为研究——希利斯·米勒的文学批评之批评[M].北京:高等教育出版社,2011:112.

视域下的文学理论和教育问题。对于米勒而言,如何正确地认识文学的述行性,需要运用唯一正确的阅读方法——修辞性阅读。米勒对阅读的重视也受到了文学研究重心转移的影响。文艺研究重心的第三次转移将关注的焦点从文学文本转入了读者,文本与读者的关系逐渐受到重视。阅读是怎么发生的?阅读的过程中发生了什么?到底如何阅读、采用什么样的阅读方法,这些便成为各个理论流派的研究焦点。

阐释学、哲学阐释学都为文学阅读和理解提供了理论路径。当然,阅读并非解释,"阅读"本身有两个向度,一是单纯的审美娱乐活动,中心在"读",另一个才是阐释和解释的向度,是深度的阅读,也是建立在审美娱乐基础上的理解和批评。这里所关注的是第二个向度的阅读。伽达默尔在探讨阅读的方法时肯定了读者的重要性,提出了"视域融合"的观点。视域,是我们观看或者理解的区域,包括了从立足点出发所能看到的一切。无论作为被理解物的文本,还是作为理解者的我们,都拥有从各自的意义、前见和问题出发的视域,同时也需要历史的视域。在理解的过程中,我们不能丢掉自己的视域而完全进入文本的视域或历史的视域,反之亦然。因此,真正的理解需要的是视域的融合。唯有当我们充分接受文本的信息、历史的流传、自身的生命体验以及他人的理解等视域,才可能真正地理解文本。所以面对理解,我们的任务便是尽可能地扩大自己的视域,在不同的视域交流碰撞中解读意义的真正存在。正如伽达默尔所说的:"理解其实总是这样一些被误认为是独自存在的视域的融合过程。"①在这里,读者的自身经验和所处的时空、文化成为阅读差异性的基础。新批评派直接列出了阅读的不同方法。如瑞恰兹针对阅读时出现的误解提出了"细读法",要求结合诗评中出现的错误进行语义分析,并在文学批评中引入心理学的批评方法。布鲁克斯同样强调"细读法",他认为阅读不应以读者阅读时的感受作为标准来评价作品,"理想的读者应该找一个中心立足点,以它为基准来研究诗歌或小说的结构"②。这些阅读方法和观念的提出都为米勒的阅读观提供了理论资源。

米勒在进行文学研究的初期深受乔治·布莱的影响,并一度投身于"意识批评"之中。乔治·布莱强调意向性在文学阅读中的重要性,认为读者在阅读时应

---

① [德]伽达默尔.真理与方法[M].洪汉鼎,译.上海:上海译文出版社,2004:8.
② 朱立元.当代西方文艺理论[M].上海:华东师范大学出版社,2005:109.

该在头脑中重现作品中的作家意识。乔治·布莱认为:"最好的批评行为是这样一种行为,读者通过他以及反复阅读的作品的全部而回溯性地发现了含义深远的频率和富有显露性的顽念。因此,批评乃是回忆。"[1]这里存在两个主体,第一个是作家的思想和经验模式,第二个是批评家或者阅读者的精神,两者不是分割的,而是在最大程度上的平行相向甚至结合。读者通过全身心地感受以及对重复的探寻来建立对文本的体验。米勒在这一阶段的文学批评便是这样的路线。米勒的意识批评阶段虽然在其整个研究生涯中相对短暂,但是国内的学者为了更加完整地介绍和了解米勒,也对其意识批评进行了反思。秦旭追踪了米勒早期文学批评的嬗变路程,剖析他由意识批评转向结构批评的经历,认为米勒转变的根源还是受到了意识和语言关系的双重束缚[2]。米勒早期的意识批评研究对象是狄更斯,蔡熙认为米勒"将狄更斯小说解读为作者世界观的表征,将意识作为作者与读者的会合点,提出了客观现实和主观心理的融合的文学观念,颠覆了时代精神与文学作品之间的因果关系"。但是其盲点也存在,最大的问题是过于关注作者的独特个性和精神而忽略了"文学形式和文学叙写模式"[3]。同样的弊端也被肖锦龙提出,认为米勒的意识研究虽然开了内部研究的先河,但终究是忽略了文学另一个重要的部分——形式。

胡塞尔在他的现象学理论中则提出,要想直观现象需要采用的方法是"悬搁",就是"加括号",将一切已有的哲学主张都存而不论,求绝对自明。这里的悬搁有两种方式,一是"存在的悬搁",即排除对自然界以及与此相关联的人的世俗存在的信仰;二是"历史的悬搁",即抛掉观念、思想、理解和所有的前提出发点。"悬搁"之后胡塞尔下一步所要进行的便是现象学还原。胡塞尔写道:"按照这种还原法,我们将能排除属于每一种自然研究方式本质的认识障碍,并转变它们固有的片面注意方向,直到我们最终获得被'先验'纯化的现象的自由视野,从而达到在我们所说的特殊意义上的现象学领域。"[4]

米勒认为阅读是"整个人类声明的基础和根基",是"感受、洞察以及由此而

---

[1] [比利时]乔治·布莱.批评意识[M].郭宏安,译.南昌:百花洲文艺出版社,1993:42.
[2] 秦旭.意识和语言的困惑——论希利斯·米勒早期文学批评之嬗变[J].苏州大学学报(哲学社会科学版),2010:4.
[3] 蔡熙.希利斯·米勒的狄更斯批评及其反思[J].贵州社会科学,2013(5).
[4] [德]胡塞尔.纯粹现象学通论[M].李幼蒸,译.北京:商务印书馆,1995:44.

来的人类的所有行为"①。德曼表述得更为直接:"阅读不仅说出了文本没有说出的东西,它甚至说出作者不打算说的东西。"②除了文学创作和文学语言自身具有述行性,在米勒的理论视域中,阅读同样是述行的。德里达在《论文字学》中扩充了书写的概念,认为书写和阅读都是意义建构的方式。作为一种行为的述行,它的发生受到伦理的约束和影响,因此研究文学和阅读的述行,其核心便是关注阅读中的伦理问题。

一、阅读的伦理

在米勒的文学述行理论中,阅读的伦理包含两个层面的含义,其一是文本中文学语言述行作用下的伦理行为,例如《包法利夫人》中包法利夫人在婚姻、爱情中的行为;其二是读者在阅读后产生的作品之外的伦理化行为,例如阅读《包法利夫人》的读者在现实生活中是否会忠诚于婚姻。米勒在自己的阅读实践中坚持着作为批评家的"责任",他认为自己有责任将阅读中的发现告诉大家,并且为自己所说的负责,这是作为批评家和教师的伦理义务和责任。米勒如何转换奥斯汀的述行理论并将其运用到自己的研究中,且与阅读的伦理建立起联系的?他曾经认真地回答过这个问题:"我要把阅读中的伦理时刻看作导致某种方式的言语行为,而非导致知识的陈述。我要把言语行为的观念拓展到批评之中。教师或者作者对某个文学作品或画作所说或所写的,并不是传递知识,而是实际做了某事。这是述行观念的拓展。我也强调德里达和德曼比较重视而奥斯汀并未那么重视的:批评的肇始或开启的一面。批评是一个新开始。"③他通过阅读在回应加诸他身上的要求和义务,同时也在从事某种新的事情。这种阅读需要用修辞性阅读的方法来作为警醒。

20世纪60年代谈论伦理道德观念的文学批评理论著作除了米勒的《阅读伦理学》,还有克里斯蒂娃《语言中的欲望》、吉姆·梅罗德《批评家的政治责任》

---

① J. Hillis Miller. The Ethics of Reading [M]. New York: Columbia University Press, 1987:48.
② [英]麦克奎兰. 导读德曼[M]. 孔锐才,译. 重庆:重庆大学出版社,2015:19.
③ [美]米乐. 跨越边界:翻译·文学·批评[M]. 单德兴,编译. 台北:书林出版公司, 1995:166.

等。其探讨的主要问题包括：文字的审查制度、文学的道德价值、"理解"的批评模式等。这些理论产生的背景与市场经济条件下市场价值取代伦理价值的现状有关。但是，文学伦理学对伦理的探讨并不是简单地评论对错或者界定好坏，也不是进行道德教化，而是强调"回到历史的伦理现场，进入文学的伦理环境或伦理语境中，站在当时的伦理立场上阐释文学作品，寻找文学产生的客观伦理原因并解释其何以成立，分析作品中导致社会事件和影响人物命运的伦理因素，用伦理的观点对事件、人物、文学问题等给以解释，并从历史的角度做出道德评价"[1]。

米勒在《阅读的伦理》中探讨了普世的道德法律和故事讲述的主张中的一种特殊的、难以预期的关系。一方面，伦理道德将在自己的角度进行叙述，另一方面，故事的叙述会强化或者颠覆道德律令，但无论哪一种都是述行性的显现。关注阅读的伦理，并不是要建立一套与政治或者道德有关的评价法则，而是要让读者学会更好地阅读和表述，并能够在阅读异于本文化、时代和价值的文本时更好地理解文本。

所谓伦理，即普世的法律和道德。在哲学的领域中，伦理被认为是可以掌控写作的能力，可以介入故事的叙述中。文学的修辞研究对道德、社会和政治生活有着决定性的实践作用。但是米勒却没有对阅读的伦理进行实践性解读。米勒的阅读从还原真实的阅读处境开始，即一个人面对面地阅读书本、讲述一个课程或者写作批评和随笔，这个处境还可延伸到历史、经济和政治中。他想要解决问题："是否有伦理的决定或者责任以任何一种可能的方式包含在阅读的情境和阅读的行动中？如果有的话，这种责任是怎样的？或者这种责任是如何影响读者所做的决定的？"[2]

首先，阅读中伦理化的时刻是一种回应，这种回应具有责任性，同时这种回应是文本述行的结果。即在这个时刻中"我"必须做并且竭尽所能地去做什么，而且在做的同时"我"不能做其他的事情，这时这个回应是伦理的。与之相对应的是一个人喜欢什么而去做什么，因为喜欢而去做这不是伦理的。其次，阅读中的伦理时刻引导读者阅读后的行为，这也是文本述行的结果之一。例如批评家

---

[1] 聂珍钊. 文学伦理学批评导论[M]. 北京：北京大学出版社，2014：7.
[2] J. Hillis Miller. The Ethics of Reading[M]. New York：Columbia University Press，1987：4.

在阅读文学作品之后开始撰写批评性文章,批评性文章会发表或在公开场合进行交流和讨论,那么这个行为便进入了社会和政治领域,但是又不完全由政治领域所决定。

那么到底什么是米勒所谓的伦理的时刻呢?"我所称的伦理的时刻,是作者写作作品时的一个声明。这个声明存在于创作虚构小说、讲述故事的叙事过程中,也存在于作品中的人物决定他们如何生活的那个时刻中,同时也在读者、老师以及对于作品的批判性回应中。"①米勒并不是单一地从某一个阶段来探讨阅读的伦理,他的伦理概念同述行一样,从文学创作开始,一直持续到作品发表、被阅读以及被传播和研究。其中涉及的人物则包括作者、叙述者、人物、读者、老师、批评家等。这些人既是述行话语的发出者也是回应者。因为他们都在用语言重新建构文学世界和现实世界。

这与其他学者对伦理问题的研究路径不同。康德在《实践理性批判》中区分了什么样的行为是道德的行为,这是对伦理的判断和认知。德曼关注伦理是如何产生的以及伦理与叙事的关系,认为伦理是必要的。但是伦理只是从语言的规则或者决定中产生。同时,伦理并不是预先存在的,却干预着认识产生。米勒则认为,阅读的伦理"是对文本的回应,在一个感觉上是对一个非反抗的需求的回应。在这个意义上,我必须以我的阅读的行为承担起我的回应以及对未来的影响,包括人际的、机构的、社会的、政治的或者历史的责任,这都是必须的"②。米勒虽然强调伦理中的义务和责任的部分,但是关注点不同,他关注伦理责任的来源以及伦理发生的方式。

进入米勒的"阅读的伦理",首先要明确阅读与历史的关系。米勒的阅读从康德开始。之所以选择康德是因为康德的理论在文学、哲学中具有重要影响,更是因为康德自身对道德形而上学的基础进行了详细论述。康德在伦理理论中重申了关于国家、阶级、宗教和时间的道德性。米勒提出这样一个问题:我们现在应该如何阅读康德?无论在什么情况下,我们都是将自我置入一个重复康德的复杂的历史中。一方面,这可以扩大对康德成果的重要性的传播,例如席勒对康

---

① J. Hillis Miller. The Ethics of Reading[M]. New York: Columbia University Press, 1987: 8.
② J. Hillis Miller. The Ethics of Reading[M]. New York: Columbia University Press, 1987: 43.

德的误读也是一种传播,对康德的研究是围绕康德的遗留产物进行写作,不管作者知道或者不知道,都好像见证了康德的思想或者经历一样。例如勒内·韦勒克从康德的伦理出发反对解构主义,认为他们摧毁了文学研究。另一方面,"康德从欧洲哲学时代以一种复杂的方式进入了历史。这包括他的三个主要的话题,形而上学、美学和道德"①。尼采、海德格尔和弗洛伊德分别对康德的理论进行了回应,通过不同的方式来挑战康德所建立的伦理基础,这种基础在所有的时间和地点都是有效的。这种挑战也是重复的。

从作家的角度来看,艾略特认为一个故事是有效的,是基于它与历史、社会和人类现实的真实联系。人类现实的假设存在于语言之外。对于艾略特来说小说的价值存在于它对客体性的事情本身的真实联系之上。同时,在小说文字中的客体不是表现的,而是从小说家思维的镜像中反映出来的。这个镜子常常是扭曲的,主体性就好像是一个游戏屋里的镜子,有凹面的、凸面的还有波浪的。尽管如此,小说家必须尽可能精确地表达他在有缺陷的思维镜像中所发现的客体。

那么我们今天该如何看待《包法利夫人》?是回到福楼拜的时代评判风化和对错,还是在当下的语境中重新阅读和看待,并随着时代的变化不断改变看法?米勒的述行阅读理论倡导的是后者。文学述行作用于读者阅读之时以及之后的行为,那么阅读的伦理判断也应该建立在阅读之时。历史只能是我们理解文本语言的语境。从另一个角度来说,历史其实也是被语言文本建构起来的。所谓的历史,是现在的我们无法亲身体验和了解的,是人们阅读历史的文本并根据语言的描述建构起来的。我们所知道的内容都来自史书的记载和我们的想象,但是记载的内容和真实究竟有多大程度吻合则不得而知,所以考古学才尤为重要。

正如《包法利夫人》的故事建构了 19 世纪 40 年代的社会和文化情境,对今天的读者而言,无论从女性觉醒和个人奋斗的角度来解读艾玛的悲剧,还是从追求爱情自由的角度来赞赏艾玛的勇气都是无谓的。同时,这部作品也可以作为女性自我成长的书籍来影响女性的行为。但是读者在阅读之后是放纵自己的情爱还是选择自我独立和成长,这都是未知的。这就是文本述行的表现。

---

① J. Hillis Miller. The Ethics of Reading[M]. New York: Columbia University Press, 1987:14.

其次,要明确阅读和叙事的关系。德曼认为伦理性并不是语言的基础,也不是现实语言最终的成功转回,而是作为一个复杂序列的中间部分。这个序列仅仅是小说用叙事来思考的方式,事实上发生的事情混合着比喻的、讽喻的、道德的、政治的和历史的层面。伦理的价值体系和叙述推动着彼此的相互阐释。因为伦理必然包含着正确或者错误的两级,但是无论正确与否它们都是价值。一个陈述可以是真的但不是正确的,或者是正确的但不是真的,但是它不可能既是正确的又是真的。在这个意义上伦理是做出关于对和错的判断、需求和承诺所必需的,并在任何外在的语言中都没有确认的根据。即伦理不仅是语言的形式,同时也是语言的运行或者系统的模式,简单地说是一个故事。

再次,阅读作为一种行为,可以成为伦理的行为并具有责任。亨利·詹姆斯谈道:"写作可以为伦理的行为或者命令发声。写作是对文字的运用,使作者对必须发生或者可能发生的事情承担责任。"①米勒始终强调文学读者、文学研究者的责任。这种责任在于对文本的尊重。在这里尊重的对象不是文本中一个个鲜活的例子,而是这个文本中所蕴含的规则和伦理的律法。"文本既不是律法也根本不是表达的法律,而是一个生产性的力量的例子。我们尊重或者必须去尊重,不是例子而是它其中蕴含的法律,伦理的法律。"②阅读者、老师和批评家的处境可以同作者、叙述者和人物的处境相类比。批评家和老师将自己的阅读形成一个基本的规则,并将其运用到所有的文本中,其差异在于阅读的方法不同。作者和叙述者以及人物的处境也同样如此。叙述者通过语言建立一种完全属于自己的规则或道德,以此来控制主人公的言行和选择,而不同的选择都源于作者在脑中建构的世界。那么述行性阅读产生的行为的责任应该由谁来承担,是作者、人物,还是读者?米勒认为,应该是读者,因为不论作者的写作技巧和想法如何,文本的修辞手法是如何运用的,最后理解其中的意义并接受述行作用、产生述行行为的是读者。而读者通过自己的阅读也建构性地创建了多层的意义,甚至建立了一个新的文本。

总而言之,米勒认为阅读的伦理表现在两个方面:一是小说中人物伦理的选

---

① J. Hillis Miller. The Ethics of Reading[M]. New York: Columbia University Press, 1987:101.
② J. Hillis Miller. The Ethics of Reading[M]. New York: Columbia University Press, 1987:121.

择和读者的伦理化行为的类比;二是单纯的故事叙述会增加道德律。以特罗洛普的小说为例,他擅长探索青年的白日梦,这被看作是游戏。这个游戏有着自己的规则,这些规则限定了他的想象行为,也满足了读者的需求。这与艾略特是不一样的。艾略特刻画了有着缺点的邻居也是可爱的,从而试图让人们去爱自己的邻居。而特罗洛普则在小说中建立了自己的封闭经济,通过清晰的衡量标准来暗示每个人所产生的效率,而这些又都由自己工作的效率所强调。"如果他们有价值是因为他们的经济能力结合了两种社会价值,愉悦和道德教化"[1],而这使得购买小说的人觉得自己买书的花费是值得的,从而通过他所建立的规则来强调社会的价值,使他的小说以一种合法化的方式进入社会。所以,阅读的伦理,说到底便是"文学作品以替代的形式,使用那些指称社会、心理、历史、物理现实的词语,来称呼它们发明或发现的超现实,文学作品通过影响读者的信念、行为,重新进入现实世界"[2]。

伦理规则在述行理论的视域中不是预先存在的,而是被重复的行为建构的。"在社会上人人需要遵守的各种伦理准则其实并不具有合法性,它们不是来自那真正的伦理法则,而是人为制定的规则而已"[3]。正如性别述行理论中人的性别建构过程一样,伦理规则也是不断被建构的。例如文学的价值评判标准是不断变化的,是被社会、文化、读者的知识水平和审美趣味不断建构的。文学产生之初以客观反映现实生活和现象为准则,但浪漫主义文学的发展又侧重于对主观内心世界的书写。意识流小说、魔幻现实主义等文学写作方法的创新也在建构着新的伦理规则。

米勒之所以将"阅读的伦理"作为话题还有一个重要的原因,就是他对批评者的批评做出的述行性回应。解构主义被反对者们攻击,他们认为解构主义学者们所进行的分析是消极的、虚无主义的,动摇了所有的文学确定的基础和文学阐释的权威;认为解构主义的阅读者们可以将文本赋予任何他们所想要声称的意义,因而是不道德的。米勒因此对这些反对者进行了回应。米勒指出批评家

---

[1] J. Hillis Miller. The Ethics of Reading[M]. New York: Columbia University Press, 1987:89.
[2] J. 希利斯·米勒. 文学死了吗[M]. 秦立彦,译. 桂林:广西师范大学出版社,2007:118.
[3] 申屠云峰,曹艳. 在理论和实践之间——J. 希利斯·米勒解构主义文论管窥[M]. 北京:光明日报出版社,2011:220.

们的指摘是建立在对"虚无主义"和"解构主义"误用的基础上的。因为解构主义并不是否定和颠覆一切,而是通过对文学语言的回应来建构阅读的行为。米勒用阅读的伦理讨论来回应批评,在回应的同时又建构了自己的伦理法则,这就是述行。

既然阅读是述行的,那么述行性的阅读到底应该采用怎样的方法?米勒提出了他认为最可靠、最有效的阅读方法——修辞性阅读。

二、述行性阅读方法:修辞性阅读

修辞性阅读是米勒文学述行理论的一个重要组成部分。修辞性阅读之所以是述行的,是因为它的核心原则是寻找文本中异于日常事务或者规则之处,建构阅读对象中所描绘的世界和规则,进而建构自己的规则,形成一种范例,并将其运用于现实生活中。因此,修辞性阅读不是去描述或者反映阅读对象,而是一种建构行为。这种阅读基于语言的规则进行,然后通过阅读者自己的语言来行事。修辞性阅读的述行性在学者阅读并撰写批评文章、教师阅读并进行授课中体现得最为显著。对米勒而言,每一次阅读都是对作品的一个建构过程,是语言述行效果的具体呈现。

不论在著作中,还是在与中国学者的对话中,米勒多次强调修辞性阅读的重要性。其方法是建立在文本细读的基础之上,并关注读者的问题。事实上米勒的阅读伦理学也是一种新的批评方法,"有两个显著的特征:一、要求解释者完全投身到文学文本中去,'尊重'文本,忠实于文本,做文本要求做的事,而不是做自己喜欢做的事,以重复文本为起点;二、要求解释者在重温文本本身的能指和所指内容的同时应致力于开发其中的新异(odd)的或者说'非道德'的东西,提出新见,发明新的事物,以重构和再造文本为目标"[①]。米勒的阅读并非是一种单层面的、静止的阅读,他的阅读建立在读者的积极参与之上,需要读者做出回应,通过阅读这个行为来参与文本的建构和对世界的建构。

对阅读的述行性进行充分关注的并非只有米勒。沃尔夫冈·伊瑟尔认为文本具有"召唤结构",即有留待填补的空白部分需要读者进行审美再创造。读者

[①] 肖锦龙.试谈希利斯·米勒的言语行为理论文学观[J].外国文学,2007(2).

通过意向的建构,发现文本的整体意义,"游移视点""连贯性结构"和"被动综合"构成了整个阅读行为。这其中就有述行的内涵。

布鲁姆提出了五条关于如何阅读的建议:第一,摒弃任何学术术语;第二,不要通过自己的阅读内容和方式来改善你的邻里关系;第三,一位学者就是一根蜡烛,可以点亮人们的爱和欲望;第四,人们阅读时必须成为发明家;第五,反讽的回归①。哈特曼则认为文学阅读和批评应当"在重述的能力中发现自身的价值,即从语词的先后顺序中来考虑经验和语词,在去经验语词的同时将经验化为语词"②。德曼关注的语言是独立于认知、意识、意愿和感觉心智的。例如拟人法是极端述行性的,以期悬置或撇开自我意识的范畴,有意地使主体或自我成为述事陈述或言语行为的媒介。无论召唤还是建构,都是用语言来行事。

米勒认为真正的阅读不是辨认出语言修辞或必须直接削弱语法和逻辑意义的方法,而是一种尝试,是要正视被消除的或被遗忘的语言本身,即(作为我们由于词的误用而称之为物质的)语言的可行的或定位的力量③。虽然米勒的理论体系随着时代的演进不断更新,但是修辞性阅读是他始终坚持和强调的。近年来,米勒在与张江的书信往来中更强调了修辞性阅读的重要性。修辞性阅读不仅能够揭示文本的内在意义和述行作用,在数字媒介时代,修辞性阅读还是"训练,帮我们辨别谎言、虚幻的意识形态以及隐含的政治意义。修辞性阅读有助于他们理解媒体信息的种种含义"④。

修辞受到重视并非从解构主义开始,修辞本身具有述行性特征。浪漫主义强调想象,所谓想象即一个隐喻的过程。索绪尔的"能指"和"所指"的概念为语言之间、语言与对象、概念以及意义的联系提供了理论基础。建立在修辞的基本功能之上的修辞叙事学强调读者对于叙事的反应和阐释,研究叙事结构产生的具体意义。所谓的修辞"是参与交际活动的人对理想交际效果的预期、关注和努

---

① 张龙海.哈罗德・布鲁姆的文学观[M].上海:上海外语教育出版社,2012:52.
② Geoffrey Hartman. The Fate Question of Culture[M]. New York: Columbia University Press,1997:11-12.
③ [美]J.希利斯・米勒.理论的胜利:阅读的阻力以及物质基础问题[M]//重申解构主义.郭英剑,等译.北京:中国社会科学出版社,2000:251.
④ [美]J.希利斯・米勒.阅读的伦理:巨大的裂缝和分别的时刻[M]//王逢振,周敏.J.希利斯・米勒文集.北京:中国社会科学出版社,2016:10.

力追求;是人类关于自身的精神活动感知并交流的思维过程和行为过程,是人与客观世界人性地对话的交流系统、交流方式、交流过程"①。故而所有的言语行为都可以看作是修辞的行为。俄国形式主义的学者们已经开始从修辞和结构入手来研究诗学。雅各布森在《隐喻和转喻的两极》中把诗歌分为两类:隐喻和转喻。隐喻即依靠相似性的比喻(聚合),如"鲜花般的少女"。转喻即依靠邻接性的比喻(组合),如用裙子、辫子比喻少女。他认为,在一般的现实主义作品中,转喻结构居支配地位。这类作品注重情节的叙述、环境的描写,通过转喻来表现人物与环境的关系,主要是指向环境。浪漫主义的作品则以隐喻为主导。它们一般很少通过清楚地描写事物的外在具体特征直接表述某种意义,而是尽可能地把要表述的意义隐含在诗的字里行间,让读者自己去品味、赏析,并以此来分析诗歌。

  修辞的述行性还体现在批评话语分析中。在20世纪中叶的北美大陆,以伯克(K. Burke)为代表的新修辞运动修正了把修辞看作演说和写作的附加物或添加剂的观点,认为修辞活跃和制约人的思想和行为,进而影响知识与现实的产生②。批评话语分析将修辞学与意识形态紧密结合,通过修辞来揭示社会和认识真理,进而认为修辞具有建构的功能。海登·怀特的历史叙述的修辞化研究也为广义的修辞学转向提供了新的路径。米勒等人的修辞性阅读既非传统的修辞阅读,但又肯定了修辞的重要性和述行性。

  德曼认为修辞地使用语言,是文学语言的决定性特点。他所谓的修辞,并不指向一个单一的、固定的意义,对修辞的解释也不指向固定的具有重要中心的阅读方式。修辞是理解个体(被操纵者和操纵者)的关键方式。他提出的"抵制理论",也是对语言自身的修辞或比喻维度的抵制,即在字面上表示在学术体制中对文学理论创新的抵制,以及一个比喻意义上的理论对自身的抵制。

  我们应该如何阅读?米勒在《文学死了吗》中总结了两种阅读方法。一种方法是"天真地、孩子般地投身到阅读中去"。这种阅读没有怀疑、保留或者质询。另一种则是"缓慢、批判地阅读,处处怀疑作品的每一个细节"③。这种阅读方

---

① 姚楠. 修辞学与文学批评[J]. 福建师范大学学报(哲学社会科学版),2010:6.
② 田海龙. 新修辞学的落地与批评话语分析的兴起[J]. 当代修辞学,2015:4.
③ [美]J. 希利斯·米勒. 文学死了吗[M]. 秦立彦,译. 桂林:广西师范大学出版社,2007:176.

法,关注的不是作品所呈现的新世界,而是这个世界的打开方式。米勒认为批判性的阅读呈现为一个明确的意识形态的表达,这个意识形态包括作者的以及后来所有对文本的解读、研究和传播的人所叠加的意识形态。这种阅读的方法脱离了对文学的根本需求。显然米勒更赞成第一种"天真的阅读"。"天真的阅读"将读者自己的全部身心、情感交了出去,只专注于语言的技巧,在词语的基础上、在内心世界中重新创造一个世界。那么修辞性阅读属于哪一种呢?

所谓修辞性阅读,其含义是"关注语言的修辞性维度,关注修辞格在文作中的功能,扩大比喻的基本外延"①,"注重我所阅读、讲授与书写的文本中修辞性语言(包括反讽)的内在含义"②。修辞性阅读首先关注文本中的修辞手法的运用。但是修辞不仅可以运用在文学文本中,在现实世界中也可以发生作用。因此修辞性阅读不仅是阅读文学文本的方法,还可以用来阅读整个世界。阅读意味着对比喻性语言的阐释,米勒说"德曼对阅读的定义呼唤我们阅读我们身边的世界。比喻性存在于文学中,也存在于电影、艺术、哲学、历史、广告、电视、自传、新闻报道、对话中"③。米勒关注阅读过程中语言是如何独立于意识、意愿和感觉意识而发生的。这里的修辞性阅读包含了两个层面的意义。第一,阅读中修辞的主导地位;第二,修辞性阅读不仅限于文学世界,也同样适用于文化和整个世界。米勒在自己的阅读实践中践行着这种阅读方法,他不仅用修辞性阅读的方法来阅读文学作品,更用此方法阅读图像和媒介,从而使图像阅读和媒介批评具有了述行之维。

另外,对于修辞性阅读还有一个问题需要明确,即米勒在后期反复强调自己更倾向于用"修辞性阅读"定义自己的阅读方法,而不是"解构性阅读"。那么二者究竟有什么不同呢?米勒在与张江的书信往来中详细阐释了自己对于"修辞性阅读"的坚持和对"解构性阅读"否定的原因。首先,他并不认同学界对于解构主义的定义,也不认为自己是其中的代表。解构主义的"去中心化、反本质化,对文本做意义、结构和语言的解构"的定义并不符合他的研究路径。他说:"关于中

---

① [美]J.希利斯·米勒.理论的胜利:阅读的阻力以及物质基础问题[M]//重申解构主义.郭英剑,等译.北京:中国社会科学出版社,2000:253.
② [美]J.希利斯·米勒.萌在他乡:米勒中国演讲集[M].国荣,译.南京:南京大学出版社,2016:354.
③ [英]麦克奎兰.导读德曼[M].孔锐才,译.重庆:重庆大学出版社,2015:22.

心和本质的讨论应该是敞开的,在此以前可以仔细阅读相关文字,将相关文学与思想史考虑在内。"①当然这也与文学理论的翻译问题有关。其次,他认为"解构"这个词本身就包含着一种消极的、反对的、反叛的和破坏的意味。提到解构,就意味着必然有一个以往的理论或者观点作为本体,读者来对它们进行反驳或者拆解,而米勒认为自己强调的"修辞性阅读"并没有拆解、反对的意义,仅仅是对修辞性语言的内在含义的关注,探寻意义的阐述方式并关注文本意义。

修辞性阅读过于关注细节的重复和隐喻的阐发而影响文本的完整性,这也饱受批判。然而德·曼坚持"修辞手段削弱文本整体性这一行动可能具有的威力是破坏文本的外部伪装以便看清它是如何运作的,这种分析方法在操作中可以用来认识每一个文本中的修辞手段和修辞目的如何不相称,以及句法和语法如何不和谐"②。

我们将如何进行修辞性阅读?布鲁克斯提出"首先对文学作品语言中的悖论和反讽进行细致分析。悖论是修辞学中的一种修辞格……诗人在创作中,有意对语言加以违反常规的使用,用暴力扭曲词语的原意使之变形,并把在逻辑上不相干的甚至对立的词语联结在一起,使之相互作用,相互碰撞"③。米勒的修辞型阅读虽也关注修辞的重要性,但更重要的是他强调阅读的建构特征。

第一,修辞性阅读要求读者全身心投入文本语言中,摒弃意识、文化、愿望等意识形态的影响。这是进行修辞性阅读的前提。整个文艺理论史都是如何阅读、评价和认识文学文本的历史,无论从作者到文本到读者的研究重心的转移,还是内部研究和外部研究的分野,抑或是科学主义和人文主义的不同研究方法,都是学者们从不同的角度、运用不同方法对文学的阅读和研究。注重作品中的文化现象,是文化研究的要求;关注作品中深层的文化和心理根源,是原型批评的要求;重视文本对现实是否客观呈现,是现实主义的要求。但是修辞性阅读要求将所有的外在因素都抛开,只关注文本语言。修辞性阅读以文本为中心,以读者为核心,关注语言的使用技巧而不受外部其他因素的影响。

第二,高度关注语言的使用技巧,尤其关注其中异于寻常之处。修辞性阅读

---

① [美]J.希利斯·米勒.萌在他乡:米勒中国演讲集[M].国荣,译.南京:南京大学出版社,2016:352.
② 罗良清.保罗·德曼:阅读的寓言理论[J].马克思主义美学研究,2006(2).
③ 朱立元.当代西方文艺理论[M].上海:华东师范大学出版社,2005:111.

包含两个层面:一是关注和寻找文本作品中修辞手法的使用;二是运用修辞的方法来对文本进行解读。这一点在米勒的批评实践中体现得最为明显。他在阅读中首先锁定反讽、隐喻等修辞手法的运用,对其内涵进行解读,并在自己的批评写作中也大量运用反讽。这也是其作品翻译的难点之一,因为译者需要去辨别米勒的语言是不是反讽。米勒认为修辞性阅读可以发现语言在使用中异于日常或者正常的地方,从而发现文本的新异性,建构新的社会范型甚至新的人生。

第三,修辞性阅读的过程不限于单纯的阅读,还存在于讲授、研究和书写中。米勒不仅关注作为个体的阅读者的阅读情况,也关注进行文学批评和文学教学的批评和讲授情况。他关注大学中文学系的发展和困境,以及整个人文学科的发展。他认为修辞性阅读不仅是读者进行个体阅读应该采用的方式,更应该在大学中作为阅读的方法进行培训,成为学生、研究者应该掌握的方法。这也是米勒理论的述行性运用。

第四,修辞性阅读的对象不仅仅是文学文本,还包括图像、媒介等一切现实世界。同米勒将述行性的概念拓展到图像、媒介一样,修辞性阅读也可以用来解读图像、媒介等。尤其是在新媒体的环境中,修辞性阅读对于甄别真伪、识破谎言、抵制歪曲不实的报道具有积极意义。也正是在这个意义上,米勒将自己的述行理论运用到了图像和媒介的阅读中。

修辞性阅读到底应该如何进行? 他在《人类世偶像的黄昏》中对史蒂文斯(Wallace Stevens)的诗《垃圾场的人》(*The Man on the Dump*)进行了解读。

> Day creeps down. The moon is creeping up.
> The sun is a corbeil of flowers the moon Blanche
> Places there, a bouquet. Ho-ho... The dump is full
> Of images. Days pass like papers from a press.
> The bouquets come here in the papers. So the sun,
> And so the moon, both come, and the janitor's poems
> Of every day, the wrapper on the can of pears,
> The cat in the paper-bag, the corset, the box
> From Esthonia: the tiger chest, for tea.

这一段还原了月色下整个垃圾场的状态。日移月升,垃圾场变得满满当当。有用报纸包着的花,还有梨罐头,猫咪在纸包中翻着垃圾,垃圾场上堆积着内衣、盒子和来自爱沙尼亚的茶等等。但这并不是简单描述,其中掺杂了造访垃圾场的男人对这些景物的想象,如把月亮看作是一个叫布兰奇的女人,太阳放在天空中好像是一个花篮,等等。垃圾场中大量的垃圾运用了提喻,从报纸、梨罐头和猫咪等物品中可以窥见使用者的历史、阶层和消费习惯。米勒认为史蒂文斯用短语来描述的这些垃圾场的东西是商品拜物教的意识形态标志,是对那个时候的科技水平的揭示。例如报纸是典型的印刷时代的象征,如今的垃圾场中恐怕很难找到报纸。而且人们可以阅读并且愿意阅读,那么这些物品的主人显然不是社会底层的人。同时报纸中充满了信息和话语。而梨罐头、内衣盒子等说明了商品社会人们的购物能力和阶级分类。但是这是垃圾场,这些物品是被丢弃的,即已经失去价值。文化的时间性在这首诗中被充分展现。米勒认为这个垃圾场展示了商品拜物教崇尚社会价值但最后却被丢弃,以垃圾场中物象的形式保留了可进行考古的或者历史研究的证词。总之这首诗用大量的比喻手法建构了一个充满着现代化科技信息的社会现实,作为一个语言的标志讲述了现代社会中拜物教的意识形态。

在研究了述行性文学话语和文学阅读之后,米勒的文学观也清晰可见。他不仅将述行理论拓展到阅读行为中,同时也对文学的处境、大学建设以及人文学科的未来发展进行了深入思考。

三、文学述行理论视域中的文学、人文学科与大学

不同的学者基于不同的角度对什么是文学进行了不同的界定。乔纳森·卡勒描摹的文学有五个特征:"第一,文学是语言的突出;第二,文学是语言的综合;第三,文学是虚构;第四,文学是审美对象;第五,文学是互文性的或者自反性的建构。"[①]米勒首先肯定了语言在文学中的重要意义,其次强调了文学的述行性,认为文学并不是反映或者模仿而是建构。韦勒克从文学和非文学的区别出发,将文学作为有机统一体进行界定。这种统一性首先表现在语言上,即文学语言

---

① [美]乔纳森·卡勒.文学理论入门[M].李平,译.南京:译林出版社,2013:30-36.

区别于各种日常语言,同时"虚构性、创造性和想象性是文学的突出特征"①,从语义角度看,"篇章结构个性表现,对语言媒介的领悟和采用,不求实用的目的以及虚构性等",以及美学角度"多样中的统一、无为的观照、美感距离、框架",都可作为描述作品的一个方面②。韦勒克重视的是文学的形式。学者们对文学的定义各有不同,但都涵盖了文学必须具备的几个特点。

　　米勒在《论文学》中集中阐释了自己的文学述行观。米勒提出了"文学"这个概念成为可能的必要条件:印刷术、认字率、民主制、研究型大学、知识、教育、言论自由。作家为作品及政治、社会影响负责以及实现现代意义上的自我。这意味着,其中任何一个元素的变化都将引起"文学"的形态变化,例如"电信时代通过改变文学存在的前提和共生因素而把它引向终结"③。米勒意义上的文学,是建立在特定的社会物质基础、文本载体以及思维方法和认知模式的基础之上的。

　　他还认为"文学是通过读者发生作用的一种词语运用"④。这种运用无疑是述行的。这里有几点需要注意。首先,文学运用语言来创造世界。文学的文字是具体的,文字指向的是现实生活,因此,读者才会通过具体的文字进入文学的特殊情境,甚至被它欺骗。其次,文学是想象的世界,是虚构的。它通过文字创造现实,因此文学中的现实是虚拟的。再次,米勒承认文学的普遍性和永恒性,但是也强调历史条件对文学的制约。文学研究虽然与历史、社会、自我有千丝万缕的联系,但这种联系不应是语言学之外的力量和事实,而是在文学内部的主体反映,这恰恰应该是文学研究所能提供的、认证语言本质的最佳方法。外部关系本身对文本而言就是内在的。由此可见,米勒的文学观是建立在物质基础的述行作用上的,即文学是特定的物质基础和语言的述行结果。同时,文学又通过自己的述行功能建构着社会的物质基础。

　　米勒不仅关注文学、媒介、图像等具体的问题,同时也对人文学科和大学教

---

① [美]勒内·韦勒克,[美]奥斯汀·沃伦.文学理论[M].刘象愚,等译.北京:文化艺术出版社,2010:15.
② [美]勒内·韦勒克,[美]奥斯汀·沃伦.文学理论[M].刘象愚,等译.北京:文化艺术出版社,2010:15-17.
③ [美]J.希利斯·米勒.全球化时代文学研究还会继续存在吗?[M]//易晓明.土著与数码冲浪者——希利斯·米勒中国演讲集.长春:吉林人民出版社,2004:94.
④ [美]J.希利斯·米勒.文学死了吗[M].秦立彦,译.桂林:广西师范大学出版社,2007:24.

育进行了深入思考。当然,这与米勒本人的经历有关,他的学术生涯经历了人文学科的鼎盛,也经历了文化研究兴起、文学研究遭到挤压,同时资金匮乏导致人文学科式微的历程。米勒一直从事教学工作,因此他将教育和教学作为自己的责任来承担。他认为所谓大学,"原本是服务于国家、有机的文化统一体,有着统一的哲学传统和民族文学。而现代的研究型大学则是作为进行批判性思考和研究的场所,探寻一切事物的真理的场所,赋予理性的场所以及教学、培养或教育的场所"①。大学作为高等教育的场所,不仅培养人才,更重要的是能够教授学生理性地认识一切事物的方法,其意义和重要性毋庸置疑。传统的大学最初作为获得知识的途径成为获取知识的重要来源,也曾作为意识形态的传播媒介,运用教育的方式来传播统一的文化。但是媒介的迅速发展和革新从根本上改变了大学的地位和作用。首先,社会的发展和媒体的普及使社会不再像以前那样需要大学来传播统一的民族文化和价值观。人们获取知识和信息的渠道更为丰富。其次,媒介技术也从根本上改变了人们的阅读习惯和模式。人们不再依赖大学的图书馆以及大学教授的授课,而是可以从互联网获取足够多的资源,并通过互联网选择和参与不同地域、不同学校的课程。

因此,作为大学而言统一的文化传播已经不是其主要作用了。全球化时代,"异识的大学"才是未来的发展路径。所谓异识,是"潜在的集体同一性内部的一种暂时的混乱。可能被建立在持续的他者之上"②。这是文化研究所竭力倡导的,关注弱势文化、地域文化和少数种族文化。

除此之外,媒介的丰富和开放性促进了思想的多样性,同时也解构着经典。"人文学科共识的消亡,经典无可挽回的崩溃,可翻译性这一假想的崩溃"③都是不得不面对的现状。人文学科是重要的,因为人文教育关系着最基本的审美(与愉悦有关),并具有与价值观相联的主题性。在媒介盛行的时代,人文学科该怎样发展?米勒提出人文学科研究的基本原理:储存、对话、存留、档案、回忆、铭记

---

① [美]J.希利斯·米勒.美国的文学研究新动向[M]//易晓明.土著与数码冲浪者——希利斯·米勒中国演讲集.长春:吉林人民出版社,2004:124.
② [美]J.希利斯·米勒.跨国大学里的文学研究[M]//王逢振,周敏.J.希利斯·米勒文集.北京:中国社会科学出版社,2016:128.
③ [美]J.希利斯·米勒.当前文学理论的功用[M]//重申解构主义.郭英剑,等译.北京:中国社会科学出版社,2000:243.

与纪念。

另外一个重要的任务是教授阅读方法与有效的写作方法。在这种语境下，文学述行的理解和建构便具有了现实的意义。面对复杂的媒介信息和真假难辨的内容，修辞性阅读和写作显得尤为重要。大学中开设修辞性阅读的课程，让每个学生无论在学习中，还是在社会生活中都能够采用这种阅读和思维的方式，那么无论面对虚假的媒介信息还是遇到复杂的言语行为都将具有一定的判断和解析的能力。同时，这种训练也让人文学科尤其是从事文学研究的学生在面对整个学科的危机时具有建构新的价值和体系的能力。

另外，虽然人文学科并不直接创造经济价值和社会价值，但是"人文学科的教授和学生创造的价值产品是一种特定类型的话语：新的阅读、新的思想"[1]。这种阅读和思想作为一种思维方式将影响每一个学生的行为方式和生活态度，这对整个社会的健康、和谐、有序的发展是极为重要的。这也是文学述行的终极意义所在。

德里达讲述了一个关于选题的故事：他的学生在面临选题的时候产生了困惑，他提议进行文学文本研究，而学生却认为自己对媒体文化更有兴趣，愿意从事相关方面的研究。抛弃文本而进行文化研究似乎成为文化研究兴起后文学研究的一大现状。但事实上，米勒认为文学研究的价值仍然存在，"文学在图书时代也是文化表现和构成自己的一种主要方式；语言仍是交流的主要形式；对文学的深入研究是正视陌生性或不可减少的其他人的他性的一种必不可少的方式"[2]。除了文学研究，大学中文学的教育也始终面临着诸多难题。米勒采纳了艾略特的观点，将如何教人阅读比作"a mug's game"[3]，即徒劳无益的比赛。这有两层含义，一方面是指需要费很多精力还不一定能够成功，另一方面则是其字面的意思，即抢劫的游戏。因为艾略特认为探寻诗歌的含义就好像需要给看门狗一块肉才能够进入房中一样，你必须知道所有的比喻、历史的叙事以及文学事实。或者从另一角度说，教授阅读是没有必要的，如果你能够认识字、明白意思

---

[1] [美]J. 希利斯·米勒. 跨国型大学里的文学研究[M]//王逢振,周敏. J. 希利斯·米勒文集. 北京：中国社会科学出版社,2016：185.

[2] [美]J. 希利斯·米勒."全球化"对文学研究的影响[M].//重申解构主义. 郭英剑,等译. 北京：中国社会科学出版社,2000：320.

[3] J. Hillis Miller. On Literature [M]. New York and London：Routledge, 2002：115.

就可以阅读,阅读不需要教授。但事实上,阅读的差别是巨大的,好的读者需要掌握正确的方法,而大众也需要被教授正确的阅读方法。

米勒竭力强调"修辞性阅读"的重要性。他认为无论是面对文化研究的兴起,还是应对数字化媒介的发展,修辞性阅读都应该是每一个学生努力掌握的技能。因此他提出在大学开设修辞性阅读课程的必要性。不仅是人文学科的学生需要掌握,其他专业的学生也应该熟练运用这种阅读方法。因为"文化制品的模式以及有关文化制品的教学和写作中所发生的时间的模式从陈述性到述行性的充分转型"①,这种述行性只有通过修辞性阅读才能够在合理的范围内发生作用。

另外,米勒的述行理论还拓展到了跨语言的翻译问题。关于"施为"和"述行"翻译问题,实际上也是米勒翻译理论的一个实例。"Performative""Performativity"的使用是语言自身消解的问题,我国学者使用施为、述行的译法则带有中国文化的特征,这种特征其实与其所产生的文化背景相去甚远。文学和理论的翻译问题,始终存在于文学研究中,该问题同样在米勒文学研究中占有重要的位置。米勒在《跨越边界:翻译·文学·批评》一书中详细阐述了自己的文学理论翻译观,他认为文学理论的产生与其产生地的文化密切相关,并且包含着文化语境中丰富而独特的文化现象,因此跨文化的翻译是很难准确表达的。

米勒也将自己的翻译理论定义为"述行性"的。他的作品《新起点:文学与批评中的述行地形学》就是其翻译理论的集中呈现。米勒在书中所想要解决的问题是:"理论文章被翻译成另外一种语言并在另一种文化中产生影响时发生了什么?诗歌或者小说中的景观描写有什么作用?那样的描写如何给读者创造伦理的需要或者驱使读者来做什么事情作为阅读的结果?在什么意义上使得文学作品为它们的读者或者传播的读者提供新的开始?"②

本雅明对译者的任务进行了充分的思考。他首先否定了翻译是对文学作品的传播,认为翻译传播的并非是本质的东西而是信息。真正的翻译需传达本质特征,"一切生命的有目的呈现,包括其目的性本身,其目的都不在于生命本身,

---

① [美]J.希利斯·米勒.跨国型大学里的文学研究[M]//王逢振,周敏.J.希利斯·米勒文集.北京:中国社会科学出版社,2016:179.
② J. Hillis Miller. New Starts: Performative to Pographies in Literature and Criticism[M]. Taipei: The Institute of European and American Studies, Academic Sinica, 1993:1.

而在于表达自己的本质,在于对自身意义和重要性的再现。而译作在终极意义上正服务于这一目的"。因此,"译作者的任务是在译作的语言里创造出原作的回声,为此,译作者必须找到作用于这种语言的意图效果,即意向性"①。翻译的作品是作品本身的一个重要的组成部分,好的翻译通过自身来加强原作。

米勒认为文学理论是不可翻译的,因为"它不能脱离它起源的在地的地志"②。因为文学理论是对其产生地的文化的高度概括,其生长的地方、时间、文化和语言都与其所在地紧密相关。文学理论异于媒体技术,媒体技术运用于不同的国家和文化时其技术本身是不会发生变化的,例如电影、摄影技术,虽然会有不同的创新,但是其形式本身是不会变的。而文学理论却无法做到。

德曼认为,文学理论应该对接近文学文本的方式进行考量,而其核心是语言,其关注的焦点应该是语言所产生的意义和价值的力量,除文字之外别无他物。"不管它有什么力量来反映社会现实和物质现实,或使某事在个人生活和社会生活中发生,这都来自语言中的某种能力或透过语言传达的某种能力。……文学理论的焦点必须放在语言的践行性力量。"③这就是述行性。德曼的理论可以视作对文学研究兴起的反驳,因为他坚持除了语言之外的历史、性别等研究都不是文学理论的一部分。这一观念无疑过于偏激。

与德曼的坚持不同,米勒并未完全否定其他形式的理论,例如多元文化论、后殖民主义、性别等。他肯定文化与文学之间的联系,强调"作为文化成品之一的文学,必须以理论的方式来接近;理论必须关怀文学作品使用文字来改变历史、社会和个人生活的方式,也就是说,文学作品使用文字来产生'意义'和'价值'的方式"④,即对述行性的关注。

米勒认为理论不可翻译的另一个原因则是,理论在阐释时总会伴随着相关的例子,而这些例子与特定的语言和文化有关。因此文学理论总涉及对特定作品的阅读。例如奥斯汀在论述自己的述行言语和陈述言语时曾经用婚礼上男女双方的"我愿意"来进行举例,即通过语言来进行承诺并达成规约。而中国的传

---

① [德]本雅明.译作者的任务——波德莱尔《巴黎风光》译者导言[M]//汉娜·阿伦特.启迪:本雅明文选.张旭东,王斑,译.北京:生活·读书·新知三联书店,2012:82-88.
② [美]米乐.跨越边界:翻译·文学·批评[M].单德兴,编译.台北:书林出版公司,1995:7.
③ [美]米乐.跨越边界:翻译·文学·批评[M].单德兴,编译.台北:书林出版公司,1995:6.
④ [美]米乐.跨越边界:翻译·文学·批评[M].单德兴,编译.台北:书林出版公司,1995:6.

统文化中并没有这个流程,传统的婚礼习俗是以夫妻鞠躬、对拜的行为来达成婚姻事实的。如果不了解西方的婚礼习俗和文化,是很难理解其中的含义的。因为在一般情况下,"我愿意"仅表达自己的个人愿望,并不能成为事实。

但是米勒并没有绝对否定跨越文化边界的翻译。他认为理论之所以能够被翻译,其根本还在于理论是语言的述行性用法,而不是认知的。理论提供认知,但是却具有述行效用。理论起源于其产生地的阅读行动,但是却可以在新的文化地产生效用。从这个层面上来看,文学理论具有可译性。在翻译过程中,原语言即为待翻译语言的他者,这个他者是其源头,"虽然永远无法被概念化的语言和盘托出,却不停地召唤新的阅读与翻译"①。另外,语言和理论是述行性的,因为它不是在描述单一的事实,而是在创造性地做事,并不受时空、语境的限制。

综上所述,米勒的文学述行理论从述行语入手,揭示了文学语言通过修辞手法的运用自主、自动发挥功效的方式、途径和影响,强调语言的建构能力,并从读者阅读的角度来建构文学从文字到阅读、再到读后行为的完整过程。其文学述行理论的贡献是极大的。从理论建构上来看,他的文学述行理论是对德曼、德里达等人理论的继承、批判和完善,他通过文学阅读更为清晰地诠释了文本述行的方式和过程。同时,他将述行理论从文学拓展到阅读,也是对述行理论的深化。就批评实践来说,米勒的文学述行批评为实践主义的文学批评提供了一个新的角度,同时他对修辞性阅读、述行批评方式的强调,对修辞性阅读教学的重要性的强调也使述行理论可以作为方法论为文学批评实践提供模板。

米勒的文学述行理论也是有局限性的。有学者指出,米勒无视作家的主观能动性,忽略作家的创造性;缺乏对文学作品如何创作出来的、创作方式等文学创作方面的探讨;无视文学世界的目的性;没有密切关注文学作品结构的统一性和逻辑性;缺乏对具体作家作品的独特艺术结构和思想价值的阐述;缺乏推陈出新,创作更新更好作品的实用价值等②。这些批评有些是中肯的。例如米勒确实将文学预设的教化功能排除在外,同时弱化了作者的主观目的。

也有学者指出米勒的批评实际已经脱离了纯粹的文学批评,而他的伦理批

---

① 申屠云峰.翻译的(不)可能性[J].科教文汇,2010(12).
② 肖锦龙.意识批评、语言分析、行为研究:希利斯·米勒的文学批评之批评[M].北京:高等教育出版社,2011:152-154.

评也完全避开了伦理化。"好像阅读对于包括其他人类的选择和行动没有任何作用。他似乎忘记了尽管我们阅读我们的文化和生活正如阅读书一样,我们同样在文化和生活中行动而不是在书中行动。……我们在书中只能阅读、阐释和批评。"①

米勒的"述行"所指的行为是广义的行为,既包括小说中人物的言语行为,例如命名、承诺等,也包括文学作品对现实规则的建构行为,同时还将读者的阅读行为以及阅读之后在文化和生活中的行为纳入其中。在他的述行理论中,阅读、阐释和批评也同样是建构行为。不能将其单一地理解为通常意义上的行为。从此处亦可窥见米勒本人的理论风格。他并不擅长严谨的理论定义和具有普遍意义的批评规范,他重视的是对每一个独特文本做出新的解析。

当然,米勒的文学述行理论最突出的局限性还在于他有强制阐释或者过度阐释的倾向。解构主义一直被人诟病是随意解读,可以根据一个词引申出无穷无尽的意象和意义。例如普鲁斯特"拉谢尔"的命名,"来自上帝的拉谢尔"确实与《圣经》有关,但是咏叹调或者反讽是否真的存在则不能确定。不过,任何的文学批评都是提供一种阐释的可能,因为阐释本身就带有主观意图,所以很难准确判断对错,而只是一种语言的述行模式。另外,米勒在分析的时候也偶有出现混乱的情况。例如他明确排除作者的意图,但是在具体分析的时候又混杂着普鲁斯特的命名、马塞尔的命名。同时述行的主语经常出现游移。但无论如何,米勒的文学述行和述行的阅读理论确实为文学批评提供了一种新的路径。通过文学述行理论,文本的内部和外部、内容和形式、想象性和真实性被有机地统一了起来,重新建构了作者、文本、读者和世界的关系。

---

① Robert Scholes. The Pathos of Deconstruction [J]. NOVEL: A Forum on Fiction, 1989, 22(2).

第三章 米勒媒介批评的述行之维

随着社会的数字化变革,媒介对文学以及人们生活的影响日益加剧。媒介的特殊性和重要性使其成为学者研究的对象,如何理解媒介、阅读媒介成为学者们关注的焦点。媒介是基于信息交流的需求而产生的,是交流的渠道并具有载体性质。需要特别注意的是,"媒介"通常作为大众媒介形式的简称,"媒介这个词,它的重点是中介行为,这同它是一个操作设备分不开"①。而米勒所论述的媒介,则不仅包括物质形态的媒介,如文字、网络、电话等,还包括传输精神或者思想的个体或者思想,例如德里达、德曼等。

米勒将述行理论运用于媒介的理解和阅读上,提出了"媒介就是制造者"的论断,他认为媒介一方面制造着信息、社会文化以及新的人,另一方面也宣判了传统文学的死亡。不仅如此,媒介的述行作用还发生在社会生活的其他角落,如环境问题和生态危机等。同时他还发现经由媒介传播的谎言的述行性效用更为强烈,因此我们迫切地需要采用修辞性阅读的方法来冷静分析媒介语言建构的世界。这些理论和观点的提出使他的媒介批评理论具有了述行之维。

第一节 作为制造者的媒介

无论传统的传播学理论还是当代的媒介文化研究都将媒介视为工具,但是米勒却发现媒介具有使事情发生的力量,即述行的力量。这种述行力量是如何

---

① [法]雷吉斯·德布雷.媒介学引论[M].刘文玲,译;陈卫星,审译.北京:中国传媒大学出版社,2014:10.

发生的？媒介不仅是事实或信息叙述的承载物，而且具有述行的功能，它使一些事情发生，甚至成为预测—信息的一部分。

一、媒介：从载体到制造者

在传统的媒介理论中，媒介是一个工具，具有物质性和工具性，作为传播的工具进入研究者的研究视域。对媒介的研究最初是从传播的角度进行的，这些学者以实用主义为核心，运用心理学、社会学、新闻学等研究方法进行传播学范式的研究，主要研究媒介的传播对象和方式、传播的过程、符号和功能等，并形成了传播的模型。这一流派以拉斯韦尔、施拉姆等学者为代表。

另一个对媒介研究产生重要影响的是法兰克福学派。他们从意识形态的角度进行媒介批评。此外还有英国伯明翰学派的媒介文化研究，将媒介纳入社会文化的范畴进行批判。如阿多诺认为电视这种媒介是文化工业的欺骗手段；葛兰西论述了媒介的霸权；本雅明则从心理角度揭示大众媒介对大众的影响。这种具有强烈意识形态研究色彩的传播学虽然不乏切中肯綮之处，但过于局限于阶级和审美之上，也难以真实反映大众媒介的作用和影响。

麦克卢汉的"媒介即讯息"改变了媒介的传统认知。麦克卢汉不仅将媒介的研究从限定的传播模式中脱离出来，也跳出文化研究、意识形态的领域，专注于媒介本身的研究。所谓"媒介即讯息"，是说"任何媒介（即人的延伸）对个人和社会的任何影响，都是由于新的尺度产生的；我们的任何一种延伸（或曰任何一种新的技术），都要在我们的事务中引进一种新的尺度"[①]。在这里，对媒介的认识由形式走向了内容。麦克卢汉的理论拉近了技术与情感的关系。以电视、电话、电子产品和互联网为代表的媒介改变了人们的感知模式，延伸了人们的感知范围。人们可以与千里之外的人见面、通话，甚至这种延伸还塑造了一种新的感知，因为对人的组合与行为的尺度和形态，媒介发挥着塑造和控制的作用[②]。麦克卢汉认为"媒介即信息"，并不是说媒介等同于信息，"我强调媒介即讯息，而不

---

① ［加］马歇尔·麦克卢汉. 理解媒介：论人的延伸[M]. 何道宽，译. 南京：译林出版社，2011:18.
② ［加］马歇尔·麦克卢汉. 理解媒介：论人的延伸[M]. 何道宽，译. 南京：译林出版社，2011:18.

说内容是讯息……社会受到更加深刻影响的是人们借以交流的媒介的性质,而不是交流的内容",而是"媒介的形式对人的感官和心理的深刻影响"①。他首先肯定了技术的影响。诚然不同的媒介所带来的感知是不同的,阅读纸质作品和观看电视、网络的审美感知不尽相同,但是媒介带来的真正改变却不是技术而是环境,这个环境是由新的媒介所创造的,这样的环境能够重新设置"感知阈限",进而影响人的感知系统和整个生活。例如以电视为代表的大众媒介的出现,不仅引发了文化模式从文字向图像的转换,更使得社会的文化精神从审美向娱乐化转变。

米勒在麦克卢汉的基础上将媒介的理论又推进了一步:媒介具有能够创造出整个社会文化环境的能力,是制造者。"想要通过一种或者两种媒介传递的信息内容并不重要。媒介自身发生着作用,是述行的。媒介在每一个情况下用不同的方式说出一些东西,使一些事情发生,它是制造者。"②米勒强调媒介是制造者,即肯定媒介的述行能力。作为媒介,它的述行功能便是让事情发生,"(信息)的内容无论是什么,或在指定的时间、通过指定的媒体进行传播,都会受到所用媒介的影响。通过对信息的大力支持,一个指定的媒介不是被动地传递信息,媒介通过它自己的方式,积极地改变了所说和所做的内容"③。最明显的例子便是文学作品的影视剧改编,同样的内容通过文字传播和通过影像、声音传播,其审美想象和审美体验是截然不同的。作品的主人公说出同样的一句话,在文本中和在电视上的含义和效果都是不同的,甚至影视剧的剧本和最终的成品都是两个全新的作品。

媒介的述行之维之所以存在,是因为媒介的根本还是语言,其传递的内容和传播的形式都是建立在语言的基础之上的。同时,媒介本身是言说的一种途径,文字、图像或者声音都在通过媒介言说自身,这种言说作用在读者或者更确切地说在接受者的身上,便具有了述行功能。媒介的述行功能是如何实现的? 米勒

---

① [加]埃里克·麦克卢汉,等.麦克卢汉精粹[M].何道宽,译.南京:南京大学出版社,2000:279-286.
② J. Hillis Miller. The Medium is the Maker: Browning, Freud, Derrida, and the New Telepathic Ecotechnologirs[M]. Portland: Sussex Academic Press,2009:2.
③ J. Hillis Miller. The Medium is the Maker: Browning, Freud, Derrida, and the New Telepathic Ecotechnologies [M]. Portland: Sussex Academic Press, 2009:22.

将这种传播方式定义为心灵感应(telepathy)。

二、媒介的述行方式:心灵感应

媒介,具有两方面的含义,一是广义上的能够建立联系的工具,用以双方沟通,如古代的媒人、驿站等;现代的传播设备或者社会机构,如手机、互联网等。二是狭义上的载体,用来装载需要传递的内容或者信息,例如纸、硬盘等,或者是传播形式包括传播对象的统称。无论是哪个层面,媒介都作为附属和工具存在。在这些理论中,媒介并不重要,重要的是传递的信息和内容。追溯人类的发展历史,人们行为产生区别和发生变化源于以下几个因素的作用:一是宗教,宗教对人类的行为影响极为深远,不同宗教信仰之下人的行为和价值取向也有着差异;二是精神,即大脑,科学主义的理念下人的行为是大脑决定的结果;三是心理,心理包含着人对客观世界的认知、情感体验以及通过思考而形成的逻辑判断,这些因素也都可以决定行为的发生。米勒将这三个影响因素分别对应了三个历史发展的进程,而在当下最能够影响人行为的便是媒介。米勒这样定义他要谈论的媒介:"媒介,不仅指新的物质基础,也指这种传播方式带有一点怪异的、通灵的和心灵感应的特色。某种东西通过媒介向我说话。"[①]理解媒介的述行维度,需要从理解心灵感应来入手。

所谓"心灵感应",是指信息在两个远距离的人之间传递,但是不通过传统的感觉方式。谈到心灵感应不得不提及弗洛伊德。弗洛伊德在《梦的解析》中将梦作为一种心灵感应,一个人对他思考的或者感觉的事物有着如同千里眼一样的认识。通过心灵感应的形式,人们可以实现远距离的听和看。弗洛伊德通过分析一战后参战的战士在离开战场回到家之后的心理变化,解析人与死去的人之间的交流。这种交流被弗洛伊德称为心灵感应,这种心灵感应的基础是人的身体内的无意识。

德里达的心灵感应理念是建立在电话和邮政的通信系统上的。他认为无意识理论无法全面解读心灵感应,因为心灵感应在一定程度上是与信仰相关的。

---

① [美]J.希利斯·米勒.萌在他乡:米勒中国演讲集[M].国荣,译.南京:南京大学出版社,2016:329.

他肯定心灵感应的存在,并且认为当心灵感应发生时,一个人心底最深刻的想象被瞬间传递到其他人意识中,被他人知晓时会产生巨大的震动。他这样来描摹心灵感应的发生过程:"人的脑海中存在一个巨大的屏幕,人在说话时候有一个遥控器来控制转换频道并且为屏幕的内容填充颜色,其中连接着不同地域、不同时间的人或者事件,这样说话的内容就被加倍放大从而避免任何误解,就好像给外国人或者失聪的人传达信息时,需要借助其他的内容来唤醒他们认知体系中已知的客观确定性,这个过程就是心灵感应发生的过程。"①德里达所说的屏幕是心灵感应的载体,这个屏幕存在于人的内部,形成远距离的朋友和亲人的视觉图像,或者我们自己的想法在他人内部的电视屏幕中播放。这个过程是德里达对心灵感应发生过程的描摹。通过德里达的描摹,可以看到他所说的心灵感应是建立在通信媒介的基础上的。例如明信片,明信片作为媒介使接受者在阅读明信片上的文字时与千里之外的寄出者建立了心灵感应的联系,即对方的心情、内心、情感包括说话的语气、语调都呈现在接受者的脑海中。这种感应在电子通信媒介的传递下更为直观和强烈。"电子通信设备带来的变化实现了文化变迁、心灵感应的生态技术及生态技术式的心灵感应……其目的是超越现实与虚拟的时空,认为电子通信设备将替代宗教来根据意思和目的积极地做出改变,达到德里达所说的人造真实性。"②

米勒所论述的心灵感应异于弗洛伊德和德里达。他认为心灵感应并不仅仅存在于特殊的梦境或者实验中,而是发生在日常生活中,即一个人通过直观的远距离听或者看来获得知识。电信技术和设备可以同步播放远距离的声音和视频,例如在电视新闻中我们可以知道千里之外的地方正在发生什么,但是却并不能进入他人的思想。能够进入他人思想的心灵感应存在于文学中。小说中的叙述者能够进入所有人物的内心世界,通过他可以窥见人物的黑暗、自私和邻居的思想等。这个观念在尼古拉斯·罗伊尔的《心灵感应和文学:关于阅读思维的散文》中得到了很好的阐释。罗伊尔宣称:"现实主义小说中的'全知的叙述者'最好被定义为一个心灵感应的媒介,这个媒介对人物的思考和感觉有着千里眼一

---

① J. Hillis Miller. The Medium is the Maker: Browning, Freud, Derrida, and the New Telepathic Ecotechnologirs[M]. Portland: Sussex Academic Press, 2009:15.
② 秦旭. 希利斯·米勒解构批评研究[M]. 北京:社会科学文献出版社,2011:132.

样的感悟。"①

通过心灵感应,我们探析到米勒媒介批评的述行之维有如下表现:

第一,表达精神。通过文字和图像,我们可以看到行为、树立形象,但是人的思想和精神是怎么获悉的呢?米勒认为思想是通过媒介来表达的。"所有形式的心灵感应,传统的、现代的或者后现代的,都是将精神转换到形式,转换成可理解的信号被阅读,然后再次转换成为精神,即'意义'。简而言之,媒介的重要性表现在媒介就是窗户,使精神可以被说出。"②例如诗人在自己的创作中引用莎士比亚的诗句,那么这种引用就作为媒介,使莎士比亚的精神同时被说出。莎士比亚虽然已经故去,但是通过文字这种媒介,无论哪个时代、哪个地域的读者都可以与莎士比亚本人对话,莎士比亚自己的精神被文字传达了出来,但是这种传递已经不是原本意义上的莎士比亚,而是一种新的建构,一个全新的莎士比亚。同时这也不是简单地传递莎士比亚的精神的信息,而是创造、产生新的意义,这就是述行的力量。勃朗宁的诗歌《污泥先生》便是这样一种媒介,通过它人们可以与死去的灵魂建立联系,可以同培根、亚里士多德、巴纳姆等人交流。他们的语言使灵魂又"活"了过来,并可以自由发声。

第二,转换。媒介并不是简单的直接传递,而需要通过一种循环往复的转换来进行。媒介作为制造者存在于所有的传递者和运输方式中。"我们的身体会吸收很多看不到的电磁、光波。这种电磁或者光波的来源很广,你只需要一个卫星装置来接收这些信号。心灵感应也一样,我们的身体同其他对象从一定的距离建立联系,然后被以最夸张的方式填满。"③米勒甚至认为互联网挤满了记录的灵魂,人们可以通过电脑的功能如检查、搜索等跟这些灵魂建立联系。每一次点击,都将链接的对象拉入你的世界中,然后在自己的思想中对其进行创造性的建构。但是无论梦还是灵魂都不再与其本来的面貌相同,而是被转换为文字或者其他标志,通过转换来使事情发生。于是便有了这样一个过程,仍以莎士比亚

---

① J. Hillis Miller. The Medium is the Maker:Browning, Freud, Derrida, and the New Telepathic Ecotechnologirs[M]. Portland:Sussex Academic Press,2009:2.
② J. Hillis Miller. The Medium is the Maker:Browning, Freud, Derrida, and the New Telepathic Ecotechnologirs[M]. Portland:Sussex Academic Press,2009:11.
③ J. Hillis Miller. The Medium is the Maker:Browning, Freud, Derrida, and the New Telepathic Ecotechnologirs[M]. Portland:Sussex Academic Press,2009:10.

为例,他的诗作、精神或者思想被转换为文字呈现在纸上,或者以图像的形式呈现在互联网屏幕上,这些形式作为可以被理解的符号被读者阅读,然后在读者的心中又被转换为或肯定或批评、或被记忆或被遗忘的意义。通过电子媒介的转换则更为明显,声音、图像、文本被转换为数字模式或者声波来被保存、传播和记忆,无论哪一种转换语言都是其根本。这种转换就是媒介的述行过程。

第三,预言性。"预言性的心灵感应传达的信息不是一个可被理解的描述,而是一个述行性的声明或宣告。"①心灵感应预示了什么事情会在此刻发生。在文学述行中,读者在阅读后会做出什么行为是无法预测的,但是媒介却有了这种预言性,或者说媒介的掌控者拥有更为强大的述行力量。心灵感应中的时间概念是一个确定的历史性的媒介阶段,它被文化包围并包含着过去、现在和未来。例如在文学作品中或者大众媒介中出现这样的一句话"这是一个农夫和蛇的故事",那么尽管我们还没有看到故事的未来发展,"农夫和蛇"这个寓言已经让人们瞬间知晓了故事的结局。读者在看到或者听到"农夫和蛇"时便与这个寓言故事建立了心灵感应的联系,同时这句话作为一个述行性的宣告直接决定了未来。除了直接引用,德里达认为发音相同的语词也可以作为心灵感应的媒介,但无论是通过什么样的媒介,都具有述行力量。

第四,谎言性。媒介是制造者的另一个表现即它也可能是谎言。奥斯汀因为文学的虚构性将文学语言排除在他的述行理论之外,但是塞尔却发现了语言可以"佯装"来述行,米勒认为媒介谎言的述行性可以被使用者们充分利用,这成为当下后真相时代媒介伦理危机的重要原因。媒介可以让人们与远处的人或事建立联系。媒体经常声称"你所看到的就是正在此时发生的",电视节目中的"即时新闻"或者"现场演出"看上去都是在传达正在发生的事情,但是新闻节目可以提前录制,即便是真实的现场发生的事情也可能经过彩排或者摆拍,但是却被冠以"正在发生"的谎言。甚至从技术角度而言,媒体的现场直播亦有延迟,而且在直播之前已经有了信息的转播和过滤。于是正如德里达不止一次强调的那样:电视是一个骗子、一个幻影。任何媒介的诉说在发生时通常能够重新弥补缺

---

① J. Hillis Miller. The Medium is the Maker: Browning, Freud, Derrida, and the New Telepathic Ecotechnologirs[M]. Portland: Sussex Academic Press, 2009:27.

的在场,经常将事实转为人工事实①。在这种情况下,谎言的制造便不可阻挡。米勒也正是基于这种现实,才提出将修辞性阅读的方法运用到对媒介的理解和接受中,以提高人们对网络语言真假的甄别能力。

  第五,重复性。同文学述行一样,媒介的述行效果也要依靠重复性来实现。米勒在他的解构主义阅读中反复强调"重复"的重要。在《小说与重复》中他指出读者"在某种程度上是通过对重复以及因重复而产生意义的识别来进行理解的"②。这种重复包括互文性的重复、文本内外的重复和记忆的重复等。这种重复在媒介中体现得更为直观和深刻。所谓的心灵感应是远距离的一种重复,是对过去的重复,也是现在对未来的预见性重复。弗洛伊德认为梦境是对潜意识的反映,而德里达则认为梦境是对未来的预示,这种预示是对梦境的重复。媒介遍布生活周围,无论图像还是声音抑或是影像,无时无刻不在重复,同时因为图像、声音或者影像是对现实生活的模仿,因此又添加了一重重复,其述行力量就更容易发挥,影响也更深远。正如米勒所言,成长于数字媒介时代的研究者,他的行为模式是反复从互联网中获取材料和资源,并且运用电脑来打字、发送电子邮件和信息,通过互联网建立自己的人际关系网络等,这都是重复的述行结果。他们已经不适应坐在图书馆内翻找资料,或者亲自拜访朋友。因此媒介不仅建构了行为方式也建构了社会关系,还有社会中的人。

  米勒的心灵感应到底是如何发生作用的?电话这种通话形式是电信时代最突出的"心灵感应"形式,也是能够最直观地呈现心灵感应发生过程的方式。普鲁斯特甚至认为人们之所以阅读是因为没有办法打电话,而在电话出现后,人们的交流和生活方式便发生了巨大的变化。电话这种媒介述行性地建构了人们的生活。米勒对《追忆似水年华》中马塞尔同外婆的通话进行了精彩的分析。彼时的通话还需要接线员来接通,因此在打电话的过程中存在着双重的述行语:第一是人对着话筒说话,第二是接线员接通电话。普鲁斯特将接线员比作是实现愿望的精灵,你只需要跟他说"请接通 xxx 的电话"就能立刻同千里之外的人说话,

---

① J. Hillis Miller. The Medium is the Maker: Browning, Freud, Derrida, and the New Telepathic Ecotechnologirs[M]. Portland: Sussex Academic Press, 2009:13.

② J. Hillis Miller. Fiction and Repetition: Seven English Novels[M]. Cambridge: Harvard University Press, 1981:87.

这好像人在许下愿望时说"我想要什么"或者"想做什么"就会立刻实现一样。电话接线员承担着述行作用发生时转换的责任,他将线插入不同的插口,两个不同的世界便被接通了。

电话带来的第一个影响是将遥远的东西变得无限接近。电话接通,对方的声音通过电波传到耳边、直达心灵,两个人便可以无限接近。比起面对面的对话,电话沟通更具亲密感。电话甚至一度被赋予了与死亡的魂灵进行沟通的功能。同心灵感应一样,人们可以同已经离去的在另一个世界中活动的灵魂沟通。因此曾有过这样一种流行现象:当有人过世时,在其私人棺椁中放入电话,以期与逝去世界中的对方建立联系。电话的第二个影响则是私密感被打破,安全感消失。通过电话,个人的隐私被他人知晓,例如接线员清楚地知道你曾在何时与何人、何地进行联系。大量的电话窃听事件也使通话不再具有私密性。这种隐私的不安全感在互联网时代尤盛。在互联网中,所有的个人信息都会被放置于公共空间,这也是人肉搜索、网络暴力形成的基础。只要略通网络技术,一个人的信息、言行和痕迹都会被清晰地还原。无论亲近还是私密性都会被破坏,这也是电话的述行效用。

面对面的对话,人们可以通过观察神色、声音和语调来辨别对方所说的是真相还是谎言,而电话则让谎言更易传达。没有了面对面的紧迫感,人们可以轻易撒谎,甚至你的通话对象并不是真正想要对话的人。声音可以被模拟,人们无法准确地分辨相似的声音。正如频繁发生的电话诈骗、网络诈骗。大众基于传统的人际交往来类比通过电话、网络的交往,但是媒介在其中已经发生着述行作用,使交往方式发生了改变。心灵感应不再是神秘莫测的回旋效应,而是借助于技术建构行为的交往行为。

总而言之,媒介的述行维度通过心灵感应来实现,它使远距离的、过去的甚至已经死去的人或者事情通过媒介来发声。媒介批评述行的另外一个层面体现在媒介作为物质基础的存在上。

三、媒介就是意识形态

在数字媒介时代,新的电子信息技术和通信技术作为物质的生产方式决定了意识形态。米勒在《文学的前世今生》中指出:"一部文学作品的物化模式,基本上决定了它的述行性力量。"① 米勒所说的"物化模式",即载体,也就是媒介。媒介的意识形态性首先体现在其物质基础是不断发展变化的技术。基于印刷技术的书籍和文本所传达的是精英阶层的理性、静观的文学审美观以及核心需求。基于视听、多媒体数字技术基础的电视则一方面是社会权力阶层的信息传达和精神建构;另一方面是资本控制下的消费目的的实现手段。基于不同技术之上的媒介都受到物质基础、经济基础以及权力的掌控。其次,媒介的意识形态性还表现在传播信息时对信息内容的改变和对接受者的引导。这皆是媒介述行作用的体现。

媒介就是意识形态的论断源自马克思对意识形态的阐释。马克思在《政治经济学批判》中谈道:"物质生活的生产方式制约着整个社会生活、政治生活和精神生活过程。"②即物质材料的生产和消费决定着意识形态。在《1844年经济学—哲学手稿》中,马克思也提出:"人类的生活在本质上是实践的,文学和艺术等社会意识形式不仅深深地植根于社会的物质生活实践之中,而且它们的生产过程本身就是一种实践行为……宗教、家庭、国家、法、道德、科学、艺术等等,都不过是生产的一些特殊的形态,并且受生产的普遍规律的支配。"③艺术不仅仅是一种生产,更重要的是艺术受到普遍规律的约束。另外,在资本主义商品社会中,艺术生产者是服从于资本主义上层建筑的,为资本家服务并获取利润。马克思阐释了社会存在与社会意识的关系,进而推及作为上层建筑的意识形态与社会生活的关系。

除此之外,西方马克思主义者提出了意识形态的不同模式,如"错误意识、领导权或阶级合法化意识、物化意识、日常生活的意识形态、阿尔都塞意识形态国家机器的理论、支配权的意识形态和语言异化意识"等④。他们基于技术发展的基础来探讨艺术生产和意识形态的关系。本雅明的艺术生产论最早将艺术品的制作过程看作是生产过程。技术决定着艺术的生产力。技术作为意识形态具有

---

① [美]J.希利斯·米勒.萌在他乡:米勒中国演讲集[M].国荣,译.南京:南京大学出版社,2016:329.
② [德]马克思.马克思恩格斯选集[M].北京:中央编译局,1995:32.
③ [德]马克思.1844年经济学—哲学手稿[M].中共中央马克思恩格斯列宁斯大林著作编译局,编译.北京:人民出版社,2000:30.
④ 冯宪光."西方马克思主义"美学研究[M].重庆:重庆出版社,1997:55.

决定生产的能力。因此"对革命的艺术家来说,就不只是一个利用现存的生产技术和工具以传播革命的'启示',更主要的是如何使这些技术和工具本身革命化的问题"①。本雅明在技术的发展中看到了艺术革新的前景和人类解放的希望,而阿多诺认为技术可以对文化的意识形态进行控制,商品在消费社会中已然成为自己的意识形态,电视、广告等媒介所创造出的需要,便是基于意识形态的作用。他"更多地从技术的普及中看到了统治意识形态无所不在的力量,看到了以技术进步为基础的大众文化工业对人性压抑的加剧"②。特里·伊格尔顿认为文学是意识形态的一部分,文学艺术创作是一种制造业。葛兰西认为意识形态与经济、政治同属于社会的实践形态。每个人都处于意识形态之中,这种意识形态如果被上层阶级掌控便形成了文化霸权……这些意识形态的理论肯定也好、批评也罢,都指向了意识形态做事的效用,即意识形态也具有述行力量,可以使事情发生。

不仅文艺生产具有意识形态性,审美也具有意识形态性。从休谟、伯克对于心灵法则的探寻,到康德的想象,再到费希特所阐述的人工世界以及阿多诺所否定的奥斯维辛之后的艺术都在揭示审美的意识形态作用。伊格尔顿在《审美意识形态》中充分肯定了德曼在意识形态问题上的判断:"德曼认为,审美意识形态经历了从语言学到感性经验的现象学还原,包含心灵和世界、符号和事物、认知和感知的混淆……通过抑制存在于语言和现实之间的偶然的、令人迷惑的关系,这种美学意识形态便使前者(语言)自然化或现象学化,并因此陷入用意识形态思想所特有的方式来把意义的偶然性转化为有机的自然过程的危险之中。"③

在电信时代,以印刷为媒介的文本向电子媒介转型。互联网平台、超链接、数据库等承载着新的文本,而这些又在强化着电信时代新的意识形态,"不仅是语言本身,而且是被这种或那种技术平台所生产、储存、检索、传送所接受的语言

---

① 谭好哲.文艺与意识形态[M].济南:山东大学出版社,1997:243.
② 谭好哲.文艺与意识形态[M].济南:山东大学出版社,1997:245.
③ [英]特里·伊格尔顿.审美意识形态[M].王杰,傅德根,麦永雄,译.桂林:广西师范大学出版社,2001:10.

或者其他符号"①。以印刷业为载体的文本与电信时代赛博空间的文本有着显著的差异：

第一，印刷的书本是具有排他性的，而电信媒介却具有开放性。人们在阅读印刷文本时是完全与外界和他者隔离的，是一个相对封闭的、完整的活动，书本印刷完成就是一个完整的系统。电信媒介的文本可以被反复地检索、剪切、复制或者通过超文本建立各种各样的联系，因此，其创造的过程是开放的，一直在进行且永不会完成。

第二，印刷文本的述行效果建立于个人的想象之上，而电信媒介则更加客观、公开，因而其意识形态对象也更为丰富，述行效果更为显著，责任也更重大。阅读文本是私人化的活动，个人对文字和符号的想象不尽相同，其述行的影响也是小范围的。但是电信媒介将图像、语言、形象等直观呈现并广泛传播，其述行效果便带有了政治责任。

第三，印刷文本中虚构与真实有着明显的界限，电信媒介激发了更多对比喻和虚构的运用欲望，且真假难辨，其述行性更为强烈。在阅读印刷文本时，读者能够清晰地分清文本虚构的世界和自己的现实生活。但是电信媒介却通过逼真的影像无限地贴近生活，大量运用比喻性的语言、形象和声音，刺激人的多种感官，限制理性思考的空间和时间，进而更容易被述行作用影响，也很难分辨真假。

第四，印刷文本中事实和陈述之间对立清晰，而电信媒介消弭了对立。米勒认为，文学撷取任何语言的碎片来虚构或相反地言说真理事实，实现普通意义上的指涉性。新的数码使印刷本中隐藏的东西隐藏得更深，就像一个黑洞。数码化消融图像与文本之间的区别，生产出的对象比照片更加易逝、更加无处不在②。另外，印刷文本呈现的是一种静观的审美追求，电信媒介充斥着大量的图像和意识形态且刺激着感官，因而更多的是一种娱乐化的追求，进而影响整个社会的审美追求和文化倾向。

从印刷到电子媒介之间的转变所带来的变化是根本的，正如德里达所说：

---

① ［美］J.希利斯·米勒.全球化时代文学研究还会继续存在吗？[M]//易晓明.土著与数码冲浪者——希利斯·米勒中国演讲集.长春：吉林人民出版社，2004：94.

② ［美］J.希利斯·米勒.跨国型大学里的文学研究[M]//王逢振，周敏.J.希利斯·米勒文集.北京：中国社会科学出版社，2016：161.

"电传制度导致了民族——国家的没落以及个体身份和隐私的改变,使用电脑的人是孤独和一种新型交往的奇怪混合,导致了传统的内外界限的消除。"米勒则清晰地看到了新传媒技术的三个结果:"民族——国家自治性的衰落式削弱;新的电子社区在电脑空间中的发展;具有新的人类感性的一代人的可能产生。"① 这种变化也具有述行意义。

基于这种巨大的差别,重新审视媒介便可发现无论是印刷还是电子媒介,其理解手段被放置于被理解的事物之中,构成"输送"的内容,并任意把那个"内容"改造成该媒体本身强加的信息的表述。印刷术将其独立、完整、排他和严谨的特征赋予所传送的文本,进而强化了所传达内容的特点。而电信技术的多变、无限和开放也赋予了基于互联网传播的超文本的特征。正如我们阅读报纸时会自然而然地相信报纸的权威性和真实性。阅读互联网的文本时,该文本裹挟着现实的生活使之可感可触,丰富却有不确定性。现在电子媒介传播的内容被过分信任,导致"后真相"事件频发。由此可见,"媒介是行为,是述行的,它们的特点是让事情发生。无论其内容如何、通过何种媒体在何时传播,都会受到所用媒介的影响。通过对信息的强化,媒介不是被动地传递信息,而通过自己的方式,积极地改变了所说和所做的内容"②。

媒介作为意识形态的述行不仅对普通读者产生效用,还作用于研究者和批评家。如米勒所言,新一代的批评家和研究者成长于电信时代,其行为和思维都是由视听文化所塑造的,因此"学生在纷繁的链接间恣意浏览的自由可能掩盖了预定联系的强制性"③。以往的学者在研究时会去翻阅档案、阅读文本,而现在只需要打开网络进行点击搜索即可。这种习惯彻底改变了研究的行为。

同时媒介作为意识形态也建构了新的社区和集体。以往的社区和集体是以地域或者文化、种族来划分的,但是媒介却打破了地域、文化、种族、民族的界限,创建了新的社区和集体。米勒将生活在这种社区的人称为"土著"。史蒂文斯认

---

① [美] J. 希利斯·米勒. 对雄辩有力的问题进行的有限答复[M]//易晓明. 土著与数码冲浪者——希利斯·米勒中国演讲集. 长春:吉林人民出版社,2004:195.

② J. Hillis Miller. The Medium is the Maker: Browning, Freud, Derrida, and the New Telepathic Ecotechnologirs[M]. Portland: Sussex Academic Press, 2009:22.

③ [美] J. 希利斯·米勒. 跨国型大学里的文学研究[M]//王逢振,周敏. J. 希利斯·米勒文集. 北京:中国社会科学出版社,2016:155.

为这些土著有着鲜明的特征,即"作为集体的一员,分享集体的经验;一个本地社区位于一个地方、一个地点、一个环境,与外界隔绝"①。因此,这样的社区的存在暗示一个团体自然而然地共享一些信仰和假想。于是,文学的价值"在于它对一个已经存在的社区的真实反映,即它的述愿价值,而不在于它在建构社区中可能有的任何述行功能"②。在印刷时代,文学作品的社群性体现在其所具有的鲜明地域特点中,电信时代的到来则打破了传统意义上的社群。在电信时代,通过新的电信技术的传播,任何地方的人们都能够通过电信技术获得同样的资讯,人们的审美也越来越接近,例如牛仔裤、流行音乐替代了土著地区的衣着和音乐特征而具有了同一性。但是不得不承认,电信时代又创造了新的群体,网络社区使得不同地域的人们可以聚集在一起,共享信仰和观念。它在淹没了各地区的文学特点的同时,又建立了一种新的、不受地域影响的社群关系。这些社群中的人们甚至互不相识,维系这些社群的是共同的兴趣爱好和文化选择。因此,这样的社群有着极大的不稳定性。

总而言之,媒介作为制造者不仅通过心灵感应的形式来发挥其述行作用,更作为意识形态具有了述行的力量。媒介不仅用语言来做事,还建构新的内容、社群和人际关系。媒介的述行性突出地表现在赛博空间的文学转型之中,述行性的阅读方法也成为人们阅读和理解媒介的最佳途径。

第二节 赛博空间的媒介与文学

数字媒介的兴起不仅引发了技术领域的变革,也对文艺产生了深远的影响。就现实而言,出版业受到电子媒介的挤压日益消颓,人们的阅读需求和阅读行为日益减少;就理论而言,文学研究式微,米勒还做出了"文学终结论"的论断,并引发了大量的讨论。但是如果从媒介的述行效用上来看,便不难理解米勒的用意了。

---

① [美]J. 希利斯·米勒. 土著与数码冲浪者[M]//易晓明. 土著与数码冲浪者——米勒中国演讲集,长春:吉林人民出版社,2004:8.
② [美]J. 希利斯·米勒. 土著与数码冲浪者[M]//易晓明. 土著与数码冲浪者——米勒中国演讲集,长春:吉林人民出版社,2004:15.

一、媒介的述行视域中的"文学终结论"

米勒在中国的演讲率先提出了"文学终结论"这一令人惊骇的论断,而在其专著《论文学》中,第一章第一节的标题便是《别了,文学》。随后质疑、批评之声四起。近年来围绕该论题的探讨从未断绝,而学者们也渐入米勒理论的核心,他所说的终结实际上是"不死之死"。令人关注的其实不仅仅是米勒这一大胆宣称是否正确,而更重要的是,在大众文化泛滥的当代,娱乐化兴盛,多媒体发展,基于互联网、电视等媒介而产生的娱乐节目、电视剧、电影等大大挤压了文学阅读的时间。电信时代的到来也让基于纸质媒介的文学创作面临寒冰期。在这样的背景下,文学似乎走到了尽头。一本新出版的小说远不如一部电视剧更引人注目。当2016年的诺贝尔文学奖选择颁给民谣歌手鲍勃·迪伦之时,我们开始深思,这是否是当代"文学终结论"的一个现实的注脚?而鲍勃·迪伦虽然本人没有去领诺贝尔奖,却发表了一篇演讲稿,举重若轻地陈述自己的创作经历,留下最多的疑问便是:"这是文学吗?"而他也将这个疑问安置在了莎士比亚之上,因为他觉得莎士比亚不仅仅是在创作,还需要考虑演员、演出资金、舞台现场等等与文学无关的问题。当然,莎士比亚的剧作是文学毫无疑问。虽然作为一个民谣歌者,鲍勃·迪伦的歌词创作有着极具历史性的深度内涵,但人们还是不禁要问:难道已经没有一个致力于文学创作的作家和他的作品可以在这个时代被人瞩目了吗?难道现代人们的阅读真的仅限于音乐歌词了吗?文学,真的就此终结了?

正如罗兰·巴特曾经宣告"作者死了",但是随着后理论时代文化研究的兴盛,作者又被拉了回来,而且被赋予了极强的重要性。那么所谓的"文学终结论"到底缘何而生?米勒曾用"黑洞"来比喻互联网中的文学作品,他认为"这些文学作品在网络空间里以光速传播,无处不在又无处寻觅,就如同在信息网络的假定透明中的那么多的黑洞"[①],即便互联网将文学作品全部暴露出来,它也仍然隐藏着自己的秘密。而自媒体,则是当下人们的社会精神、文化生活中最大的

---

① [美] J.希利斯·米勒.阅读的启示:康德[M]//王逢振,周敏. J.希利斯·米勒文集.北京:中国社会科学出版社,2016:159.

黑洞。

有学者从米勒的文本出发试图还原米勒的本意,认为米勒所指的文学"不是指一种学科文类或不以人的主观意志为转移的客观实体"①。朱立元在《"文学终结论"的中国之旅》中也对米勒文学终结论的本源进行了考辨,同时梳理了中国学者围绕这一问题所进行的讨论,认为学者们对于米勒的这一观点经由误读、批评,转为理解,并在若干问题上达成了共识。同时学者们就中国的学术语境"在图像与视觉文化、日常生活审美化、文化研究和全球化潮流的冲击下,对文学和文艺学学科未来发展、转型、边界等问题的核心关切与思考"②,实现了米勒理论之旅的终极意义。还有学者以文学终结论为基点,反思当代文论话语的空间建构,或者从技术理性和人文精神的角度来捍卫文学的人学特性。

经历初期的质疑,国内的学者们开始辩证地思考米勒的理论,不仅为米勒"平反",也反思了米勒的不足,认为他的观点局限于文学自身,有本质主义之嫌③。但是更多的是基于中国的语境对其进行考量,认为中国当代文学的发展历程特殊,精英文化并未垄断大量文化资本,因此中国的文学场尚不会被摧毁。罗宏先生立足于中国文学研究的发展历程,结合人文精神大讨论、价值霸权、世俗化转型和图像霸权来梳理中国学者对这一问题的讨论④。王韬选取了中国文学的一个部分——澳门文学为案例来展现米勒所说的文学危机⑤。面对文学的危机,有些学者提出可以通过借鉴中国古代文论走向新生。

除了从语境上进行思考,米勒的"文学终结论"还引发了另外三个问题:文化研究对于文学研究的冲击、图像时代对文字的挑战以及电信媒介视域下的文学发展。这三个方面都从不同角度冲击着文学和文学研究。就文化研究而言,虽然文学边界的消失、对文化语境的重视扩展了文学研究的方向,但是文学的权威性依然存在,文学依旧有着永恒的价值。文化研究和文学研究除了研究对象和

---

① 肖锦龙.希利斯·米勒"文学终结论"的本义考辨[J].兰州大学学报(社会科学版),2007(4).
② 朱立元."文学终结论"的中国之旅[J].中国文学批评,2016(1).
③ 张晓光.误读米勒与米勒的误读——评希利斯·米勒"文学死了吗"[J].文艺理论研究,2008(3).
④ 罗宏."文学终结"论的中国解读[J].学术研究,2004(10).
⑤ 王韬.从澳门文学看希利斯·米勒的"危机"论[J].世界华文文学论坛,2011(1).

方法不同之外,其所对应的文学认同方式也有差别。有学者认为米勒提出的两种阅读方式——天真的阅读和去神秘化、怀疑的阅读——对应了不同的认同方式。米勒提倡的天真阅读,实际上便是修辞性阅读,与文学研究所对应的怀疑阅读相比,更能够使人真正去感受文学作品的美感①。

就图像时代的到来而言,尽管图像利于大众接受,大量的文学作品呈现出图像化的倾向,但是学者们仍然坚信文学的不可替代和不可终结。彭亚非先生认为:"文学是唯一不具有生理实在性的内视性艺术和内视性审美活动,因此与其他任何审美方式都毫无共同之处。这是文学永远无法被其他审美方式所取代的根本原因之一。"②赖大仁先生也认为图像化扩张所带来的是文化转型,但是文学仍然具有基于语言和修辞基础上的权威性。米勒将阅读的概念扩展到阅读一切上来,包括图像和符号,以追寻现代性意义③。

学者们最为关注的还是与人们生活变化紧密相关的电信时代的文学发展。米勒在提出印刷时代终结、文学终结之后,便着手对新的传播媒介进行研究,因而有人认为他名义上在捍卫传统的文学研究,实为文化研究的代言人。但事实并非如此。陆扬认为米勒将文学作为虚拟现实传播交流的媒体,电影等媒体永远无法准确传达原著④。肖锦龙认为,米勒在判定文学终结时,是对麦克卢汉关于媒介发展的高级形态取代低级形态的发展模式论的认同,电子媒介时代文学的外延也被扩大,"文学指的是超历史的普遍的作为人类语言符号大家族中的一分子的人类文学符号",由此,米勒也暴露出其理论的盲点,即"论述传媒方式与文化文学关系时却落入了传媒方式决定文化文学形态的一元主义"⑤。米勒针对这样的危机和困境也提出了自己的解决之道。张旭指出米勒始终关注阅读的方法和比较阅读,注重文本和互文性研究。

除此之外,全球化也是文学遭遇危机的重要原因。米勒认为全球化时代文学最大的危机是翻译。针对这样的危机和挑战,他从多个角度提出解决之道:

---

① 刘阳.文化的意指与文学的意指——兼论希利斯·米勒文学认同方式悖论的一种解法[J].文艺理论研究,2012(5).
② 彭亚非.图像社会与文学的未来[J].文学评论,2003(5).
③ 赖大仁.图像化扩张与"文学性"坚守[J].文学评论,2005(2).
④ 陆扬.米勒的网络时代文学观[N].文艺报,2007-01-06(004).
⑤ 肖锦龙.米勒视野中的传播媒介和文学[J].文艺理论研究,2007(1).

"阅读方面:米勒推荐通过原文从事阅读活动;教学方面:讲授文学阅读的心得与发现;批评角度:重视文学批评研究。"①

米勒的论断是建立在媒介的述行效果之上的。在数字媒介时代,文学的物质生产模式发生了变化,从印刷变为了数字网络,那么传统的建立在印刷业基础上的文学便不复存在,取而代之的是基于新传媒技术传播的新的文学。媒介改变了文学,建构了新的文学。赛博空间的文学无论在审美体验、知识获得还是在意义指向和想象的建构等方面都异于传统的文学。那么关于文学终结的论断便有了一定的合理性。

事实上,关于"终结"的论断总会在时代的转折点上被提出。黑格尔在分析了艺术的三种类型以及相对应的发展阶段之后,提出"艺术终结论"。黑格尔认为:"浪漫型艺术就到了它的发展的终点,外在方面和内在方面一般都变成偶然的,而这两方面又是彼此割裂的。由于这种情况,艺术就否定了自己,就显示出艺术有必要找比艺术更高的形式去掌控真实。"②艺术终结最终的结果是让位于宗教和哲学。黑格尔的论断事实上是建立在艺术与物质形式相统一的基础上的。随着一个社会阶段的终结,与之相对应的艺术也必然走向终结。当然我们在这里不过多论述黑格尔的艺术循环发展的理论和唯心主义的不足,只是黑格尔所谓的终结是与物质基础密切相关的。丹托在《艺术终结》中也对黑格尔的论断进行了批判,但是他也强调艺术终结,只是他的艺术终结论指的是"当艺术认识到一件艺术品不一定要成为某种特定的方式时,当艺术终结时,这种叙事就终结了……不是艺术死亡了或画家停止作画了,而是叙事化建构的艺术史已经终结了"。无论黑格尔还是丹托的艺术终结都可以从语言的述行角度进行理解。另一个做出终结论断的是罗兰·巴尔特。他在提出"零度"写作时宣称了作者的死亡。所谓"零度写作",正是对浪漫主义文学思潮中将作者个人风格与作品联系起来的传统的反驳。他认为应该弱化作者的主体性和主体意识,因此,在这样的解读中作者是死亡的。巴尔特理论的提出与现代主义不无关系。人的主体性受到怀疑,正逢语言研究的兴盛,于是才有了作者死了的论断。

---

① 张旭.困境与出路——全球化时代希利斯·米勒的比较文学观[J].中国比较文学,2013(4).
② [德]黑格尔.美学:第2卷[M].朱光潜,译.北京:商务印书馆,1979:288.

米勒的"文学终结论"的论断也不例外。米勒的"文学终结论"基于以下几个方面：首先，电信时代的到来改变了文学存在的前提和共生因素，从而将它引向了终结。所谓的前提和共生因素，是指现代文学产生之时所有的"笛卡尔的自我观念、文学作品所赖以传播的印刷技术、西方式的民主和民族独立国家概念、言论自由的权利……"①显然，电信时代的到来改变了这一切，数字化成为文字、信息传播的主要方式，而全球化也消弭了民族独立国家之间的界限走向趋同。基于印刷技术所带来的文学的所有的特性都将被颠覆，例如文学作品的独立性、排他性，例如在阅读纸质文章时的精神感觉体验等。米勒在他的早期批评中，注重现象学的意识论研究方法，他承袭德曼的理论，肯定了物质基础与文本之间的关系。认为"手捧书本"的阅读方式是"面对面同铭文的物质性相遇"②。物质基础的改变，由印刷变为计算机、数字，将改变文本和语言的表述方式以及言语行为。更为重要的是，媒体也成为构成文本和语言的一个重要的组成部分，新的通信技术形成并强化了新的意识形态。

　　其次，理论的兴盛也促成了文学的死亡。随着全球化时代的到来，文学研究迎来了新的转向——文化研究，随着而来的是女性主义、后殖民主义、媒体研究等。不仅文学研究的内容已经由单纯的文本扩散到了文本产生及阅读时代的文化、政治、经济等方面，而且文学研究的方法也不限于修辞研究，而是采用跨学科的方式进行。米勒直白地宣称"文学理论促成了文学的死亡"③。在米勒看来，每一个文学作品都是独一无二的，是特殊的、异质的、陌生的和毫无可比性的。而文学的理论研究则竭力去发现隐藏在文学作品或者潜伏在作品边缘和背后的那些可被探寻的规律性，并以此作为工具解读文学作品。这种普遍性与特殊性的对立使米勒坚称文学在理论化的浪潮中被淹没。但是，这并不是米勒的终点，他找到了让文学"不死之死"的方法，即修辞性阅读。

　　另外，文学的终结还在于文学的功用逐渐被取代。实施述行建构生活的不再是纸质的文字，而是多媒体中的语言。文学理论的出现很大一部分原因是文

---

① [美]J.希利斯·米勒.全球化时代文学研究还会继续存在吗？[M]//易晓明.土著与数码冲浪者——希利斯·米勒中国演讲集.长春：吉林人民出版社，2004：94.
② [美]J.希利斯·米勒.理论的胜利，阅读的阻力以及物质基础问题[M]//重申解构主义.郭英剑，等译.北京：中国社会科学出版社，2000：266.
③ [美]J.希利斯·米勒.文学死了吗[M].秦立彦，译.桂林：广西师范大学出版社，2007：45.

学的社会功用在削弱,"小说不再发挥功效,因为技术已改变了人类时间以及人类自娱的方式"①。多媒体时代文学利用文字所建构的虚拟现实,早已经被技术、媒体所取代,而通过阅读所传达的伦理精神,也有了多种多样的渠道。文学不再是唯一选择,甚至成为最后的选择。

那我们应当如何看待被媒介述行性建构的文学?首先,无论是通过哪种媒介进行传播,文学的基本要素并未变化,变化的只是要素之间的关系和顺序。文学仍然建立在语言的基础上,运用语言技巧建构想象性的虚构世界;对文学的观照同样应从作者、文本、读者和世界四个要素进行。当然,现在新型的通过互联网传播的诗歌已经不仅通过语言来书写,而是在网络上用音符、图片组成超链接,读者可以自由无序点击进而完成诗歌创作和阅读。但是在述行性理论中,无论音符还是图片都可以作为语言来阅读,它们都具有指涉意义和修辞内涵,读者对诗歌的理解和感悟最终还是需要用语言进行表达。

其次,媒介基础上的文学较之文本文学具有更强的述行效果。这是因为媒介传播的文学不仅有文学本身的述行性,还受到媒介的述行性的叠加,故而拥有了双倍的述行效果。例如当下根据文学文本改编的影视作品。一方面,影视作品因其娱乐性和大众性,受众面更为广泛,而文学文本则受到知识水平、社会阶层和爱好习惯等限制受众较少。很多读者可能没看过文学原著,但是却可以欣赏改编的影视作品,并逐渐以此来替代对文学原著的认知。影视作品影响和作用的范围更大。另一方面,虽然文学文本可以激发更为宽广的想象空间,但是影视作品却因直观的形象、语言和声音对读者产生更为深刻的影响。例如阅读《傲慢与偏见》时我们尽可以想象伊丽莎白的慧黠和达西的高傲,以及用遗产来划分的阶级和阶级背景下各个人物的形象。但是当观看影片时却几乎抛却了遗产的影响而去关注那金童玉女般美好的爱情。不少女性更由此确定了爱情和金钱的分量,幻想着可以同时获得爱情与金钱。还有现在通过新媒体传播的文章,动辄10万以上的阅读量开始影响人们的思维和生活。人们通过转发、评论和点赞、打赏的行为来表达自己的思想。这都是媒介的述行效果的体现。

最后,虽然特定的文学形式或者模式可能会消失或者影响式微,但是文学这种人类精神的产物将永远存在。随着作为载体的媒介的更迭,文学的形式发生

---

① [美]J.希利斯·米勒.文学死了吗[M].秦立彦,译.桂林:广西师范大学出版社,2007:45.

着巨大的变化,但是媒介的述行性永远存在。以中国文学为例,古诗、文言文等在当代的文化环境中已经不复存在,被小说、诗歌、散文所取代。在新媒体时代,通过自媒体媒介传播的一种结合了微小说和杂文的新的文体也逐渐开始取代小说和诗歌的主导地位。文学的形式会随着社会物质基础的变化而变化,但是文学不会消失也不会终结。这是因为文学本身与人有着密切的联系,文学是社会意识形态的重要组成部分,是人的意识的产物,同时文学建立在语言的基础上。人类不会消失,那么文学便会始终存在。无论是反映现实的需要还是表达心智的需要,抑或是审美娱乐的需要,文学都将在人类的精神生活中拥有一席之地。

二、理解媒介:媒介的修辞性阅读

既然媒介有着强大的述行性,那我们应该如何阅读媒介?首先,米勒延续了麦克卢汉对于媒介的解读。麦克卢汉认为媒介是人的延伸,这种延伸建立在技术层面上"是要坚定不移、不可抗拒地改变人的感官比率和感知模式"[1]。米勒将媒介看作是人的"假肢",人的身体、大脑和感觉都被媒介所控制。以往我们可以通过感官来感受和感觉,但是在媒介时代我们通过媒介来感知一切,媒介就如同假肢一样,替代了本来的身体器官而发挥作用。这里的作用具有双重性:一方面,媒介人性化,既然可以取代器官,那么便可以最大限度地还原人的特征;另一方面,媒介化人的诞生,使人们不可避免地被媒介所改造、塑造或者重新创造,同时,个人会毫无保留地存在于媒介的空间中无法逃脱。

德曼在《抵制理论》中写道:"即便我们已经习惯了像欣赏艺术和音乐一样阅读文学,我们现在也必须承认,在欣赏绘画和音乐时,必须伴随着一种不自觉地运用语言进行思维的过程,所以我们应该学着阅读图片,而非想象意义。"[2]德曼主张在阅读时运用语言的逻辑方式,注重语言的修辞性关系,而非简单地根据描述的内容在脑海中形成形象或者画面。那么在阅读媒介传播的文本或者图像时也应该如此。

---

[1] [加]马歇尔·麦克卢汉. 理解媒介:论人的延伸[M]. 何道宽,译. 南京:译林出版社,2011:18.

[2] Paul de Man. The Resistance to Theory[M]. Minneapolis: University of Minnesota, 1986:10.

米勒认为媒介的技术、画面的构图、人物形象等皆有隐喻性。例如,电影中的蒙太奇艺术,就是一种隐喻的修辞手法。蒙太奇将发生在不同时空的镜头和从不同的角度和距离拍摄的镜头拼接起来,以此来塑造人物形象或者辅助故事讲述。这些被拼接的镜头就是修辞性的。电影《红高粱》的结尾处,激烈的交战过后九儿倒下,男主角身后金黄的阳光、血泊中倒下的人影还有九儿准备的丰盛的饭桌以及最后高速摆动的红色的高粱秆……这些发生在不同地方、不同人物的镜头被拼接在一起,配以鲜明的红色和黄色,作为隐喻暗示了英雄形象的悲壮、抗日的决心以及即将到来的新的胜利。这样的镜头不需要用语言,自己就在讲述着故事。

因此,对媒介进行修辞性阅读主要可以从以下几个方面入手。首先,采取"他者"的立场。媒介的意识形态性和强烈的述行性,导致其更容易传播谎言并影响读者。所以在对媒介进行阅读时要采用"他者"的立场和思维方式,即脱离媒介塑造的环境、语境、形象和思维逻辑,以独立的态度和逻辑对其进行审视和阅读。德里达将当下发生的事件看作是来者或者幽灵,"来者必须是绝对的他者,某个'我'不在期待、不在等待的他者,对这个他者的期待由某种非期待组成,一种没有哲学上的所谓期待视野的期待。如果某种知识事先参与并分担、如果'我'确定某一事件即将到来,那么,这一事件也就不成其为事件"①。我们在观看电视新闻时常常会认为新闻中正在播放的图像和事件就是真实发生的,于是跟随新闻的内容来建立自己的认知和判断。米勒列举了美国在对伊拉克袭击时曾播放的大量关于伊拉克发现核武器的新闻报道,这些报道用文字和图像展示伊拉克有核武器的情况,从而引发了民众的反感,继而获得支持发动了战争。但是事实上,新闻报道是可以剪辑和拼接的,画面和镜头是可以提前录制的,新闻中的采访对象和人员甚至可以是扮演的。米勒虽然质疑伊拉克是否真的拥有核武器,但是战争却真实发生了。而如果我们从"他者"的角度和立场来看待新闻,或许会有很多人对其真实性和合理性产生怀疑。

其次,重视修辞的用法。第一,类比方法的运用。米勒不仅将述行理论拓展到了媒介,也将修辞的手法延伸到媒介。因此在阅读媒介时也应该重视修辞的

---

① Jacques Derrida, Bernard Stigler. Echographoes of Television: Filmed Interviews[M]. Trans. Jennifer Bajorek. Cambridge: Polity Press, 2002:13 - 14.

表述。这种延伸采用类比的方法,包括同音词的运用等。米勒将媒介与文学做类比,同时也将媒介与人做类比,进而提出了述行概念和假肢的概念。在赛博空间的文本中类比更是大量存在。如人物的形象、外貌和服装可以作为财富和地位的符号化存在,我们如何去解读符号,便可以如何去解读形象、外貌和服装。

第二,对于人称代词的关注和分辨。卡西尔在分析网络的数字化和虚拟化时提出网络在用电子媒介的符号进行仿真时"使人不再生活在一个单纯的物理宇宙中,而是生活在一个符号宇宙中"①。于是真实的自我转化成为虚拟的身份。在印刷文本中我们能够清晰地区分"我"所指代的是人物还是叙述者,但是在媒介中却很难区分。例如德里达在文本中会悄然转换身份,使读者代入"你"。而新媒体文本则运用大量翔实的细节来建构一个虚拟的"我"使读者代入。同时,更为复杂的还有模仿,其本意可以是赞同也可以是反讽,需要读者仔细分辨。柏拉图借苏格拉底之口来叙述自己的观点,米勒认为柏拉图对苏格拉底的模仿是一种谎言。因为"它是飘浮在空中的语言,与任何直接在场的起源相分离。这样的语言会衍生出无穷无尽的谎言或者杜撰"②。广告形象中大量修辞意象的罗列并不一定是真实的、肯定的,也可能是批判的或者讽刺的。

最后,运用批判性的思维方式。在对媒介进行阅读时要始终坚信媒介的"谎言性",不能天真地、完全投入地相信,而是应该时刻抱有批判性的思维对其表现和内容进行理性分析和逻辑解读。人们在阅读印刷文本时无论是进入文本还是投入现实生活都有着明确的界限,可以清晰地进行区分。然而通过电子媒介的阅读却不同。一方面,在面对电子媒介的感官冲击时通常带有娱乐的态度,这种态度限制了思维的活动,因而很难形成理性思维;另一方面,由于电子媒介与日常生活的无缝衔接,人们很难清晰地进行转换。当生活处处充满着同一个品牌的广告时,人们自然会趋向采购该品牌的商品。例如曾经引发消费热潮的"今年过节不收礼,收礼就收脑白金"的广告,将脑白金带入了礼品的最高梯队。但是如果仔细探寻,脑白金就是简单的有助睡眠的保健品,成本并不高,价值也不突出。脑白金的热销,一方面是媒介述行效果的重要体现,而另一方面则是批判性思维欠缺的结果。

总而言之,修辞性阅读可以作为述行性阅读方法运用到对媒介的理解和批

---

① [德]恩斯特·卡西尔.人论[M].甘阳,译.上海:上海译文出版社,1985:33.
② [美]J.希利斯·米勒.解读叙事[M].申丹,译.北京:北京大学出版社,2002:123.

评中。这首先是因为媒介本身具有述行之维;其次,修辞性阅读能够重新建构经由媒介改造的新的世界,并将之运用于日常生活中,这个过程是述行的。

媒介对社会生活和文化的作用显而易见。媒介的存在不仅满足了信息传达的需求,丰富了社会文化生活,加深了人们之间的联系,更为重要的是改变了人们的生活方式,甚至塑造了媒介时代的新人。新人不仅仅在生活的各个方面都运用媒介,而且其认知、思维和表达的方式也被媒介改变,这是媒介述行的结果。

媒介之所以具有述行之维并能够发生述行作用,仍然与其同语言的密切关系相关。诚如米勒所言,作为制造者的媒介不仅仅是电信时代新的心灵感应模式,更是意识形态。米勒同样将阅读文学的方法运用于媒介之上,因为他发现相比印刷文学,媒介所传播的信息更具有谎言性和迷惑性,因此也迫切需要运用修辞性阅读方法来进行辨伪存真。在这一点上,米勒无疑是具有前瞻性和使命感的。他与时俱进地洞察到了人们依赖媒介的同时也可能受其影响或受到欺骗,并且提供了解决的方法。"后真相"时代谎言丛生、真相迟到,人们被一场又一场媒介谎言操纵,迫切地需要掌握修辞性阅读的方法正确认识媒介。

但是米勒的理论也是具有局限性的。首先,米勒的媒介批评仍然是建立在文学研究基础之上的。例如他对电话的"心灵感应"式的批评仍然是基于普鲁斯特小说中的媒介,并没有将媒介作为独立的主体进行分析。他在《媒介是制造者》中的分析亦是如此,仍然是以布朗宁、德里达、弗洛伊德作为媒介来阐述媒介的述行性,甚至米勒自己都是述行性的媒介。

其次,米勒过于强调媒介的神秘性和谎言性。他认为媒介引发了社会生活中各种各样的变动,例如大型公司的合并,很多人丢失了自己的职位,银行的信用卡、贷款的广告让更多的人遭受了信用危机和产生了超过自己能力范围的贷款行为,人们通过电脑所使用的内容会被黑客获得,大量被制造出来的别有用心的新闻……媒介确实有负面作用也具有谎言性。但是米勒一方面忽视了掌控媒介的消息发布者的主观能动性,另一方面忽视了接受主体的主观能动性,过分强调了媒介自身的述行性。

当然,米勒的媒介述行理论也确实为从实践的角度理解媒介和媒介的作用提供了新的视角。更为重要的是,米勒对建立在媒介述行理论基础上的媒介阅读方法的倡导和强调,在现实生活中具有极大的实用性和方法论意义,尤其是在新媒体蓬勃发展的当下。

第四章　米勒图像阅读的述行之维

米勒认为文学研究的根本目的是阅读。随着时代的变化和社会文化的发展,阅读的对象也发生了巨大变化,即从文字文本向图像、媒介转移。与文学、媒介本身具有的述行性不同,图像的述行之维在米勒的理论里主要体现在阅读方法上,即米勒将自己的述行性阅读方法运用到图像阅读之上,不是去探讨图像本身是如何述行的,而是去关注如何述行性地阅读图像。米勒在探讨插图与小说的关系的同时,也对图像尤其是泰纳的画作进行了述行性的阅读。

诚如他自己所说:"我的书一方面是对泰纳画作的回应,另一方面,我的说法显然并未完全得到泰纳画作的授权。泰纳的作品中没有任何东西要求我一定要完全以自己那种方式来撰写。因此,我得为自己对泰纳的说法负责……就那个意义来说,我已经做了某些新的事物,并且必须为其负责——即使我宣称自己是忠于泰纳的。这对言语行动来说是典型的。言语行动既有根基又没有根基。言语行动一方面使事情发生,而这些新事情无法真正由以往的事情来解释;另一方面行动一旦执行,似乎就根基于以往存在的某事。美国的《独立宣言》就是一个例子:以一群人民的名义来说话,而创作了这群人民。在我看来,这似乎也适用于批评之作。仿佛我以泰纳的名义来说话,而创作了泰纳——虽然泰纳已经在那里了。"[①]这是米勒的述行观念在图像阅读领域的拓展。

但是米勒的这种拓展不是一蹴而就的,他并非直接从文学研究领域跳跃到图像研究,而是首先关注了维多利亚时期小说中插图与文本、插图与小说的关系,在其中引入了述行性阅读的方法。

---

① [美]米乐.跨越边界:翻译·文学·批评[M].单德兴,编译.台北:书林出版公司,1995:166-167.

第一节　图文关系的述行之维

米勒的述行性研究并未止步于文学。在面对文化研究的冲击和批判时,他同样开始关注文学与文化的关系,以及作为标志的文学与同样作为标志的图像的异同,从而扩大了述行理论的外延,将文学的述行作用延伸到了图像阅读之上。他认为图像同文学一样也具有述行性,只是图像的述行通过重复的部分来显示。因此图像也被赋予了述行力量。如凡·高的向日葵、莫奈的睡莲,当这些意象出现的时候,其所传达的含义便不言而喻。米勒对图像阅读的关注与阅读对象从文本到图像的语境变化不无关系。

一、语境:从文本到图像

20世纪末,随着科技的进步和社会经济的发展,社会的文化观念、文化形态和文化模式都发生了巨大的变化,大众文化逐渐成为社会文化的主流,传媒的大力发展和娱乐业的兴盛使审美文化向消费文化转变。同时随着电子和数字媒介的丰富和蓬勃发展,图片、电影或电视节目成为人们主要的阅读对象,甚至以文字为核心的报纸、图书等都为了吸引读者添加了插画或者图片,由文本文化向视觉文化的转变成为必然。图像因此日益成为不可忽视的阅读对象。

消费文化的发展使审美价值让渡于经济价值,以商品的交易和价值为核心。与文字和语言传达审美不同,"消费文化使用影像、记号和符号商品,体现了梦想、欲望与离奇幻想"[①]。"影像"在消费社会中起到了核心作用。借助媒介技术,消费社会的商品不仅包括实体商品,还有大量投射了人的身体、行为、感觉、激情和存在的符号商品。在这种语境下,一方面,影像与图像成为阅读的主要对象,另一方面,图像阅读的述行性功能被最大限度地发挥。

从文学理论的发展来看,文学理论的研究对象不再囿于文学文本而是关注

---

① [英]迈克·费瑟斯通.消费文化与后现代主义[M].刘精明,译.南京:译林出版社,2005:53.

文化及与文化相关的政治、经济、传媒和科技等领域的问题。其中日常生活的文化形式和实践备受重视，文化与权力的关系和形式成为关注焦点，人类学、社会学和传媒学的研究方法被跨学科地运用于文学研究中，文化研究一时成为研究的热潮，并不断冲击着传统的文学研究。正如米勒所言："对大多数人而言，文学研究的中心已经从阅读转向理论，特别是从与文学相关转向历史和政治。"①面对图像，文化研究学者们对不同类型的图像、影像，以及通过不同媒介传播的图像，进行了细致的研究，如电视文化、电影文化等。他们或以图像为契机转向研究视觉文化，如米歇尔；或专注于阅读图像时的视觉心理，如阿恩海姆的视觉艺术心理学、格式塔心理学等。文化研究在大肆繁荣的时刻也受到了传统的文学批评家和研究者的强烈抵抗和反对。关于文化研究与文学研究的边界问题的探讨也始终在继续。

米勒等人对文本和语言研究的坚守也在这股浪潮中被不断抨击。因此，文学研究如何在文化研究的浪潮中保持自身或者做出应对，是米勒等人彼时需要面对的重要问题。同为"耶鲁学派"代表的哈罗德·布鲁姆在《西方正典》的序言中曾这样描述当时的语境："如今学界是万物破碎、中心消解，仅有杂乱无章在持续地蔓延。那些所谓的文化战争与我无涉……"②布鲁姆抗拒的是大众文化对经典的拒绝。于是他选择了26位经典作家，坚持用自己的阅读方法来阅读经典。"在学界的马克思主义、女性主义和新历史主义表象之下，巴拉图主义的古老论题和同样过时的亚里士多德式社会疗法仍在我行我素。我认为，上述这些观念和一直受困的审美支持者之间的冲突永无尽时。……现在我们所能做的一切只是维系审美领域的连续性，同时也不屈服于说我们反对冒险和抵制新阐释的谎言。"③杰弗里·哈特曼同样坚持着自己的文学批评研究，只是他基于自己的民族和自身经历，在对浪漫主义文学批评的同时进行了民族、政治层面的批评，并在分析华兹华斯的诗歌时引用了弗洛伊德的精神分析学说，提出了"创伤理论"。他的研究虽涉及文化的相关层面并运用了跨学科的研究方法，但其研究的基础还是在文本的阐释和阅读之中。

---

① J. Hillis Miller. Illustration[M]. Cambridge:Harvard University Press, 1992:9.
② [美]哈罗德·布鲁姆. 西方正典[M]. 江宁康,译. 南京:译林出版社,2015:1.
③ [美]哈罗德·布鲁姆. 西方正典[M]. 江宁康,译. 南京:译林出版社,2015:15.

德曼的研究对象不仅是文学文本,他也将政治文本等纳入了研究范围。例如他在《阅读的寓言》中通过解读卢梭的《社会契约论》,探讨"允诺"所包含的时间言语行为。同时,德曼也注意到了阅读图像的重要性,"如果说在过去,我们曾常常将阅读文学比作欣赏造型艺术和音乐(即在美学范畴的意义上),我们现在需要意识到在绘画和音乐中的非直觉性的、语言的一个瞬间,学会阅读图像,而不是想象意义"①。想象意义,是将纸面上的文字转化为头脑中的视觉形象,而阅读图像则是运用理性思维去分析图像中的元素和结构。但是德曼并没有直面文化研究对解构主义的挑战,而是专注于对寓言和阅读的修辞性进行研究。

米勒则不同,他延续了德曼的研究,并且直面文化研究的冲击和挑战,并做出了积极的回应。他认真分析了文学研究到文化研究的转换问题,从实践和理论两个层面来剖析图片与文字的关系,并指出其中的异同。米勒在《媒介是制造者》一书以及《跨国大学中的文学研究》中都曾论及文学研究变迁的原因。除了媒介传播技术的发展所引发的电子时代的到来,米勒还注意到了战争和民权运动等政治事件对于文学研究的影响,以及彼时的学者们的成长环境和知识获得途径——电视、电影、录像等。而在著作《图绘》中,他将述行性拓展到了图像阅读的领域内,揭示了图像等符号意义的创造也具有建构意义。

二、文本中的插图:共生而异质

文学作品中的插图作为文学叙事的辅助,其与文本和整个作品有着重要的关系。插图,illustration,其意义有插图、图像、说明等,就字面意义上来说,还有照亮、点亮、带来光的意义,如洞穴理论中的光,或者医疗手术中的灯。那么小说中插图的作用是什么? 19 世纪维多利亚时期的小说结合了图片和文字这两种符号。米勒在书中试图去解决这样一些问题:图片和文字意义的表达有什么差别? 一张图片真的可以抵得过 1000 个文字吗? 如何可以的话为什么? 图片和文字哪个能够表达更多的存在?

---

① Paul de Man. The Resistance to Theory[M]. Minneapolis: University of Minnesota, 1986:10.

文本与图像的关系在中西文艺理论史上都有探讨。在文学创作实践上,文人诗、文人画和题画诗等都将诗画结合;在理论上,苏轼的"诗画一律说"阐明了中国古代的文人画论观点。苏轼所谓的"诗画一律",是建立在中国古典诗歌和绘画的传统——体物写真的基础上的。即无论诗还是画,都将神置于形之上,不要求描绘得分毫毕现而是重视神韵,因此从艺术构思和创作方法来看,中国的诗画是同质的。另外,中国的诗画都以意境为审美追求,意象为诗画意境的重要元素,通过描绘具体分明的意象,激发读者的想象力,进而在读者脑海中形成图像或者情感,并使其感悟诗或画所要表达的内容。其中意象的选择多以山水、植物为主,绘画的布局讲究留白,诗歌的意象也如是。因此,诗和画具有相同的艺术风格。正如苏东坡所论:"画以人物为神,花竹禽鱼为妙,宫室器用为巧,山水为胜。而山水以清雄奇富、变态无穷为难。燕公之笔,浑然天成,粲然日新,已离画工之度数,而得诗人之清丽也。"①山水画以得诗人的意境、清丽为最上品。同时,无论诗还是画都具有鲜明的情感传达。因此,中国的诗画是同质的,可以用相同的方式进行解读。正如徐复观所说:"诗画的融合,当然是以画为主;画因诗的感动力与想象力,而可以将其意境加深加远。"②

西方文艺理论也有对诗画关系的经典论述,古希腊诗人西摩尼德斯说:"诗是有声的画,画是无声的诗。"贺拉斯也指出诗如画,二者在构思和艺术效果上具有相同的特征。但是莱辛却在《拉奥孔》中提出了诗画不同质的观点。其不同的根本原因在于所使用的媒介不同。媒介对艺术形式的表现有着极大的限制,同时不同的艺术形式也有着各自特殊的功用,因此不能混为一谈。在这一点上,米勒是极为赞同莱辛观点的,他重视媒介对不同艺术形式的作用和影响。

诗画的不同体现在各自不同的创作要求和表现规律中。两者虽有一定的共性,但从本质上看还是有极大差异的。莱辛"以时间和空间为维度,认为画只宜用于描写占用了空间的静物,诗只宜用于描写延续着时间的动作"③。更为重要的是,他认为诗和造型艺术所表现的审美风格是相异的。诗歌可以表现与美相

---

① 苏轼.跋蒲传正燕公山水[M]//俞剑华.中国画论类编:上编.北京:人民美术出版社,1986:630.
② 徐复观.中国艺术精神[M].上海:华东师范大学出版社,2001:366.
③ 徐玫.诗画一律与"诗画异质"——从莱辛的《拉奥孔》看中西诗画观差异[J].江西社会科学,2011:5.

异的丑、愤怒和痛苦等,而造型艺术只能表现美。这也是为什么拉奥孔在文学作品中具有狰狞的面孔和痛苦的感情,而在造型艺术中永远是平静的。显然,米勒对语言和图像的关系研究是趋向于莱辛的理论的。

就传统意义而言,小说中的插图具有工具意义。它作为对文字内容的辅助,一方面能够形象生动地展示文字所描述的场景,便于读者理解;另一方面,插图可以增加阅读的趣味性,吸引更多的读者。进入数字复制时代,多媒体的发展引领了视觉化时代的来临,无论电影还是电视,都是以图像为主导,文字作为补充。图片真的能够比文字表达更多的存在吗?对于米勒而言,对于图片的解释必须是语言的,"一个图片必须坦率地讲述一个故事。而文字则必须暗示故事是什么"①。

图像和文字都能够反映真实。无论插画还是文字,都可以完整地讲述一个故事,并具有象征意义,也都能够复制生活和现实。当阅读图像时,人们将自己的记忆或者图像中文字的描述悬置,它所展现的内容甚至超越了文字,似乎二者可以独立存在。但是,它们的呈现方式却并不一样。文字可以唤醒读者的想象力,激发读者内心的精神。而插画如米勒所言,"将分散这样的力量,将书本留下成为死亡的信使。插画有着优先的权利来呈现东西。文字唤醒,而图像呈现"②。图片是直接而坦率的呈现,文字却多为暗示。

亨利·詹姆斯对此有着不同的观念。他认为图片是"可选的标志",是类型的或者理念的,可以展现位置、背景而不是思想、感受。詹姆斯认为照片可以作为插画而存在,但是却需要与文字分离。"图像和文字在一个安全的距离中相互回应。每一个照片显示的不是文本中的这个或是那个的细节,而是一种观念的普遍类型,这种观念是由文本魔幻般地引起的。……每一个图片都应该始终成为文字的附属,没有压过它的危险。照片以双重的移动模拟文字,它表现的不是符号或者相关的内容而是意义,是其内在难以感受到的意义。"③

米勒认为,图像和文字之间的关系是相互作用的对话关系,但是图像和文字又永远无法实现真正的水乳交融。约翰·拉斯金将有差别的文字、图片和原始

---

① J. Hillis Miller. Illustration[M]. Cambridge:Harvard University Press,1992:63.
② J. Hillis Miller. Illustration[M]. Cambridge:Harvard University Press,1992:68.
③ J. Hillis Miller. Illustration[M]. Cambridge:Harvard University Press,1992:69.

材料联系起来,组成不同地域的迷宫,并通过建构使这些材料成为标志的行为。每一个标志的集合都是以不同的方式来表达爱、战争或者死亡,那么当人们去追踪标志的时候便是在讲述一个故事。因此对他来说,写作或者制作一个图像就是一种行为,这种行为与基本的生活事件相分离。因此,任何由文字或者图像制造出来的人造艺术都是对生活持续的、参与的过程,而不是简单的再现。那么在这个意义上,阅读图像的过程就是述行的过程。

海德格尔也用追踪的方式来解释绘画或者标记。例如他在论及艺术的起源时提到的凡·高的鞋子。海德格尔认为,艺术不仅仅存在于历史中也存在于大地中。它可能意味着艺术根源于历史,在这个意义上,它将光晕带入一个新的存在的启示中。艺术或者绘画是文化的、政治地域性的,并且被新的艺术作品支持,有它本身之外的基础。海德格尔的构想可能意味着艺术作品没有原本的它以外的内容,是作为创新的历史和文化创造而不是揭露。艺术为自然增加了东西,制作作品的工作也成为自然的一部分。这是艺术与社会、自然的关系,同时也是图片和文字之间的关系。"图片和文字之间的相互作用,它们的对话关系,在任何的情境下都可以被放在一起,因此意义不是被不同的媒介产生的不同意义的事实唤醒,而是基于这个事实:它们通过相同的方式来产生意义。"[1]

因此,图像不仅仅是文字的补充,或作为工具性的存在,而是本身通过丰富的形式和内容来进行表达和述行。米勒用狄更斯的小说《匹克威克外传》中菲兹所作的插画为例,说明了图像与文字的关系。狄更斯的小说《匹克威克外传》描述了一个充满喜剧色彩的人物——匹克威克先生,以及他和朋友们四处旅行的经历,其中不乏对旅行途中风景的描写。这部小说的结构是剧集性的,旅行的故事相对独立但又有线索贯穿始终。小说的插画都由菲兹来完成,不少学者都曾研究过菲兹的画和狄更斯作品的关系,如艾伯特·约翰逊(Albert Johannsen)、罗伯特·帕丁(Robert Patten)、迈克·斯泰格(Michael Steig)等[2]。米勒对小说和插画的解读从"太阳"的象征开始。米勒认为小说的结构具有鲜明的时间性,其中的场景一直在变化,随着太阳的节律进行。而小说的主人公匹克威克先生作为小说的中心人物和故事中最高权力的掌控者,是作为太阳的存在,或者如米

---

[1] J. Hillis Miller. Illustration[M]. Cambridge: Harvard University Press, 1992:95.
[2] J. Hillis Miller. Illustration[M]. Cambridge: Harvard University Press, 1992:162.

勒所言,他是一个彻底的人性化的太阳,至少是神圣上帝的间接中介。因为他掌控着所有的方向、行动和故事,所有的故事和线索最终也会汇集到他身上,他是光源。而狄更斯作为小说的作者,他的声音是在"模拟太阳,使信使真的变成两个。因此它经常被定罪成拙劣的模仿,通过各种替换或者不直接的形式进行"①。叙述者变换着不同的语言和语调来展现人物和故事,进而模拟真实的世界。菲兹在他的插画中将匹克威克的形象呈现得极为鲜明,他浑圆而突出的肚子几乎出现在每一个场景中。

  米勒的问题是,菲兹的插画为这出双重太阳的戏剧增加了什么?首先,这些插画是与文本的内容紧密联系的,例如对匹克威克先生与他人发生争执准备动手时摩拳擦掌情境的展现,还有议会议员在选举时相互攻击的情境等。这时插画与文本是相互连接的,是和谐的。其次,插画本身也在通过符号进行意义传达,甚至将文字的内容进行加倍甚至超越,从而产生自己的意义。米勒认为,菲兹的插画对作品进行了三重加倍。画作中有从外面照射进来的自然光源,这些光源对准了匹克威克先生的肚子,使其像阳光一样成为画作内部的光源,这是第一重加倍;匹克威克的喜气洋洋的脸作为另一个太阳被再次加倍集中到白色的肚子上,这是第二重加倍;而第三重加倍是"在文本的形式中加倍,通过图像加倍内容,在图像中自身加倍,操纵自己来研究得更远"②。在插画中,每一个符号都拥有其自身的东西,而不是复制、评论或者阐明其他的符号。每一个符号都有自己的光线,可以辐射到所有的地方。因此,插画与文字不仅是紧密联系的,同时也是各自独立的,甚至插画可以在一定程度上反转文字的内容。

三、阅读泰纳:述行性图像阅读

  既然图像阅读是述行的,那么应当如何运用修辞性阅读的方法来阅读图像?米勒说:"(阅读图像)需要一种特殊的警醒,类似修辞阅读那样的警醒,但不像它那么注意譬喻等,而是关注颜色、形状以及图画中的一部分和另一部分的关系等等。……(阅读图像的尝试是)从一幅图画和另一幅图画中看出相似之处,并挑

---

① J. Hillis Miller. Illustration[M]. Cambridge:Harvard University Press,1992:98.
② J. Hillis Miller. Illustration[M]. Cambridge:Harvard University Press,1992:108.

出某些相似之处加以讨论……阅读文学文本的习惯只是以下列的方式来帮忙：假设细节是重要的。你得自问：为什么是这种方式？泰纳的许多幅图画中有一个人造的小光源，经常是火。你注意到它重复出现，然后试着想出为什么它在那里，在那里到底意味着什么。"①

因此，图像的修辞性阅读同文学的修辞性阅读一样，都是基于重复性和对异常意象的关注，进而通过这些关注来建构图像新的意义和规范。在这个意义上，阅读图像是述行性的。

泰纳的画作中也经常以太阳为标志，他的画作中不仅具有具体的形象，还有浓厚的道德、政治的寓言隐喻。泰纳擅长在画中再现太阳，如他的一幅非常有名的画作《威尼斯的太阳入海起航》(*The Sun of Venice Going to Sea*)，画中只有一艘帆船鼓足风帆在蒙蒙的水汽中准备起航。这幅画还有作者的脚注："Sol de VENEZA MI RAI. I"，意为"威尼斯早晨的太阳"。

该画看上去是一幅充满希望的画，但是帆船占据了画作的中心位置，似乎获得了太阳的角色，并且在帆上出现了太阳的标志。米勒认为太阳是不会接受挑战的，任何挑战太阳权威的行为都将受到惩罚，如同直视太阳将变盲人一样。而操作帆船的一如既往的是孔武有力的男性，拥有强壮的肌肉。"如果在双重太阳的包围中人类战胜太阳，那么他将获得太阳的角色，成为权力的来源和肌肉的权威，那么他就命运般地作为太阳轨道的全部道路。他将牺牲自己，正如太阳每天所做的，淹没所有的历史和数据。"②这幅画实际上隐含着政治化的信息，氤氲的水汽象征着一种不安的气氛，而变幻分割的线条和色彩则是颜色的权力，在平静和希望中潜藏着暴力和厄运。在这幅画中，文字和图画的关系是复杂的。画作自身无法显现这是早晨出海还是夜晚归来，因此他用附注将其命名。这个命名确定了时间，也同时触动了画作中所隐藏的因素：看似平静、希望之下的暗流。

通过米勒的解读可以看到，阅读图像和文字都可以采用相同的修辞性阅读方法。图像同文字一样都有大量的细节值得关注，尤其是重复和异常的细节。文字运用修辞进行表达，那么修辞是值得重视的。而图像则通过色彩、结构和具

---

① [美]米乐.跨越边界：翻译·文学·批评[M].单德兴，编译.台北：书林出版公司，1995：165.

② J. Hillis Miller. Illustration[M]. Cambridge：Harvard University Press，1992：132.

象来表达,虽然这些不是修辞,但却是绝对图像意义的核心部分。文字中重复的语言以及异常的表达方法和图像都包含了述行的力量,图像亦然。

需要强调的是,在这一点上米勒的观点不同于歌德的《颜色论》。歌德的色彩理论认为,颜色是隐喻的,颜色的标志直接揭露自然。对歌德来说,颜色的领域是一个可以阅读的文本,是可以被阐释的一系列符号,例如"物理的色彩属于眼睛,是通过一些无色的中介带来的生理的或者空想的色彩,化学的色彩属于客体的本质,并且在它的生命中掌控本质,分享着自然的宇宙生活"①。读者可以像阅读文学作品一样解读图像本身的意义。

但米勒是否定这种类比的。他在与笔者的交流中强调了修辞性阅读并不是把一切都看作是修辞性的直接拿来类比,而是对细节和作品重要组成部分的关注。这些细节在文学作品中是修辞,在图像中是颜色、布局和结构,在媒介中则包括更多。因此"修辞性阅读"不仅是对修辞的阅读,而是这样一种关注细节、注重异常现象并具有建构意义的阅读方法。他将述行理论扩展到了图像的颜色、结构和布局等中,认为在图像研究中这些部分在"诉说"意义,这些特殊的细节也在建构一个新的艺术形象、艺术模型或者艺术世界。

图像并不是单纯的对其他事物或者人物的模仿,它自身具有建构的效用。图像同文学作品一样,用颜色和线条创造了一个新的世界和规则,而且无论图像还是文学作品,抑或是媒介,归根到底都是语言的一种表达方式,因此本身具有述行的力量。植根于狄更斯小说故事的插画具有超越小说文本和语言的力量,可以作为独立的个体通过建构的力量来塑造形象和故事,进而塑造读者的认知和行为。同样的,创作一个图像也是述行的,是以符号行事的行为。另外,图像同媒介一样与意识形态紧密联系。图像受到其创作和阅读时的历史、地理、文化元素的制约和规范。阅读图像是一种物质行为,与生活实践相分离。同时,图像也具有政治性和社会性。如泰纳和菲兹的插画中带有浓厚的政治意味,是对当时社会环境、社会风气和文化的讽刺。图像同样也塑造意识形态,而不仅仅是揭示或者再现隐藏的意识形态。最后,图像同样具有伦理责任的诉求。文学作品因其述行性而具有伦理责任,那么图像也同样具有。在数字媒介时代,图像的述行作用甚至超越了文字。无数文字、文学作品描述了战争的残酷,但是一张海滩

---

① Goethe. Theory of Colours[M]. London:John Murray,1840:59,202.

上小男孩尸体的照片却彻底冲击了人们的心灵,进而打开了欧洲接受难民的大门。接受难民就是一个伦理的选择,是读者在阅读图像之后的述行结果。

第二节 数字复制时代的图像阅读与文化批评

米勒对泰纳和菲兹的研究是对维多利亚时期图文关系的一种揭示,但是随着文化研究的兴盛,阅读对象开始转变,米勒也对数字复制时代的图像和文化进行批评。米勒认为他和哈特曼一直在进行文化批评,只是这种批评的路径与文化研究不同。米勒致力于用"修辞性阅读"的方法来阅读一切文化现象,他对文化现象的阅读也是述行性的。

一、米勒述行理论视域下的文化批评

与布鲁姆在描述文化研究背景下的文学研究大环境时的愤懑和不满不同,米勒的笔触是冷静而克制的。他认识到数字复制时代文学研究重心转向的必然,并对这种转向给予了理解。他认为"大多数文化批评需要熟练阅读图像,正如人们熟练阅读文字一样。更准确地说,文化批评需要的正是阅读的能力,不仅仅是分别阅读图片和文字,而是包括它们四周产生的意义和力量。例如,有标题的图片或者图画书、报纸和杂志。尽管图片和文字的关系在不同的媒介、不同的历史时刻、不同的文化群体中有着不同的形式,但是一个相似的认同问题可能存在于所有的不同中"[①]。即每一部文学作品、每一张图片以及每一个文化现象都在用语言建构全新的规则和世界,并试图使读者接受这个世界的规则,将其运用于现实生活中。而对文学作品、图片以及文化现象的理解和阅读就需要基于建构的意义来展开,进而区分真相与谎言。因此,米勒的文化批评也是具有述行维度的。

米勒认为自己与哈特曼的文化批评是不同的。哈特曼致力于建立大屠杀的

---

① J. Hillis Miller. Illustration[M]. Cambridge: Harvard University Press,1992:2.

档案。他搜集录影档案、访谈幸存者、发布演讲、出版作品等,用一种积极的态度参与文化研究。而米勒所做的却不同。他认为"文化研究最终是政治化的。他们在行为中强调述行多于理论。他们的目标就是通过现实和目前的部门和规则来改变大学,建立新的大学和学科"①。他关注的是文化研究的述行效用以及这种效用是如何发生的。

米勒从本雅明的《机械复制时代的艺术作品》入手来解析艺术的政治价值和力量。政治化的艺术表达中的国家和种族的基本特征会限制文化艺术的发展。以往的艺术表达的是国家或者种族的基本特征,例如中西方绘画有着截然不同的技巧和审美方式。但是现实替代了历史被深深地植入艺术中。"(艺术作品的)制造者中存在着特别的主体。这些主体通过特定的语言、阶级结构来进行特别的生产、交换和消费。"②于是在消费社会中,时代、地域甚至消费都对文化和生活有述行作用,同时20世纪全球化的趋向也更加凸显了具有异质性的本地文化的重要性,这便是文化研究的主要目标。

与其说米勒关注文化研究的内容和地位,不如说他更关注在文化研究的转向中,到底发生了什么改变。大众流行文化和多媒体载体使不同种类的符号取代了语言的地位,那么当我们阅读广告、电视剧而不是阅读小说、戏剧或者诗歌时,这个过程有什么改变了?在米勒看来文化研究"最终在行为中是强调述行多于理论的"③。文化研究关注的对象虽然从语言转向了多种多样的符号,但是阅读仍然是其题中之义。只是这种阅读无论在态度、方法还是目的上都区别于新批评或者解构主义阅读。文化研究的阅读是主题性的、说明性的和诊断性的。"在文字领域,文化批评主义的媒介通过主动阅读与语言或者其他具有明显意义的符号纠缠,这种纠缠可以被看作是符号的物质层面,它将在现实的机构和社会中发生作用。"④这种作用是述行的。无论新批评还是解构主义,在面对阅读对象时的态度都是审美的、批评的,解读意义的最终目的亦是审美和批评,在这个过程中是理论优先的。

米勒着重发掘阅读文学文本过程中的述行性。但这种述行与文化研究的并

---

① J. Hillis Miller. Illustration[M]. Cambridge: Harvard University Press, 1992:18.
② J. Hillis Miller. Illustration[M]. Cambridge: Harvard University Press, 1992:10.
③ J. Hillis Miller. Illustration[M]. Cambridge: Harvard University Press, 1992:17.
④ J. Hillis Miller. Illustration[M]. Cambridge: Harvard University Press, 1992:17.

不完全相同。文化研究的述行表现在两个方面。第一，文化研究的对象与媒介、技术、消费紧密联系，通过符号突出其意义中物质层面的内容。阅读的最终结果是消费的行为，进而转化为经济利益。这种述行作用在广告中体现得最为明显。无论图画、广告还是影像，都在运用具有修辞性质的符号传递物质暗示，从而激发人们的购物欲望并最终落实于消费行为。第二，从学科意义上来说，文化研究肯定全球化文化中异质文化、地域文化的重要性，从而建立起异于传统文学和语言分科的新型学科和规则，进而改变大学甚至文化。这种影响在我国文艺理论界同样存在，关于文学的边界问题，文化研究学科的定位、归属等问题也曾经引发了热烈的讨论，大学中的学科设置也因此发生变化，很多高校将文化研究设置为独立的学科。

此外，在本雅明看来，以往的艺术作品是带有光晕的，这种光晕在作品和读者之间制造了距离，但是同时光晕时代的图片是无需文字说明的，可以自己为自己发声。然而在机械复制时代则不同，机械复制时代图像是需要文字的存在而被理解的，因为图片的意义和目的是已经预设好的。就图像的创作者而言，他需要寻找一个目的、位置或者方式来接近读者；就图像本身而言，经由大众媒介传播的图像建构了一个全新的思维模型，"生活中真正的物质和意识形态条件被大众媒介所隐藏……这样的思维模型允许文学或者文化历史作为一个统一的故事重新讲述，这个故事带有可确定的开始，并有预先决定的目标，通过有组织的、亲切的或者运用方言对话来延续"[①]。大众媒介传播的图像目的明确：建构自己的规则并让读者相信，然后付诸消费行为。

在光晕时代，艺术作品带有强大的崇拜价值可以被欣赏或者解读，而在机械复制时代，由现代技术所产生和制作的图像开始被标准控制，这个标准的制定者是福柯所说的新的权力，即意识形态。以泰纳的画作为例，在光晕时代，泰纳的画中用不同的手法再现了太阳和太阳的光彩，这是自然带给他的灵感，同时也在其中灌注了人，尤其是男性的力量、权力和牺牲。读者在阅读时感受到的不仅是视觉上的审美享受，还有对自然的感悟以及情感的触动和捕捉。然而在机械复制时代，泰纳的画通过批量印刷或者制作成影像呈现在房屋广告图片或者宣传册中，那么其象征意义便被生产者所预设，即拥有该房屋便可拥有画作中所呈现

---

① J. Hillis Miller. Illustration[M]. Cambridge：Harvard University Press，1992：23.

的美景,拥有该房屋就可以展现和获得男人的力量和尊严。如果说在光晕时代,泰纳的画可以脱离文字、标题或者名字而存在,因为人们不需要通过文字便可以进行阅读和审美,那么在机械复制时代,图画便与文字紧密相连。如果没有文字,那么图片的意义便很难得以有效传达和接受,最终成为不可理解的存在。

在米勒看来,文化研究所遭遇的最大困难是数字化的变革和电脑等新媒体技术的发展。多媒体数字领域打破了文本与图片、音乐的界限。"计算机改革的结果是一个新的分散的和主体去中心化的形式。主体总是受制于符号,通过阅读产生——去中心化,通过符号制造或者重塑——但是数字化的符号将用一种新的方式来实现。"①米勒用电子书来说明这种改变。

以往学者在研究梭罗时一般通过梭罗的文本和个人经历来进行,这两者都是固定不变的。但是互联网上梭罗的研究项目则不同。这个项目是汇集了所有的影像、文本和音频,甚至包括鸟的声音的一本电子书。这本电子书是开放的,每一个使用这本书的人都可以自己添加相关内容。此外,电子书的架构从技术层面来说是预设的,设置人员或者添加内容的评论家可以根据自己的解释来进行整理和标注。电子书包含三个内容:第一个是"动态的集注本",包括所有的草稿、背景和信件;第二个是包含所有年代顺序材料的"梭罗研究";第三个是关于梭罗的研究资料,可以点击检索所有的相关文章。这样的电子书使阅读的过程变得不再艰难,但是这种充满预设的被动接受,以及基于简单的字面联系而忽视修辞联系的链接是否真的有助于文艺研究?"电子书是潜在民主的和反殖民主义的,不是因为一些意识形态动机的决定,而是通过它自己的技术本质的功效。这样的数据库将允许一个复杂的图像存在,在特定文化中实现历史时刻的融合,这种融合对以前生活在那个文化中的人来说是不能获得的。那样的再建构将重塑过去的历史或者制造历史。"②这是电子书的述行结果。

因此,文化研究所要面对的困难不言而喻。首先,技术不可避免地对使用者产生意识形态的影响。电脑、互联网技术的兴盛已经从根本上改变了年轻学者获取知识甚至艺术生产的模式,并从根本上改变了大学的教学方式。如现代的学生学习西方艺术史使用的教材是经过数字技术制作的电子书,通过多媒体作

---

① J. Hillis Miller. Illustration[M]. Cambridge: Harvard University Press, 1992:35.
② J. Hillis Miller. Illustration[M]. Cambridge: Harvard University Press, 1992:39.

品进行欣赏，并经由互联网表达自己的审美感悟和批评。其次，文化研究将很难回避政治性。文化研究有双重矛盾的倾向，"应用于二级文化，它们是快乐的、持续的、档案性的，同时是文化的生产性转化。应用于主流文化，它们欣赏批判理论的流程，通过现实公正地剥夺那个文化的权利，同时显示在给定的艺术作品或者文学中的隐藏的方式，不管它们自身的和在原有地域的权利和意识形态"①。文化研究在对存在竞争的政治规则的复制中提供帮助。最后，语言的认知和符号述行性的区别被打破。没有了纯粹的认知或者述行性，理论意味着知识。文化研究提出了诸如女性主义、反殖民主义的理论，为女性和少数种族的话语写作和艺术提供支撑。其目的是述行的，它最终的目的并不是审美，而是去改变社会和大学，赋予少数民族和女性权利，进而对抗霸权。

于是米勒提出了文化研究者的责任。首先，文化研究的述行层面的本质和效果不能被预期、分析和阐释，即不能被谈论它们的人预先存在的种族、性别或阶级地位所决定。米勒在此谈论的述行性不同于海德格尔。海德格尔探寻艺术作品的起源，认为艺术是属于历史的，艺术不是原初的而是带有一个预先存在的真相，因此需要我们对其发生进行寻找和揭露。米勒认为，艺术作品和文化批评的述行性不是对预设目的的揭露，而是对所有需求的回应。在这个过程中是超越作为主体的"我"的观念的。伦理意义上的"我"只被建立一次，便永久地拥有了性别、主体位置、阶级和民族。而述行性意义上的主体则不是，"我"是一种选择，是超越传统、时间和种族阶级的，是带有平等性和多样性的主体，是公平的。

其次，米勒再次强调回归阅读的责任。数字复制时代，不同种类的符号以及电子化的链接、存档等逐渐取代了文字，但是这些符号同样需要被阅读，需要进行修辞性的阅读。因为它们同文学作品中的文字一样，是对现实的不断重复，带有自身材料、历史、社会和意识形态指向，是需要进行选择的。这种通过混合媒介来阅读文化人工制品的行为是述行性的。他评析了以本雅明为代表的文化研究对传统艺术的观点，认为"数字改革将我们置于一种境地，即语言的认知和使用语言或者其他符号的述行性的区别被打破了。没有纯粹的认知或者述行性。但是事实上，可能有一种新的针对性，当档案学的工作成为文化装饰品的述行性

---

① J. Hillis Miller. Illustration[M]. Cambridge: Harvard University Press, 1992: 47.

转换,只有当在储存和被认识的时候才出现"①。

综上所述,米勒通过解析文化与政治的关系阐释了文化研究在数字复制时代所进行的理论解构和实践行为,进而揭示了文化研究的述行性特征,并由此发现文化研究的困境并试图提供解决的途径。

二、米勒文化批评实践:人类世偶像的黄昏

米勒在新作《人类世偶像的黄昏》中,延续了其对赛博空间的文学理论和阅读理论的思考,他不仅将修辞性阅读运用于文学、媒介批评和图像阅读中,更将其作为人类世寻求真相的阅读策略来进行阐述,并进一步成为看待世间万物的方式。

尼采曾在《偶像的黄昏》中认真地审视传统西方的哲学和道德哲学"偶像"的理论,无论柏拉图、亚里士多德还是赫拉克利特等都成为其叩问的目标。"黄昏"是他对这些偶像的未来的界定,因此他坚信需要一个"事件"在新的时代开启他的篇章。这个事件便是"重估一切价值"。由此他开启了以理性为核心的现代哲学时代。

面对气候变暖、海平面上升等自然现实,面对经济危机、政治家满口谎言的社会现实,在人类世的偶像行将就木之际同样需要新的"事件"来开启新的时代,需要有新的语言、概念和生活的模板,更需要有新的思考问题的方式——像人类一样是什么样的?脱离人类的思考又是什么样的?我该如何来解读人类世的偶像在走向消亡时的铭文?米勒将这最终的落脚点归于了阅读,阅读人类世偶像的铭文、阅读灾害和事件、阅读意识形态。

德曼一直致力于语言的修辞性研究,以及语言的修辞性对阅读、理论和政治等问题的影响。随着时代的变化,研究环境、背景和对象的变化,语言的修辞性特征依然存在,其对阅读和理论、政治等多方面的影响依然具有实践性。气候变化已然是不争的事实,生态灭绝似乎也是可以预见的未来并成为关于气候变化的文本生产的潜在指标。因此需要新的规则、语言、概念和修辞来介入和干预,这是时下流行的生态批评中新的分类——气候变化批评所想要开拓的理论

---

① J. Hillis Miller. Illustration[M]. Cambridge:Harvard University Press,1992:53.

创新。

　　人类世作为地质学上的地质分期标准，并没有被严格界定和广泛接受。这个定义是2000年由诺贝尔化学奖得主保罗·克鲁岑提出的。他认为"地球地质的人类世，开端于1784年，即瓦特发明蒸汽机的那一年，工业革命使人类活动速度加快，生产力的高速发展、科学技术的高速发展已经使人与自然的关系产生了根本的变化"[①]。这一阶段的特点除了人对自然的作用以外，还有异于其他地质阶段缓慢变化的特点，人类世阶段的地球和自然是变化迅速且明显的，例如气候变暖、极寒天气增多等。

　　人类世这个概念实则蕴含了两个层面的含义。第一，是人对自然的作用和影响。第二，则是人将人的思维、行为方式运用于自然和技术之上，使得万事万物像人一样运作，像人一样思考。人类世这个概念所带来的是人对人与自然关系的重视，是对生态意识的倡导，同时引发了对地缘政治学、经济学、伦理学、人类学等等的生态角度的思考。因此，与其说将人类世作为地质定义，不如说将其作为意识形态更为恰当。

　　如果说在尼采的语境下柏拉图、亚里士多德、赫拉克利特以及其所代表的传统哲学和道德是偶像，那么什么是米勒所谓的人类世的偶像？什么是人类世偶像的黄昏？米勒反复强调了我们所处的一个特殊的时刻，即人类正在度过一个"临界点"，或者说我们已然通过了这个临界点。生态学家们相信随着人口的不断增长、人类活动不断改变地球的环境，地球将要迎来一个临界点，这个临界点的特征是所有趋于恶化的自然环境和人类无力阻挡的自然灾害，其产生原因无疑是人类世时代资本主义的生产方式——人们对石油的开采和运用、化学制剂的生产和使用等等，而后果是生物的灭绝。显然，我们没有被灭绝，因此我们通过了临界点，但是又迎来了新的问题，即全球数字文化的到来。传统工业对地球和自然的消耗依然存在，但是却以另外一种方式来进行传播、转换、存储和指导实践。因此，人类世偶像是工业革命之后的资本主义生产方式和在其基础上所产生的意识形态。人类世的偶像们作为"灾难传播者、应急机会主义者、生态

---

① 余谋昌.人类世时代的地学文化[J].上海师范大学学报(哲学社会科学版),2010(4).

危机演出者,可以将生存策略市场化"①,即资本主义可以从人类的灾难中获取利益。人类世的偶像包含了人类世所具有的行为方式、意识形态、理性原则和道德准则。环境的改变和恶化、人类世走向尽头甚至生态灭绝,正如无法避免的黄昏的到来。

但是需要注意的是,米勒并非地质、生物或者技术研究者,他的兴趣也不在科学、哲学或者经济层面。他所探讨的是,如何来解读人类世作为修辞的名词或者如何来解读关于人类世、人类灭绝的种种声明。尽管我们正在或者已经越过了"临界点",但是生态灭绝始终是人类世黄昏的背景,如同警钟和预言一样的存在。人类世偶像的黄昏指向即将通过所谓的"临界点"之后所面临的数字化社会的新的挑战。这个黄昏"突然间洗去了所有的后人类的观念,擦掉了笛卡尔定义'人'的幻想,允许人类性清晰、有显著区别的呈现,掩盖了这个荒诞的光线的本性"②。显然从地质意义上说人类世有着无数的阐释的可能,但是作为人文社科领域的学者和研究者,米勒所关注的显然不仅如此。

《人类世偶像的黄昏》不仅取自尼采的书名,在理论追求上也试图紧随尼采。"跟随尼采,在当下的理性失败的经验中——世界与理性、希望和虔诚政治——理性更加尖锐:必须有未来和人类。'人类世理性的黄昏'并不是涉及理性的缺失、批判性思考和人类的潜能。正相反,人类的特征导向指向历史的蓬勃发展、自我觉醒、宇宙的范围和一个合适的未来依靠偶然的和暂时的介入。"③正如尼采通过批判偶像的黄昏来重估一切价值,他也试图在无法逃避的自然灾害的环境下寻找一个理论避难点,这便是——阅读和语言。

米勒关注的是资本主义迅速发展所带来的不可否认的气候变化、环境破坏,以及互联网赛博空间、数字媒介和社交媒介等新媒介的蓬勃发展以及由此带来的社会政治、文化的发展和变化。但是我们不禁要问,气候变化、环境破坏与语言有什么关系?伴随着赛博空间、数字媒介而来的图像时代挤压了文字的空间,

---

① Tom Cohen, Claire Colebrook, J. Hillis Miller. Twilight of Anthropocene Idols[M]. London: Open Humanities Press, 2016:15.
② Tom Cohen, Claire Colebrook, J. Hillis Miller. Twilight of Anthropocene Idols[M]. London: Open Humanities Press, 2016:7.
③ Tom Cohen, Claire Colebrook, J. Hillis Miller. Twilight of Anthropocene Idols[M]. London: Open Humanities Press, 2016:17.

语言的阅读策略能否被运用于图像或者互联网信息之上？

米勒认为"环境的变化是语言的事件：正如我们可能会说人类是思考非人类的结果，环境的改变是意识形态的或者语言学的。不是说它不是真的，而是它挑战了我们思考道德性、时间性和现实的修辞方式"[1]。自然变化虽然是地理事件，却通过语言为人所知。我们都知道海平面上升、冰川融化，但是并不是所有人都真的看到海平面的上升或者亲手摸过冰川融化之后的水。我们获得这种信息的途径是新闻报道，电视上用数字、语言制作的模型或者演示图等。环境变化与语言就这样从形式上建立了联系。地质的变化、环境的破坏乃至人类世不再仅仅是我们有意或无意经历的事件，而是存在于每一个事实的报道、电影、声明和讨论中。在这个意义上来说，语言就不仅仅是传播的中介而是"材料化"的，是可读的甚至是可以预言的，因此也是述行的

如果说文学中的语言通过语言的指涉性和修辞性具有意识形态的特征，那么作为环境变化材料的语言同样具有意识形态性。德曼在《美学的意识形态》中曾经深入地探讨这个问题。"我总是认为，人们只有在批评性的语言分析方法的基础上，才可以进入意识形态问题和由此引申出来的政治问题。批评性的语言分析方法必须以它自身的方式进行，并将语言作为中介。我认为只有在某种程度上控制了这些问题我才能进入意识形态和政治问题。"[2]德曼认为意识形态混淆了语言和自然现实，混淆了指涉物和它所指向的事物，这种混淆在人类世尤其在电子化的时代中被充分甚至大量地运用。

汤姆·科恩通过面部的叙事到无脸化的变化再到脸部识别的精确技术发展的过程来再现"人类世"时代的轨道，从气候变化的视角来揭露生态灭绝的情状。面部的叙事和对面部的重视代表着人类世发展初期的伦理特征。面部，作为个人性的代表如同艺术作品的"光晕"一样被作为公平和伦理的根基。资本主义社会一方面将面部作为消费对象，逐渐被人重视，另一方面通过不断发展的面部识别技术来促进安全性和定义群体。数字化和社交网络的出现带来了"无脸化"和社交语言的表情化、无保留的自拍等现象，再次将希腊的"神人同形同性"的比喻

---

[1] Tom Cohen, Claire Colebrook, J. Hillis Miller. Twilight of Anthropocene Idols[M]. London: Open Humanities Press, 2016: 8-9.

[2] [美]德曼. 美学的意识形态[M]//[英]麦克奎兰. 导读德曼. 孔锐才，译. 重庆：重庆大学出版社，2015：92.

撒播。克莱尔·科勒布鲁克认为人类世作为一个地质事件削弱了所有的崇高,"这个地质学的事件是一个游戏变化者,为了社会的结构主义和后人类主义来拼写死亡;最终,我们面对一个完全的选择,或者我们迅速转化世界或者我们被注定灭绝"①。

米勒进入赛博空间,援引德曼对于意识形态的定义:"我们所称的意识形态是带有自然真实的语言学,涉及现象学。……包括经济。文学性的语言学在解开意识形态的失常方面是有力的不可缺少的工具,同时也是促使其发生的决定性因素。"②米勒认为,意识形态是语言的迷惑,带有自然的现实,出现在我们的眼睛、耳朵、味觉和触碰中。意识形态意味着说一个谎言,一个小说性的结构。"文章在今天是否成为一个生态死亡的脚本去征服和实践认识论,物质性的铭文'比喻批评的认识论'或者'审美意识形态'更广泛的传播对生态灭绝起到了什么作用?"③需要注意的是,气候变化论的反对者亦将以后变化的语言特征作为反对的根据,认为基于语言之上的气候变化是被"别有用心者"精心散布的谣言。到底是谎言,还是米勒等人所说的铭文?我们又当如何在纷繁的语言中辨别谎言?米勒再次强调了修辞性阅读的重要性。

在《人类世偶像的黄昏》中,"人类世"被认为是现在的言语行为,"看上去像是在它的截止日期之前最后一个完整的控制认知政体的企图,同时也是没有意识形态的意识形态化"④。无论科恩的面部分析、神人同形同性还是地质学意义上的崇高,抑或米勒所探讨的赛博空间的文学和文字,都是语言述行行为的具体表现。

那么该如何进行修辞性阅读呢?在书的最后,米勒通过对史蒂文斯的诗歌《垃圾场的人》(*The Man on the Dump*)的修辞性阅读实践来展示在人类世偶像的黄昏我们应该如何自由地阅读。这首诗歌从字面意义上看是描述了史蒂文斯造访了在哈特福特市的一个垃圾场,描述了他在其中的所见——报纸、罐头、猫

---

① Tom Cohen, Claire Colebrook, J. Hillis Miller. Twilight of Anthropocene Idols[M]. London: Open Humanities Press, 2016:126.
② Tom Cohen, Claire Colebrook, J. Hillis Miller. Twilight of Anthropocene Idols[M]. London: Open Humanities Press, 2016:142.
③ Tom Cohen, Claire Colebrook, J. Hillis Miller. Twilight of Anthropocene Idols[M]. London: Open Humanities Press, 2016:37.
④ Tom Cohen, Claire Colebrook, J. Hillis Miller. Twilight of Anthropocene Idols[M]. London: Open Humanities Press, 2016:160.

咪,这些人们每天生活消费的物品。作为一首现实主义诗歌,米勒充分挖掘了其中的比喻手法。史蒂文斯在垃圾场中所看到的所有的东西,正是那个时候的生活、科技和商品拜物教的意识形态"图像",而诗歌中潜藏的日出日落的节奏则似乎是无止境的文化时间,不断有新的事件被制造,新的社会价值如拜物教产生,然后再被丢弃,如此循环往复。那么最终,米勒发现,我们生活的星球便好似一个这样的垃圾场,它预示了未来即将发生的事情,"人类的关于垃圾场的思维方式也被文化的'图像'所污染,所以几乎现在每个人的思维都被污染"[①]。

2019年美国递交了退出《巴黎协定》的文书。在这之前,美国总统特朗普曾数次谈及气候变化是有心人对资本主义的打击,他想要借口退出来保护美国的贸易,从而减轻财政和经济负担。这无疑是人类世偶像述行性地作用于人们的行为、思维和判断之上。从美国的声明还有总统的语言中,可以很清楚地得知推动他们参与和退出的根本就是"利益",是对工业化社会的肯定和对能源的尽情使用需求。从利益出发,可能会做出违背生态保护的决定。到底应该如何认识气候变化和环境问题?米勒指出:"不将灾害读作一个符号,而是必须在灾害中引入人类性。更为重要的是,如果我们开始阅读灾害——而不是将自己的人性、世界和时间性相折叠——人们可能必须面对生态灭绝的时间性,我们将会通过(这个临界点),而不是按照历史的顺序(灭绝)。"[②]

关注环境、气候变化以及生态批评和环境人类学的人们将人类世这一时代称为"地质转向"。尽管"人类世"的概念并未得到广泛的认同,地质转向也没有达成深刻的共识,但是他们所关注的角度和问题,却与人的生存息息相关。米勒对人类世问题的分析和探讨集中展示了他对世界万物的述行性批评观念和方法。

第三节 建立图像述行理论的可能

米勒并没有建立图像述行理论,正如他所说,他所做的只是"为了自己的目

---

① Tom Cohen, Claire Colebrook, J. Hillis Miller. Twilight of Anthropocene Idols[M]. London: Open Humanities Press, 2016:188.
② Tom Cohen, Claire Colebrook, J. Hillis Miller. Twilight of Anthropocene Idols[M]. London: Open Humanities Press 2016:18.

的而据用、转化奥斯汀的观念"①。他在研究图像的过程中主要强调用述行性的阅读方法来进行图像阅读。但是在进行具体论述的过程中却已经将述行理论运用到了图像研究中。从另一个角度而言,图像归根结底是语言的,因此在米勒理论的基础上建立图像的述行理论具有一定的可能性。图像作为审美的对象,是对自然和世界的模仿或者对人主观情感的反映,因此都是静观的对象。同时,图像也被作为一种工具和手段来对待,绘画可以"成教化,助人伦,穷神变,测幽微,与六籍同功"②。作为工具和手段的图像,受创作者和传播者的主观意向的掌控,其本身也是可以自动述行的。

图像的述行性从远古时代就已经展现。图腾,作为古代原始部落信仰和崇拜的载体,不仅是简单的标志和象征,还有述行性的力量,可以用来规范、约束部落成员的行为,具有团结部落整体、维系血脉、保护部落关系以及禁止行为的作用。原始部落的图腾最早来源于对大自然的崇拜,因此图腾的形象以动物居多,部族成员猎杀图腾动物的行为被禁止,而是对图腾动物做出保护、供奉的行为。这些都是图像述行性功能的体现。图像作为一种权力话语及权威进行述行。

宗教信仰中对"圣像"的崇拜和保护也具有述行性。人们跪拜耶稣、观音菩萨或者释迦牟尼的图像和绘画,对其进行保护,并通过图像和绘画内容来理解教义和规范自己的行为。如敦煌壁画中大量的佛教故事画用以记录佛传故事并将佛教教义形象生动地传达给信众。西方教堂中的壁画亦有相同的功能。

在机械复制时代,图像被剥夺了光晕,具有了展示价值,并与意识形态紧密联系。"照片成为历史现象的标准证据,并获得了一种隐蔽的政治含义。……它们激动着目击者,而且目击者感受到自己以一种新的方式受到了它们的挑战。同时,画报为它们树立路标,不管是对的还是错的。……插图杂志中的文字说明对那些看图片的人发出的指令很快就在电影里变得更明白、更专横了。"③

进入消费社会,人们被广告所展示的图像影响消费行为,德波将景观社会中的图像作为人们社会关系的中介,波德里亚对不以现实事物为摹本的"拟像"进

---

① [美]米乐.跨越边界:翻译·文学·批评[M].单德兴,编译.台北:书林出版公司,1995:165.
② 张彦远.历代名画记[M].北京:中华书局,1985:7.
③ [德]本雅明.机械复制时代的艺术作品[M]//汉娜·阿伦特.启迪·本雅明文选.张旭东,王斑,译.北京:生活·读书·新知三联书店,2012:243.

行阐释……图像的述行性功能逐渐加深。科约胡和克劳斯·萨克斯-洪巴赫在言语行为理论的基础上提出了图像的言语行为理论。德国学者伊娃·舒尔曼从视觉性的概念出发来分析图像行为①。布雷德坎普更是致力于建立"图像行为理论",他将其视为一种启蒙,认为"图像从现实附属物变得越来越重要,甚至逐渐超过和掩盖了现实,图像与现实的关系被颠倒,图像与现实之间的深度关系被瓦解"②。图像的述行性源于其作为符号的存在,可以脱离创作者的控制而自行发挥作用。这种作用异于工具论的观点,而是行动本身与行动者之间的交互作用。图像同语言一样,具有意义建构的特征,从而具有了述行性。正如塞尔所说,语言交流的单位,并不是通常认为的那样是符号、词或句子,甚至也不是符号、词或句子的标记,而是完成言语行为时符号、词或句子的产生。更确切地说,在一定条件下产生的句子就是以言行事行为③。那么在一定条件下产生的图像、影像或者媒介都可以是以言行事行为。

米勒将文学语言的述行性延伸到图像阅读领域。其理论基点仍是语言,他强调阅读图像时对图像意义的建构过程是述行的。同时,图像是意识形态性的。图像和文字有着复杂的关系,既相互联系又各自独立。图像包括文化研究同语言一样,其本质和效果是不能被预期的,是不受预先存在的种族、性别或者阶级地位决定的。图像同样不受真假的约束,它的真实不是再现或者复制的真实,而是自身的真实。米勒在阅读图像时"说明了艺术作品是如何带给世界一些新的东西而不是反映一些已经存在的,新的东西是基本的,而不是被仅仅再现的,或者是一些已经存在但是被隐藏的。艺术的作品制造文化。每一个作品使它所进入的文化有所不同"④。此外,他的阐释强调了现代信息技术改变了过去认识艺术作品的方式。艺术作品具有多样性,这种多样性不仅是历史的、经济的、技术的积极行为的产物,而且与符号作用的方式相关。

米勒将修辞性阅读延伸到了图像。但是这里需要说明的是,人们会认为米勒将研究文字文本的方法直接移植到图像上,认为两者同为符号,可以做同一种

---

① 闫爱华.图像行为理论:一种理解图像的新维度[J].新闻界,2016(24).
② [德]霍斯特·布雷德坎普.图像行为理论[M].宁瑛,钟长盛,译.南京:译林出版社,2016:285.
③ 何莲珍.论塞尔的言语行为理论[J].浙江大学学报,1996(4).
④ J. Hillis Miller. Illustration[M]. Cambridge:Harvard University Press,1992:151.

解读。对这一看法，米勒给予了坚决的否定，他说："我预设图画中有一个意义的模式无法同化于文字文本所具有的意义模式，即使借着某种类比也无法同化。……我认为需要一种特殊的警醒，类似修辞阅读那样的警醒，但不像它那么注意譬喻等，而是关注颜色、形状以及图画中的一部分和另一部分的关系等等。我认为修辞在这方面的帮助不太大。因此，这是一种特别的模式——阅读图画与阅读文本不是相同的一件事。"①明确这一点对于理解米勒图像阅读的述行性十分重要。

正如米勒对《匹克威克外传》插画中匹克威克的形象和太阳、匹克威克的肚子的解读，或者对泰纳画作中太阳、蒸汽、渔夫等元素的解读，我们可以去思考：为什么太阳、肚子、蒸汽会反复出现？为什么不是月亮、雨水？可以关注图像的细节，但不能说这些就是比喻。米勒试图去探析图像的表达方式，并揭示图像所展示的世界。在新的技术条件下，图像可以被认为是预先存在的不利文化的产物，是被解救和赋予权利的。同时，述行性实践带来新的东西。因此，需要艺术家或者学者负起责任。基于伦理的责任，他们必须告诉读者在阅读时发现了什么，应该对图像做什么样的解读。

米勒的图像研究兼及对文化研究的解读。这是他对文化研究兴起、文学式微的一种回应，同样，也是其对自身理论的完善。米勒坚持用修辞性阅读来回应文化研究的挑战，同时对自己的解构主义理论在新的时代、媒介背景下进行完善和拓展，这可以看作是文学研究对米勒研究的述行作用。值得肯定的是，米勒虽然致力于图像的修辞性阅读，但是却没有完全将图像等同于文字，尽管图像和文字从根本上来说都是符号。

当然，米勒的述行性图像理论也有其自身的局限性。首先，图像没有脱离文本，并不是独立的对象；其次，图像的构图、技巧等虽然可以同文学的修辞进行类比，但是图像本身也有自己独特的审美感知和审美方式，不应完全忽略；再次，解构主义被反复批判的强行阐释在这里也存在，米勒在解读时强行赋予了元素过多的意义，或者让其为理论预设服务。但是我们仍然不能否认，米勒对图像的述行性阅读是极具启发意义的，至少他从述行的角度，建构了新的图像内容和意义。

---

① [美]米乐.跨越边界：翻译·文学·批评[M].单德兴，编译.台北：书林出版公司，1995：165.

第五章　米勒的述行性阅读实践

米勒无疑是一位理论家,但是比起理论建构他更热衷于进行批评实践。他的文学理论、述行理论最终的落脚点是阅读。对他来说,能够有效地阅读,基于阅读对象建构出新的世界和规则是他毕生的追求。同时,他也将这种阅读作为自己对阅读对象述行效用的回应,批评家有责任和义务将自己的阅读所得展示或者记录下来,进行批评发表或者教学传播。而所有的这些,最终的目的是建构出一个与众不同的新的生活和世界,这也是米勒述行理论的终极目的。以下将从米勒的述行性阅读批评实践中选择几个例子来展示其述行理论的具体运用。

第一节　修辞性阅读:《押沙龙,押沙龙!》

米勒在对福克纳经典小说《押沙龙,押沙龙!》的解读过程中详细阐述了自己的述行理论以及叙事与述行的关系。作为现实主义小说的经典之作,《押沙龙,押沙龙!》被学者们从不同角度进行了精彩的解读。而米勒却从述行的角度对其进行阅读,他认为福克纳在创作这部作品时"跳出对自身经历以及(美国)南方历史的认识,带着一种'要有押沙龙,押沙龙'的目的进入文字所创作的虚构领域,然后通过这部作品的出版,福克纳再回到现实世界中来改变他"[①]。于是这本小说并不是在为读者提供新的知识,而是在创造新的事物。从这个意义上来看,这部作品是述行的。

---

① J. Hillis Miller. Reading for Our Time:"Adam Bede" and "Middlemarch" Revisited[M]. Edinburgh: Edinburgh University Press,2012:73.

米勒对于《押沙龙,押沙龙!》的修辞性阅读从以下几个角度展开:

首先,故事的命名以及核心内容和结构是对过去的召唤和重复,但是在重复的基础上,又建构新的关系和世界。"押沙龙"源自圣经故事,故事中押沙龙作为大卫王的儿子杀死了玷污自己妹妹的人从而与父亲产生了隔阂,在父子关系和解之际押沙龙又发动了叛乱,但最终失败,最后押沙龙因为头发被树枝缠住无法脱身而被人刺死,他的父亲大卫王因他的离世而哀恸痛哭。福克纳将自己的作品命名为《押沙龙,押沙龙!》,并将故事的人物和情节设置得几乎可以与该故事一一对应。米勒认为"他透过语言从过去召回这些久被遗忘的人们和他们的一举一动。这种召唤到头来变成一种行动,或创造能够行动的事物。它所创造的乃是纸上的痕迹,能够不断地自我重复,能够在任何人的心中留下新的痕迹"[①]。圣经的故事和人物通过命名被召回,这是语言的一个述行效果。人们可以在新的故事中"心灵感应似的"看到过去的故事以及预料到未来的结果,这是语言做事的结果。

其次,福克纳的小说又与圣经故事不完全相同,是他基于原本故事进行的新的建构。他在重复圣经故事的同时,也在建构自己的规则和规范。小说中故事发生的时间和地域、历史阶段与圣经故事不同。福克纳的故事发生于1860年到1910年,这正是美国南北种族冲突的历史时期,其中种族问题成为他关注的核心。然而"种族"并不是圣经故事的题中之义。同时,圣经故事只是陈述了故事发生的经过,但是小说却展现了人物的内心活动和冲突。这都是福克纳基于圣经故事所做的新的建构。

再次,叙事具有自我传递的力量,通过不同的人代代相传的方式,不停地进行自我重复。这种重复如米勒所言,"不仅提供知识,而且促使事件发生"[②]。《押沙龙,押沙龙!》小说的一大特点是复调式的叙述者,每一个人都在从自己的角度进行叙述,其中最核心的是昆丁,他是小说中整个家族数代人物中的最后一代,他清晰地知道自己的家族历史,并且他也在重复着相同的历史,他说:"难道我还得重头再听一遍吗?我得重头再听一遍我正在倾听的故事,而且我除了倾

---

① J. Hillis Miller. Reading for Our Time:"Adam Bede" and "Middlemarch" Revisited[M]. Edinburgh:Edinburgh University Press,2012:73.

② J. Hillis Miller. Reading for Our Time:"Adam Bede" and "Middlemarch" Revisited[M]. Edinburgh:Edinburgh University Press,2012:75.

听别无选择,由此可见,一个人不仅永远无法比他父亲活得更长久,甚至他的朋友或者普通朋友也是一样的。"米勒认为乱伦和英年早逝是"根据他自己所构想的叙事的厄运,是挡不住的"。昆丁的叙事"进入了个人生活中,不只是强化占有已有的意识形态,甚至也不只是意识形态的制造者,而且是一种建构力量,随着影响阅读或诉说该故事者的一生,使他重复故事里所发生的事"[1]。这是叙事所具有的述行力量。昆丁是叙述者,但他的故事来源是裘蒂丝传给昆丁祖母的信,这个信又被传给了昆丁的父亲,再到昆丁、叙事者,然后传给了福克纳以及福克纳小说的阅读者,后续还有对福克纳小说的研究者以及阅读研究文章的人……在这一系列传递过程中,信件的内容给每个人都留下了痕迹,例如米勒对这部小说的解读就是这个故事的语言所做的事,它使米勒有了写作和分析的行为。我们的研究也同样如此。

最后,述行理论中的重复与现实主义的重复不同。米勒认为人们对于写实主义的描述都离不开重复,例如模仿、复制、再现、指涉、相对性或者关联等,都是再次呈现或者制造已经呈现过的事物。人们阅读小说的目的是脱离现实,但是对现实的重复又将读者带回到现实中。米勒认为强调"写实"的小说理论上都必须忠实于现实,必须基于心理的、历史的、传记的或经济的事实。但问题是:"如果小说完全正确,则毫无用处,如果是虚构,则与事实相联系,因此也没有用处,甚至更糟。只有一种观念可以脱离现实主义传统规范的死胡同,那就是小说在读者所处的社会中具有述行作用,而不是陈述作用。"[2]这种述行作用是通过重复来实现的,重复的命名、循环往复的人生历程以及每个人早已注定般的命运。米勒列举了小说的开头一段来进行说明,"将罗莎的述说描写为萨特鹏灵魂的声音,而萨特鹏的灵魂则是'透过愤怒的重述召唤出来的',正如在小说后面,萨特鹏亲自向昆丁的祖父倾诉其一生经历时,他的述说被描写为'耐心而令人讶异的重述'。另一段描述萨特鹏的面孔,在罗莎看来'俨然希腊悲剧的面具,不仅可以景景互换,也可以从一名演员换到另一名演员,面孔的背后各种事件与场面不按

---

[1] J. Hillis Miller. Reading for Our Time: "Adam Bede" and "Middlemarch" Revisited[M]. Edinburgh: Edinburgh University Press, 2012: 6.

[2] J. Hillis Miller. Reading for Our Time: "Adam Bede" and "Middlemarch" Revisited[M]. Edinburgh: Edinburgh University Press, 2012: 37.

时间先后或顺序而发生'"①。米勒认为这一段中出现了大量的重复,其中有对希腊和现代文学典故以及圣经典故的功用,重述的故事是对过去自身经历的重复,也是对其他人相似经历的重复,他们的经历也再次重演了乱伦以及黑白混血引发的种族悲剧等。这样的重复一方面在小说中有述行效果,即影响了小说中人物的人生和言行,而另一方面,这种重复用《创世纪》中上帝的指令方式来实现,即上帝说"要有光!"然后就有了光,小说中萨特鹏创造了自己的土地而试图切断自己与家庭和历史的根源的行为,也是类似于上帝指令的存在,只是他的命运仍然在子孙的命运中重现。

除了《押沙龙,押沙龙!》,米勒对《米德尔马契》《皮格马利翁》都做了精彩的修辞性阅读,通过他的阅读实践,述行理论得以清晰地呈现。

第二节 修辞性阅读:广告

修辞性阅读不仅适用于文学文本,也同样适用于媒介批评。米勒列举了杂志《连线》中一个"智能水"(smartwater)的图片广告,并对其进行修辞性阅读。

广告中一个美丽的年轻女性("美国甜心"詹妮弗·安妮斯顿)倚在一辆豪华跑车的真皮座椅上,手中拿着一大瓶"智能水"。图片下面的文字写着"good taste travels well"(好的味道行得更远)。首先,这个广告词是对应着图片的内容,好的味道,可以指水的味道,也可以指女人的香水味,"travel"对应车的意象,可以指向走更远的路或者传播得更远,或者达到更好的目标。其次,广告的核心是在宣传价格昂贵的高端矿泉水——"智能水"。于是美女和跑车一方面是一种身份的象征,即拥有这些身份的人喝的必须是智能水,另一方面也是一种未来的预测,即喝了智能水便可以拥有这些。当人们看到这个广告,头脑中会不受控制地产生无限的联想。这些图像会通过数字媒介转化成一个述行的句子来劝说读者采取行动,于是人们会蜂拥购买这个高档的水。

---

① J. Hillis Miller. Reading for Our Time: "Adam Bede" and "Middlemarch" Revisited[M]. Edinburgh: Edinburgh University Press, 2012:67-68.

但是如果采用述行性的阅读方法，通过发现语言中异于日常的意象来建构广告中的世界，进而明白其真实的含义，广告中与香车美女紧密联系的是水，但是水真的可以决定美女香车吗？这与日常的生活经验是不相符的。由此可以得知香车美女是对生活品位和品质的隐喻，是对未来的期许。广告制造者运用香车、美女建构了一个社会，这个社会中的规则是喝智能水拥有高档的生活。但是这与日常生活的规则是不相同的。因此，这是广告自己建构的规则。另外如果阅读广告的是女性，美女香车对女性并没有诱惑力。这样的广告是一种基于感观的刺激，同时还是对女性物化的表现。通过修辞性阅读，便可以轻易戳穿这些媒介的谎言直达真相。"智能水"或许真的在质量上高于一般的水，并且可以被看作是身份的象征，但并不是有了它就可以拥有成功。因此，阅读媒介必然会想象意义，但是最重要的还是要运用修辞性阅读来理性解读。

前文提到，媒介会在传递信息的时候对信息内容进行改变，或者媒介自身甚至成为预测和信息的一部分，那么媒介是如何进行改变和预测的？仍以智能水的广告为例。美女和跑车显然不是读者在现实中拥有的，但是如果拥有了智能水，那么未来便清晰可见——即将拥有物质和享受，获得事业和爱情，进而走上人生巅峰。广告在传递图像和文字的时候实际上已经将内容变为了一种"承诺"，这种承诺无疑是述行的。再看基于超链接技术之上的超文本，每一次点击都将打开一个新的界面，进入新的语言环境。例如在搜索引擎中输入"希利斯·米勒"，即会出现关于米勒的所有信息，可以逐一点击进入米勒的经历、他的作品、对他的研究和评价、他的照片以及作品中的一个词语。我们点击希利斯·米勒的简介，然后会出现言语行为、述行等关键词，如果点击述行，则会出现奥斯汀、巴特勒，继续点击会进入奥斯汀的简介……这里的每一个点击的动作所对应的内容其实都是预设的，是互联网技术建立在词语基础上的相关性，可以预测到读者想要获取的一切内容。

除了图像广告，米勒还对电视台播放的石油公司雪佛龙（Chevron）的广告进行了修辞性阅读。广告中展示该公司是"The Power of Human Energy"，译为"人类的力量"，可以理解为该公司是人类的力量，或者旨在为人类的力量服务。但是如果仔细分析便可发现，"该公司的兴趣在于石油中的能源，而不是人类的力量。它的目的是盈利，越多越好，而它从地层深处掘取能源的后果之一就是全球气候变暖。所以,这个广告本身就是一个谎言"①。广告中"人类的力量"是该公司给自己营造的形象,将它的商业行为包装成一种造福大众的行为,但仔细分析,"能源"并不是该公司拥有的,而是它的兴趣点和利益点,它的行为是在破坏生态的平衡。

  米勒的修辞性阅读在自媒体阅读中更具有实践意义。自媒体,即 We-media,"是普通大众经由数字科技强化、与全球知识体系相连之后,一种开始理解普通大众如何提供与分享他们本身的事实和他们本身的新闻的途径"②。其本质是信息共享的即时交互平台,如博客、播客、微信、微博等。自媒体的出现和繁荣改变了传统媒体的传播模式和传播形态,使得大众通过自媒体的平台在接收信息的同时,本身也在提供、分享和传播事实和新闻,是一种"节点共享的即时信息网络"。自媒体的出现,使得传播的模式和形态发生了新的变化。就传播模式来说,自媒体时代的传播并没有脱离经典的传播模式,依旧是由信息源向受众扩散。只是信息源由以往的有公信力的信息源分散到个体信息源上,呈网状并相互作用。信息传播中的接收者在接收信息的同时,也可以对其进行更改,然后再次作为信息源传播出去。自媒体的述行效用尤其突出,因此更需要进行述行性阅读。

  于是修辞性阅读便显得尤为重要。修辞性阅读的意识大于技巧,但是技巧也需要加以培训。米勒反复强调院校应开设相关课程讲授修辞性阅读的方法和意识,这不仅能够提升不同年龄段读者的阅读能力,更为重要的是能够培养他们批判性阅读的意识和修辞性阅读的习惯,使他们能够在一定程度上提高甄别媒体文章真伪的能力,从而能够根据不同的阅读媒体和对象采取区别化阅读的策略。

第三节 展望:米勒的述行理论与自媒体时代的文学

  米勒的述行理论因其极强的实践性和对语言做事能力的突出强调具有方法

---

① [美] J.希利斯·米勒.萌在他乡:米勒中国演讲集[M].国荣,译.南京:南京大学出版社,2016:219.
② 代玉梅.自媒体的传播学解读[J].新闻与传播研究,2011(5).

论意义。以米勒的述行理论作为方法论,可以对当下的文化事件、媒介事件进行透彻的分析和清醒的认识。在展示了米勒如何进行修辞性阅读之后,我们将以米勒的理论作为方法论,对自媒体时代的文学进行修辞性阅读,以此,作为本书对米勒述行理论的述行性回应。

米勒"文学终结论"的逻辑起点在于传播媒介的变化,那么在自媒体时代,媒介的性质变化对于文学而言必然有着质的影响。自媒体不仅仅是传播的介质或者内容本身,而是具有了行为能力的"制造者"。米勒将麦克卢汉的"媒介即讯息"的观点进行延伸,认为媒介不仅仅是一个需要被传递的讯息,而是"制造者"。"'制造者',暗含了一个述行的力量。媒介自身能够使事情发生。……与想要通过一种或者另一种媒介传达的信息无关,媒介自己发生效用。"[1]米勒列举了美军通过虚假新闻宣传对伊拉克发动的军事行动,认为媒介具有能力使人们对于谎言也深信不疑。这是因为电子设备是"现代的假肢",这一运用有两个层面的意义,"一方面,米勒认为媒介是一种中介化的手段,一种技术手段和工具;另一方面,他更强调媒介与人的关系,表现出强烈的人性的媒介化取向"[2]。

如果说印刷时代的文学作品从创作、编辑到印刷出版,是已完成的整体,电信时代需要阅读者通过点击、链接来共同完成,作者也一边发布、一边创作,根据读者的反馈而进行创作,属半完成,那么基于自媒体平台的文学作品则兼具了这两个特点。一方面,通过自媒体发布的文学作品必须经过完整编辑之后才可发出,发布之后作者只能删除或者选择回复读者的留言而不能够随意编辑文本的内容,因此作品回归了完整;另一方面,对作品感兴趣的读者可以选择在自己的公共平台转发并评论,这些也成为作品的一个部分或者补充,作品的意义也由此得以体现。另外,印刷时代的文学作品从创作到出版都需要一定时间,因此文学作品具有"历史性"。而电信时代的文学作品则打破了这一历史性,拉近了读者与作品的时间距离。自媒体上传播的文学作品也是如此,创作者创作完成后即时发布,读者可以瞬间阅读,拉近了时空距离从而拥有了新闻消息所具有的时效性。

---

[1] J. Hillis Miller. The Medium is the Maker:Browning, Freud, Derrida and the New Telepathic Ecotechnologies[M]. Portland:Sussex Academic Press,2009:1-2.
[2] 秦旭.J. 希利斯·米勒解构批评研究[M].北京:社会科学文献出版社,2012:129.

自媒体平台上的文学作品同印刷时代的文学作品一样具有虚构性,甚至如米勒所说,是"谎言"。印刷作品因其完整性和独立性,读者在阅读时明确知道自己在阅读文学作品,即便是对于现实主义作品,也能够清晰地分出虚拟和真实的界限。而自媒体平台上传播的文章则模糊了虚拟与真实的界限。这基于两个原因:一是自媒体文章的传播是基于手机等移动设备,阅读时间往往不固定,可以是工作、学习等任何事情的间隙,因此与现实的缝隙较少,读者极易受其影响。二是无论微型小说、评论还是杂文、散文,都明显带有时效性、实用性,唯有此才能获得更多读者,这种与现实的紧密相联更使得读者信以为真。另外,读者通过移动终端进行的阅读往往时间仓促,很难进行深刻思考。这也是米勒所说的"假肢"的一层含义:通过模拟真实来拉近与现实的关系。而这种模拟的核心不是图像、画面或者其他,而是修辞和语言。从这个意义上来看,在视觉文化、多媒体时代因图像、声音备受重视而被挤走的文字,又通过自媒体被拉了回来。被拉回的对文字的重视,可以带动文学的发展吗?自媒体能成为文学自救的方式吗?

基于米勒的述行理论,文学作品运用文字创造了一个新的世界,在这个世界中通过文字来描述场景和生活范式,为想象中的世界立法,同时也为阅读者建立一种行为规则。文字的施行性在自媒体平台得到了充分的体现。自媒体文章通过手机发布,对于人们行为方式和思维、认知的影响是极大的,在表面上看是通过"转发""点赞"的行为来表现,而在深层则促进读者形成思维定式,接受该平台文章的价值观并成为自己的行为规范和处事原则。例如独立自媒体品牌"咪蒙"在其微信公众平台上发布的文章大都宣扬与普世价值观相悖的观点,但这些看似"离经叛道"的观点又深入切中现实生活的要害,直面生活的残酷。其中一篇名为《职场不相信眼泪,要哭回家哭》的文章,通过几个职场故事引导人们去接受职场的残酷并努力适应,面对职场的不公平和委屈要极力隐忍。于是有领导、管理者将它作为行为规范发布来"教化"员工,不少职场人士也将它奉为自己的行为准则,而忽视了自己的权利和尊严。

需要注意的是,这样的规则的制定者并不是作者而是语言自身。"作品的施行效果,与作者的意图或知识无关,言语必须看成是自己运作的,不论发出言语者的意图如何。"① 米勒致力于研究维多利亚时期的小说,他关注的并不是那个

---

① [美] J. 希利斯·米勒. 文学死了吗[M]. 秦立彦,译. 桂林:广西师范大学出版社,2007:117.

时期的小说对那时的人所起的作用,而是"在此时此地,在此特定语境中的功效是什么"。例如福楼拜创作《包法利夫人》并不是想引导人们出轨或者劝诫人们不要出轨,但有的人阅读后可能会关注包法利夫人偷情时的快乐而去幻想自己的行为,有的人则关注了她最终的悲惨结局而得到忠于爱情婚姻的警示,这些都是文字的施行性所带来的,与作者的意图无关。但是在自媒体的文章中作者的创作意图则是明确的,具体表现在文字的选择、故事的编写以及文章的内容架构。有的在自己的文章中"植入"商业化的广告,有的则是有着明确的写作目的——引导人们产生某种想法和看法。例如"六神磊磊读金庸"的一篇题为《我们如何相遇,又如何作别》的文章,梳理了武侠世界里那些或快意豁达或意味深长的相遇和作别。例如"青山不改、绿水长流",例如饭馆里相遇的胡一刀和苗人凤、张无忌和周芷若等都奇妙般相遇、平淡地分开却又牵扯出一世的情缘。围绕着相遇和作别,文章的结尾插入了相遇和作别的工具——Jeep车的广告和拼车回家的推广活动。这样来看前面的故事选择和分析就是有意的,文字的最终的效用便是广告的效果。

由此可以看出,自媒体的平台将文学的言语行为发挥到了极致。从这个意义上来看,文学的功用通过自媒体能够得到极大的提升,如果加以良性利用,文学不但不会在自媒体时代终结,而是迎来一个新的热潮也未可知。

米勒坚信"文本对读者的作用,就如同道德法则对读者的作用。那是一种难以避开的因素,将读者牢牢束缚住,或是致使读者自觉约束自身的意志,阅读行为也将使读者自觉用这种文本中体现的必需的道德法则约束自己"[1]。米勒认为阅读的伦理表现在两个方面,一是小说中人物伦理的选择和读者的伦理化行为的类比,二是单纯的故事叙述会增加道德律。就读者而言,米勒反复强调作品的不可阅读,"文本既不是律法也根本不是表达的法律,而是一个生产性的力量的例子。我们尊重或者必须去尊重,不是例子而是它其中蕴含的法律,伦理的法律"[2]。以特罗洛普的小说为例,他在小说中建立了自己的封闭经济,通过清晰的衡量标准来暗示每个人所产生的效率。"如果他们有价值是因为他们的经济

---

[1] [美]J.希利斯·米勒.阅读的启示:康德[M]//王逢振,周敏.J.希利斯·米勒文集.北京:中国社会科学出版社,2016:27-28.

[2] J. Hillis Miller. The Ethics of Reading[M]. New York: Columbia University Press, 1987:121.

能力结合了两种社会价值,愉悦和道德教化"①,这使购买小说的人觉得自己买书的花费是值得的,从而通过他所建立的规则来强调社会的价值,使他的小说以一种合法化的方式进入社会。所以阅读的伦理说到底便是"文学作品以替代的形式,使用那些指称社会、心理、历史、物理现实的词语,来称呼它们发明或发现的超现实,文学作品通过影响读者的信念、行为,重新进入现实世界"②。那么这样的伦理,在自媒体时代是否依然发生着效用?

通过前面的言语行为分析,很显然自媒体时代的文学具有更加强大的阅读伦理,其伦理建立、传递和被接受的路径更为简单,也更易被人所接受。如果说人们在阅读文字作品的时候还具有孩童般"天真的阅读"和"批判性的阅读"的两种差别,那么在阅读自媒体的文章时,则更多的是"天真的阅读",但这种天真所指向的是读者更易被文字中的伦理所左右甚至欺骗。这与自媒体的特性有关。传统媒体从业人员均是经过严格筛选的,具有一定的知识储备和丰富的材料积累,而且传播的内容经过层层审核、审批,因此是有权威并可信的。而自媒体却不然,它兼具了新闻媒体的真实性和小说的虚构性并常常模糊两者的界限。人们在阅读的过程中甚至不去仔细考察文章的来源,就天真地相信。于是就文学作品而言其阅读的伦理性更容易建立,但是对大众和阅读者来说,如果无法清晰地对现实和虚拟进行区分便有可能受骗。因此,对于自媒体而言阅读的伦理问题不仅存在,还是一个急需面对和解决的问题。

就阅读的伦理而言自媒体对于文学的伦理功用发挥得更为充分。读者不仅借助自媒体平台,更加直接、便捷地阅读文学作品,也更容易受到语言中所建立的伦理规则的影响。因此,在自媒体时代,文学不仅不会消亡,而且会因为阅读再度焕发生机和活力。尽管自媒体拥有极大的传播力度,但是与传统媒体的点对面传播不同,自媒体的传播有着鲜明的"圈子化"特征。

"在自媒体信息'圈子化'传播中,信息通过不同用户圈进行'圈子内'的封闭式嵌套和'圈子外'的开放式勾连,实现更大范围内的传播。"③不同类型的文章

---

① J. Hillis Miller. The Ethics of Reading[M]. New York: Columbia University Press, 1987:89.
② [美]J. 希利斯·米勒. 解读叙事[M]. 申丹,译. 北京:北京大学出版社,2002:118.
③ 代玉梅. 自媒体的传播学解读[J]. 新闻与传播研究,2011(5).

的传播只能通过两种方式被阅读，一是阅读者与发布者之间是好友关系，二是阅读者关注了发布者的微信公共平台。这两者都表明了自媒体的"圈子化"现象。

"圈子化"现象一直存在于文学中，只是以"社群"关系而存在。在印刷媒介时代社群以地理来划分。米勒将生活在这种社区的人称为"土著"。史蒂文斯认为这些土著有着鲜明的特征，即"作为集体的医院，分享集体的经验；一个本地社区位于一个地方、一个地点、一个环境，与外界隔绝"①。因此，这样的社区的存在暗示一个团体自然而然共享的一些信仰和假想。于是文学的价值"在于它对一个已经存在的社区的真实反映，它的述愿价值，而不在于它在建构社区中可能有的任何述行功能"②。而电信时代通过新的电信技术的传播，不论在任何地方，人们都能够获得同样的资讯，人们的审美也越来越接近，例如牛仔裤、流行音乐替代了土著地区的衣着和音乐特征而具有了同一性。但是电信时代又创造了新的群体，网络社区使不同地域的人们可以聚集在一起共享信仰和观念。它在淹没了各地区的文学特点的同时，又建立了一种新的、不受地域影响的社群关系，这些社群中的人们甚至互不相识，维系他们的是共同的兴趣爱好，因此有着极大的不稳定性。在这个意义上，米勒宣判了文学的终结。因为全球化的入侵和电信技术的发展，文学不再具有陌生性，其社群的独特性也被同一性所取代，而好的作品在米勒看来是具有异质性的。此外，网上社区带来的是异于书本阅读体验的感知经验的变异，是一种全新的人类感受。

自媒体时代的"圈子化"结合了印刷时代的地域社群特征，同时又带有其他媒体所具有的虚拟社群特征，因此它的社群性更为显著。首先，自媒体的用户具有一定的地域性、社区性，在一定程度上是"熟人社交"。其次，自媒体也具有虚拟的社群的特征，即部分用户是根据一定的兴趣、爱好而聚集，这样的"圈子"划分更为精确，共享的除了信息，还有信仰、观念或者态度。但是需要注意的是，使用自媒体的人无论关注、转发还是评论文章，他的目的"不仅是消闲，而是表示身

---

① ［美］J.希利斯·米勒.土著与数码冲浪者[M]//易晓明.土著与数码冲浪者——米勒中国演讲集.长春：吉林人民出版社，2004：8.
② ［美］J.希利斯·米勒.土著与数码冲浪者[M]//易晓明.土著与数码冲浪者——米勒中国演讲集.长春：吉林人民出版社，2004：16.

份的方式"①。例如用户转发或者分享文章并不一定进行了认真的阅读,而只是出于一种身份自证的目的,认为自己"应该"这样做或者通过转发和分享文章来展示自己的知识层次、审美水平和生活态度等。因此,这里的文学阅读不再像以往那样单纯地基于审美的目的而进行,而是拥有了功利化的目的,这是不利于文学本身发展的。

自媒体平台的发展看似促进了文学的繁荣,实则面临的是经典无可挽回、文学被工具化的现状。如何能够在表面庞大的阅读数据之下真正建立文学的良性阅读,将成为自媒体时代文学所亟待解决的问题。但是毫无疑问,自媒体时代文学必将经由媒体革新的阵痛而经历不死之死。那么自媒体时代的文学应有怎样的发展?

"一时代有一时代的文学",自媒体时代的文学必然被深深打上自媒体的烙印。自媒体时代的文学首先应充分结合自媒体平台的"制造者"的特点来进行传播和创作。自媒体所依赖的平台是手机等移动终端,与互联网、电视等媒介不同,手机的使用率更高,使用范围也更为广泛,不受时间、地点约束,因此更加接近人们的生活,也逐渐成为人们获取信息、阅读的主要渠道,因此自媒体时代的文学的现实性和实用性增强,同时兼具娱乐和教化功能。米勒在宣称"文学终结"时指出原因之一是文学在印刷时代所具有的娱乐性、审美性已经被新的媒体所取代,人们不需要阅读便可以进入想象的世界,可以获得娱乐和休闲。自媒体无疑又将人们的娱乐方式从图像和声音拉回了文字,拉回了文学。如果说印刷时代的文学创作是以审美为目的的,那么自媒体的文字则更加具有实用性。审美不是主要目的,但是除了分享和收集资讯以外,其中获得的还有价值观、态度、伦理规则等。很大一部分用户通过自媒体平台获得最新的事件资讯以及评价,人们会去自媒体平台的文章中发现看待事件和问题的视角和方式,对于文学、影视作品、艺术作品的评价等。可以说,自媒体可以为有着不同需求的人们提供不同的讯息,使人们不断接纳文章中的伦理规则。

就创作而言,经由自媒体所传播的文学应当具有以下特点。第一,篇幅短小、言简意赅的作品更适于自媒体时代的阅读终端。自媒体的阅读终端通常是

---

① [美] J. 希利斯·米勒. "全球化"对文学研究的影响[M]//重申解构主义. 郭英剑,等译. 北京:中国社会科学出版社,2000:320.

手机、平板等移动终端,屏幕相对较小。而且人们的阅读时间也相对分散,注意力无法全部集中,因此篇幅短小、言简意赅的文章更加符合自媒体时代的阅读习惯。第二,应兼顾专业性和"有趣"的可读性。受到广泛关注的文学作品都具有"有趣"的特点。可这种"有趣"还可表现在几个方面。首先,角度新奇,有期待性。自媒体时代的文学应该更加密切与生活的关系,同时在大众熟悉的领域中挖掘新的角度才能够将读者从纷杂的现实生活和丰富的娱乐生活中拉入文学阅读中。其次,语言有趣,以运用语言的大众化来实现。这样一方面可以拉近评论者与大众的距离,另一方面也可以使阅读者产生情感共鸣,从而增强阅读的流畅感。另外,善于运用隐喻和比喻。让读者自己从轻松的阅读中感受文字背后的深意。

例如"比兴"的手法就利于提高大众对于文章的接受度。作为诗之六义的"兴",其本身是指在文学作品创作过程中,创作者缘情感物、借景抒情的美感心理。历代对"兴"的认识形成了感兴寄托和意在言外的特征。如,刘勰《文心雕龙·比兴篇》中云:"观夫兴之托谕,婉而成章,称名也小,取类也大。"[①]如钟嵘所说的"文已尽而意有余"。"兴"作为一种修辞方法,用之于文学作品的创作,强调的是有感而发、缘情生物,并寄托了作者无限的情意,从而带给作品一种回味无穷的审美境界。适当地将"兴"用之于文学创作,可以更好地弥合自媒体文学创作与现实生活的紧密联系和文学必须具备的陌生性的特点,从而触发内心的审美情感而进行应答,即刘勰所说的"情往似赠,兴来如答"[②]。这样的"兴",从现实生活入手能够引发阅读者的情感共鸣。

自媒体因为创作者水平良莠不齐,文章质量难以保证。与传统媒体严格的准入制度相比,自媒体的无门槛准入的影响便是创作者自身水平良莠不齐,文章不仅质量难以保证,连同内容真实性都难以确定。在纪念杨绛先生的文章中,就有大量文章将心灵鸡汤样的句子错写为杨绛所写,从而大肆传播。另外,与传统媒体编辑的层层审核和监督不同,自媒体的监督审核较为薄弱。如微信、微博等虽有举报功能,但大都凭借个人观点,而且也只是从政治角度进行审核,文章的质量实难保证。因此,自媒体时代的文学发展首先需要专业的文学创造者和

---

① 戚良德. 文心雕龙校注通译[M]. 上海:上海古籍出版社,2008:410.
② 戚良德. 文心雕龙校注通译[M]. 上海:上海古籍出版社,2008:514.

媒体进入自媒体平台进行创作和传播,通过高质量、具有专业性的文章来引导自媒体的文学创作。同时,自媒体平台自身需要建立严格的准入机制、完善的审核监督规则,建立适当的规范以辅助读者的阅读,便于区分虚构的文学创作和真实的新闻讯息或者具有实用性的广告的差别。当然,阅读伦理的建立更多地还需要读者在碎片化的阅读中进行自我提升。

基于自媒体媒介的阅读应该更加强调"批评性的阅读"。文学的"终结"很大程度上是因为阅读的衰退。互联网、电视等多媒体的发展在丰富人们娱乐生活的同时,也"侵占"了阅读的时间,阅读不再,那么文学便无所依傍。文化模式由文本文化向视觉文化的转型让人们一度认为文学趋向"终结"。然而自媒体的发展却改变了人们的阅读模式和阅读理念,手机的普及和自媒体的繁荣在客观上促进了大众阅读量的增加和阅读需求的变化。在印刷时代,米勒提倡天真地阅读,以保留文学作品的神秘性和审美功能。那么在电信时代,特别是自媒体时代,我们则应该选择批判性的阅读。作者通过语言文字建构了一个虚拟的现实,在虚拟的现实中建立自己的法则,而人们在面对这样的现实时,会自动代入虚拟现实的规则而产生依赖、不去思考。

"罗一笑事件"便是媒体人对于言语行为的运用。微信朋友圈被大量转发的《罗一笑,你给我站住》一文,作者是罗一笑的父亲、媒体从业人罗尔,他通过文字描述了女儿患病带给家人的伤痛并通过文章来筹集医疗费。读者在阅读时完全被其中的父女情所感动,自然地接受了文章所设定的情境——女儿患病、医疗费庞大、需要救助,因此热情地通过"打赏"来献出自己的爱心。但是人们没有思考的是,儿童拥有医疗保险,作者的家庭状况是否需要别人救助?可以说,文章中设定的规则是与现实生活的规则不符的,但是人们只是被语言所感染而忽略了现实的生活,并认为文章中所提供的方法就是唯一的方法。因此,面对自媒体中的文学作品,要竭力去区分虚构与现实、表面和真实之间的区别,带有批判的眼光进行理性思考。尽管米勒认为这种去神秘化的批判的极端形式促成了文学的死亡,但是在自媒体时代,批判性的阅读是文学得以健康发展的保证,唯有此,读者才能够不受作者的蒙蔽,理智地感受文学阅读的快乐。

另外,自媒体时代的文学受到"圈子化"的影响,具有专业化、类型化和互动化的特点。传统的文学作品无论在创作还是在传播过程中其受众均是未知的,因此创作的类型丰富、内容多样,均由作者的主观意愿来决定。而自媒体时代的基于圈子进行传播的文学则不同。第一，圈子的专业性决定了文章具有专业化倾向。大众拥有广阔的信息获得渠道和阅读渠道，因此文章的专业性成为未来发展的立足之本。例如知名的微信公共号"六神磊磊读金庸"，其受众圈子中大多为热爱、熟悉金庸武侠小说的读者，因此他的文学创作也从专业的角度对金庸进行解读，主题鲜明又有一定的理论水平。虽然金庸小说的内容被大多数人所熟悉，但是作者却通过另辟蹊径或者翔实的资料考证来提升专业性，从而能够保证读者长期的关注和支持。第二，自媒体公共平台众多，受众的选择也众多，因此文章的类型化也能够增加文章的辨识度。例如微信公众号"一个"专注发布一图、一故事，亦有文章从娱乐明星的角度来引发普通大众的生活思考等，类型鲜明、定位清晰，可以迅速打开传播的圈子，但这无疑对文学本身也是一种功利化的局限。如何能够将文学之自由与文学创作之目的完美结合，也是自媒体时代的文学需要面对的问题。第三，强烈的对于受众需求的关注使文章具有互动性。自媒体与生活的密切联系使文学作者走出自己的创作世界而更多地倾听读者的需求，或答疑解惑，或醍醐灌顶，都试图成为大众文化生活的一个重要部分，因此自媒体时代的文学将加深与读者之间的联系。但是必须注意的是，这种联系应该保持良性互动，而不是一味地对大众的审美趣味进行附和及取悦。自媒体时代的文学更应该强调人文精神性，坚持提高人文精神品格，在娱乐至死的文化氛围中，实现精神文化的突围。

就研究层面而言，米勒在提出文学终结之后，也将研究的目光投注于新媒体上，试图去探寻新媒体时代的文学发展方向和路径。他借鉴了康德用审美作为理性和道德之间的桥梁的方法，提出跨越文学与媒介之间的鸿沟的桥梁是修辞。尽管现代文学的研究已经转向了外部关系研究，他仍然坚定地认为"文学研究虽然与历史、社会、自我有着千丝万缕的联系，但这种联系，不应是语言学之外的力量和事实，在文学内部的主题反映，而恰恰应是文学研究所能提供的，认证语言本质的最佳良机的方法。……外部关系本身对文本而言就是内在的，外部关系本身需要修辞分析"[①]。而作为人文学科，研究的基本原理便是储存、对话、存留、档案、回忆、铭记与纪念。而大学的教育，应该教授的则是阅读和有效的写

[①] ［美］J. 希利斯·米勒. 当前文学理论的功用［M］//重申解构主义. 郭英剑，等译. 北京：中国社会科学出版社，2000：239.

作。可以说米勒的这一判断是准确的。以 2016 年社科基金重大项目为例,获准的大部分项目均为以文献整理、总结为主的研究,这是对基础研究的重视,似乎也预示了新媒体时代文学的研究方向。米勒曾说,在全球化的电信时代,文学的存在是"理性盛宴上的一个使人难堪或者令人警醒的游荡的魂灵"①。那么自媒体不是文学的驱魂者,也不是完全意义上的护身符。显然文学不会在任何一个时代终结,因为文学始终保有它的意义。自媒体时代或许可以为文学提供一个新的平台和媒介,从而促进文学的发展。

---

① [美] J. 希利斯·米勒. 全球化时代文学研究还会继续存在吗[M]//易晓明. 土著与数码冲浪者——米勒中国演讲集. 长春:吉林人民出版社,2004:103.

结　　语

本书通过研究希利斯·米勒的述行理论，提出了建构以文学述行理论为核心、修辞性阅读为方法并可被广泛运用于媒介和图像批评领域的述行观的理论意义和实践价值。米勒的述行理论不仅拓展了奥斯汀的言语行为理论，还开启了文学研究和文化批评的新的理论维度。

米勒的述行理论强调语言的结构、符号和法则对人类言行的决定作用。他认为言语活动的本质是不确定的、重复的和不可预测的，最终的目的是建构：建构新的范例和规则，进而建构新的生活。米勒将发生述行效用的主体从语言本身拓展到了作者、作品和读者，强调述行效用的发生是自动进行的。这种建立在建构层面的述行理论运用于文学研究，有助于发现文学作品中基于修辞的述行力量，也有助于还原文学作品中的虚构现实；运用于媒介批评，则使媒介成为制造者，并赋予媒介意识形态性；运用于图像阅读，可以建构一种全新的理解图像的方法，并向文化述行领域延伸。述行理论视域下的文学作品、媒介信息、图像甚至文化现象不再是对客观现实的被动反映或模仿，而被赋予了创造和改变世界的能力。从这个意义上来看，研究米勒的述行理论具有重要的理论意义和实践价值。

对米勒而言，文学研究的最终目的是阅读。无论文学作品、媒介还是图像，都在读者的阅读中才能发挥效用。无论学生的学习、学者的批评研究，还是教师的教授，都是阅读行为。通过对阅读中伦理时刻的发现以及伦理责任的强调，米勒为阅读实践建立了新的规则。这些新规则的运用将最终建构新的世界，这也是文学研究的终极目标。

米勒提出的修辞性阅读或可成为阅读一切对象的指导方法。修辞性阅读是这样一种阅读：寻找阅读对象中异于日常事务或规则的部分，然后建构所描绘和呈现的世界和规则,进而建构自己的规则,形成一种范例,最后将其运用于现实生活中。修辞性阅读无疑是述行的,它不仅关注阅读对象中的述行部分,更强调阅读行为对规则和现实的建构。修辞性阅读是一种实用性较强的阅读方法,不仅可被个人掌握,还适合在大学课堂中进行传授,米勒也一直呼吁将修辞性阅读纳入大学课程。诚然,修辞性阅读的广泛接受和使用,有助于提高读者在后真相时代和新媒体语境下明辨信息真伪的能力。从这个意义上来看,米勒的述行理论具有极强的实践意义。

米勒的述行理论从根本上来看是建构性的。文学述行理论的建构性重新定义了文学与客观现实的关系,并建立了新的价值评判体系,即不再将文学看作是对现实的依附,而是建构其与客观现实的共生关系。同时,在述行理论的视域下,主体、伦理、规则和规范乃至现实世界都是在不断重复的基础上建构起来的。不仅如此,作品、作家和文化制品创作者也在述行性阅读的基础上被建构。这种建构性消弭了文学、媒介和图像与客观现实的界限和等级,重申了文学研究和文艺批评的重要性和意义。

需要特别强调的是,米勒的研究是与时俱进的。他不仅对文学经典保持着长久的关注,还对当下的文化现象保有浓厚的研究兴趣。数字媒介、文化研究、人类世和新媒体等都被纳入他的研究范围,并作为他运用修辞性阅读进行述行批评的对象。米勒对新媒体和媒介的关注以及修辞性阅读理论的延伸,为我们理解和认识新媒体提供了新的维度。

尽管米勒的述行理论有着突出的理论价值和实践意义,仍然有其不足和局限:

首先,米勒述行理论自身存在着不足。米勒的述行理论一部分源于他自觉的理论建构,但还有一部分存于非自觉的批评和研究中。因此,他的述行理论并未系统化。米勒并不十分擅长系统的理论建构,他更倾向于在具体的批评实践中阐述自己的理论观念。这也使本书在进行理论梳理和总结时存有一定难度。

其次,米勒在运用述行理论进行批评实践时并非严格区分语言学意义上的述行、文学述行理论中的述行以及性别建构、社会关系领域中的述行概念,而是将诸多理论进行融合,在广义的述行观念的基础上进行研究和批评。因此,他的理论批评中常有词义混乱的现象出现。

再次,米勒过于强调语言符号的自律性和异质性,而忽略了主观自为性和同质性。过于强调语言的建构意义,而忽视语言描述、再现客观现实的意义。米勒重视语言的行事能力,但并不是每一个语言和每一个阅读行为都是以建构为目的,或都能够具有建构的效用的。

最后,述行理论视域下的一切都是被重复建构的、永不会完成的。作者和作品在每一次阅读行为中被建构,法则和伦理亦然。主体性的人永不会存在,因为人也在不断被建构。

就本书的研究过程而言,米勒的理论是西方理论,而述行理论是由语言学领域引入,并受到文化社会领域运用的启发又被纳入文学研究范围的,因此本书在研究过程中竭力避免对该理论进行强制阐释。本书在研究中竭力在对米勒理论的阐释中坚守其本身、文本的含义和内涵以尽可能地还原理论的真相。同时重视西方文艺理论在文艺实践中产生的作用,侧重于其产生的效用,并坚持不否定跨文化过程中本文化的立场。

总而言之,米勒的述行理论虽然有其局限和不足,但因其建构性和融合性,在未来的理论研究和实践运用领域仍将占有一席之地。就理论领域而言,尽管米勒没有直接创建图像述行、媒介述行理论,但是他的述行观念已经向这些领域延伸。米勒基于文化实践谈论述行理论,研究怎样将理论观念运用于文化实践的问题,为述行理论的文化延伸提供了可能和启示。建立一种文化述行或可成为述行理论未来发展的一个重要方向。

就实践领域而言,米勒的述行理论在新媒体时代有着极大的拓展空间。随着新媒体时代的来临,文学面临新的转型,文化作品和现象逐渐成为大众的主要阅读对象,人们的阅读经验遭受着挑战。基于述行理论的修辞性阅读或可成为新媒体时代中最有效的阅读方法。米勒倡导修辞性阅读,并非要求读者将看到的所有文本都进行解构,更多的是提倡从意识层面树立一种观念,或者形成一种思维方式,从语言建构的角度来看待阅读对象,进而成为一种看待世界万物的自觉方式。

总而言之,希利斯·米勒的述行理论以语言为核心,强调文学与现实世界的交互关系,关注读者的阅读和批评行为的建构品格,为文艺理论和文艺研究注入了实践的活力和动力。米勒一生笔耕不辍,从未停止自己的研究,我们对于米勒的研究也不会止于本书。米勒的述行理论还有更为广泛的空间和意义值得深入挖掘和研究。

附录一 希利斯·米勒学术年表

年份	事件
1928	出生于美国弗吉尼亚州
1936	*Youth and the Future*. The Journal of Higher Education. 1936,7(5). 《青年人和未来》(论文)
1943	*In Defense of Higher Education*. The Journal of Higher Education. 1943,14(3). 《为高等教育辩护》(论文)
1944	奥柏林(Oberlin)学院,学习数学与科学专业,大二时改为英文专业
1945	*The x-Front of Sound Thinking*. The Journal of Higher Education. 1945,16(5). 《声音思维的前线》(论文)
1948	哈佛研究生院就读
1952	*The Symbolic Imagery of Charles Dickens* 《查尔斯·狄更斯的象征的想象》(博士论文)
1953—1972	任教于约翰斯·霍普金斯大学英语系
1955	*The Creation of the Self in Gerard Manley Hopkins*. ELH. 1955(22). 《杰拉德·曼利·霍普金斯的自我创造》(论文)
1956	*Baird's Ishmael*. Journal of the History of Ideas. 1956,17(4). 《贝尔德的以实玛利》(论文)
1958	*Charles Dickens: The World of His Novels*. Cambridge: Harvard University Press. 《查尔斯·狄更斯的小说世界》(专著)
1961	*The Imagination of Charles Dickens*. Victorian Studies. 1961(2). 《查尔斯·狄更斯的想象》(论文)
	"Orion" in "The Wreck of the Deutschland". Modern Language Notes. 1961(6). 《"德国残骸"中的"猎户座"》(论文)

(续表)

年份	事　件
1963	*The Disappearance of God：Five Nineteenth-Century Writers*. Cambridge：University of Illinois Press. 《上帝的消失:5位19世纪的作家》(专著)
	The Literary Criticism of Georges Poulet. Modern Language Notes. 1963,78(5). 《乔治·普莱的文学批评》(论文)
1964	*Wallace Stevens' Poetry of Being*. ELH. 1964(31). 《华莱士·史蒂文斯诗歌中的存在》(论文)
1965	*Poets of Reality：Six Twentieth-Century Writers*. Cambridge：Harvard University Press. 《诗歌的现实:6位20世纪的作家》(专著)
1966	*The Geneva School*. Critical Quarterly. 1966,8(4). 《日内瓦学派》(论文)
	Action on the Inner Stage. Virginia Quarterly Review. 1966,42(4). 《在内部采取行动》(论文)
	The Antitheses of Criticism：Reflections on the Yale Colloquium. Modern Language Notes. 1966,81(5). 《批评的对立:对耶鲁座谈会的反思》(论文)
	Forms of Extremity in the Modern Novel. The Old Testament Student. 1966.46(3). 《现代小说中的肢体的形式》(论文)
1967	*The Geneva School*. Virginia Quarterly Review. 1967,43(3). 《日内瓦学派》(论文)
1968	*The Form of Victorian Fiction：Thackeray, Dickens, Trollope, George Eliot, Meredith, and Hardy*. Arete Press of Case Western Reserve University. 《维多利亚时期的小说形式:萨克雷、狄更斯、特罗洛普、乔治·艾略特、梅瑞狄斯和哈代》(专著)
1969	*Howe on Hardy's Art*. Novel：A Forum on Fiction. 1969,2(3). 《豪先生论哈代艺术》(书评)
	Recent Studies in the Nineteenth Century. Studies in English Literature, 1500 - 1900. 1969,9(4). 《19世纪的当代研究》(论文)

(续表)

年份	事 件
1970	*Thomas Hardy*：*Distance and Desire*. Cambridge：Harvard University Press. 《托马斯·哈代：距离与欲望》（专著） *The Sources of Dickens's Comic Art*：*From American Notes to Martin Chuzzlewit*. Nineteenth-Century Fiction. 1970,24(4). 《狄更斯漫画艺术的来源：从美国笔记到马丁·朱述尔维特》（论文） *Recent Studies in the Nineteenth Century*：*Part* Ⅱ. Studies in English Literature, 1500–1900. 1970,10(1). 《19世纪的当代研究Ⅱ》（论文）
1971	J. Hillis Miller, David Borowitz. *Charles Dickens and George Cruikshank*. William Andrews Clark Memorial Library. 《查尔斯·狄更斯和乔治·克鲁克香克》（专著） *The Still Heart*：*Poetic Form in Wordsworth*. New Literary History. 1971(2). 《永恒的心：华兹华斯的诗歌形式》（论文）
1972—1986	任教于耶鲁大学
1972	*Tradition and Difference*. Diacritics. 1972,2(4). 《传统和差异》（书评）
1974	*Narrative and History*. ELH. 1974：(41). 《叙事和历史》（论文）
1975	*Myth as "Hieroglyph" in Ruskin*. Studies in the Literary Imagination. 1975,8(2). 《拉斯金作品中作为"象形文字"的谜题》（论文） *Deconstructing the Deconstructers*. Diacritics. 1975,5(2). 《解构解构者》（论文）
1976	*Ariadne's Thread*：*Repetition and the Narrative Line*. Critical Inquiry. 1976,9(3). 《阿里阿德涅的威胁：重复和叙事线》（论文） "*Beginning with a Text*". Diacritics. 1976,6(3). 《"从文本开始"》（书评）
1977	*The Critic as Host*. Critical Inquiry. 1977,3(3). 《作为主人的批评》（论文）
1978	*The Problematic of Ending in Narrative*. Nineteenth-Century Fiction. 1978,33(1). 《在叙事中结尾的问题》（论文）

(续表)

年份	事件
1979	*On Edge*：*The Crossways of Contemporary Criticism*. Bulletin of the American Academy of Arts and Sciences. 1979,32(4). 《在边缘：当代批评的卫道士》(论文) *Theology and Logology in Victorian Literature*. Journal of the National Association of Biblical Instructors. 1979,47(2). 《维多利亚时期文学中的神学与逻辑学》(论文)
1980	*Theory and Practice*：*Response to Vincent Leitch*. Critical Inquiry. 1980,6(4). 《理论和实践：对文森特·里奇的回应》(论文) *A Guest in the House*：*Reply to Shlomith Rimmon-Kenan's Reply*. Poetics Today. 1980,2(1b). 《做客：对洛米斯·里蒙-凯南的回应的回应》(论文) *The Figure in the Carpet*. Poetics Today. 1980,1(3). 《地毯的图像》(论文) "*Wuthering Heights*" *and the Ellipses of Interpretation*. Religion and Literature. 1980,2(2). 《〈呼啸山庄〉与解读的椭圆》(论文) Barbara Hardy, J. Hillis Miller, Richard Poirier. *Middlemarch*, *Chapter* 85：*Three Commentaries*. Nineteenth-Century Fiction. 1980,35(3). 《三位评论家论〈米德尔马契(第85章)〉》(论文)
1981	*Dismembering and Disremembering in Nietzsche's* "*On Truth and Lies in a Nonmoral Sense*". Boundary 2. 1981(9/10). 《尼采"关于真理和谎言的非道德意识"中的解体和消解》(论文)
1982	*Fiction and Repetition*：*Seven English Novels*. Cambridge：Harvard University Press. 《小说与重复：五部英国小说》(专著) *Trollope's Thackeray*. Nineteenth-Century Fiction. 1982,37(3). 《特罗洛普的萨克雷》(论文) *The Interpretation of Otherness*. The Old Testament Student. 1982,62(3). 《他者的阐释》(论文)
1984	*Constructions in Criticism*. Boundary 2. 1984(12/13). 《批评的建构》(论文)

(续表)

年份	事件
1985	*The Linguistic Moment*:*from Wordsworth to Stevens*. Princeton:Princeton University Press. 《语言学的时刻:从华兹华斯到史蒂文斯》(专著) *The Lesson of Paul de Man*. New Haven:Yale University Press. 《保罗·德曼的教训》(专著) *Impossible Metaphor*:*Stevens's "The Red Fern" as Example*. Yale French Studies. 1985(69). 《不可能的隐喻:以史蒂文斯的"红蕨"为例》(论文)
1986—2002	任职于加州大学尔湾分校
1987	*The Ethics of Reading*:*Kant*,*de Man*,*Eliot*,*Trollope*,*James*,*and Benjamin*. New York:Columbia University Press. 《阅读的伦理:康德、德曼、艾略特、特罗洛普、詹姆斯和本雅明》(专著) *Presidential Address 1986*:*the Triumph of Theory*,*the Resistance to Reading*,*and the Question of the Material Base*. Publications of the Modern Language Association of America. 1987,102(3). 《1986年总统讲话:理论的胜利·对阅读和物质基础问题的抵抗》(论文)
1988	*Literature and History*:*The Example of Hawthorne's "The Minister's Black Veil"*. Bulletin of the American Academy of Arts and Sciences. 1988,41(5). 《文学和历史:以霍桑"部长的黑色面纱"为例》(论文) Eugene Goodheart, J. Hillis Miller. *Hillis Miller and His Critics*. The Modern Language Association of America. 1988,103(5). 《希利斯·米勒和他的批评》(访谈)
1990	*Versions of Pygmalion*. Cambridge:Harvard University Press. 《皮格马利翁的版本》(专著) *Victorian Subjects*. New York:Harvester Wheatsheaf. 《维多利亚时期的主题》(专著) *Naming and Doing*:*Speech Acts in Hopkins's Poems*. Notre Dame English Journal. 1990(2/3). 《命名和行事:霍普金斯诗歌中的言语行为》(论文) *Defending Deconstruction*. The Wilson Quarterly. 1990,14(3). 《为解构辩护》(论文)

(续表)

年份	事 件
1991	*Theory Now and Then*. New York: Harvester Wheatsheaf. 《理论今夕》(专著) *Hawthorne & History: Defacing It*. Oxford: Blackwell Pub. 《丑化:霍桑和历史》(专著) *Tropes, Parables, Performatives: Essays on Twentieth Century Literature*. Durham: Duke University Press. 《寓言、比喻、述行性:关于20世纪文学的随笔》(专著)
1992	*Ariadne's Thread: Story Lines*. New Haven: Yale University Press. 《阿里阿德涅的线:故事线》(专著) *Illustration*. Cambridge: Harvard University Press. 《图绘》(专著) *Temporal Topographies: Tennyson's Tears*. Victorian Poetry. 1992, 30(3). 《时间拓扑:丁尼生的眼泪》(论文) *Interlude as Anastomosis in "Die Wahlverwandtschaften"*. Goethe Yearbook. 1992. 《〈亲和力〉中作为吻合术的插曲》(论文) *Literature and Value: American and Soviet Views*. Profession - MLA. 1992. 《文学和价值:美国和苏联的观点》(论文)
1993	*New Starts: Performative Topographies in Literature and Criticism*. Taipei: The Institute of European and American Studies, Academic Sinica. 《新起点:文学与批评中的述行地形学》(专著)
1994	*Derrida's Topographies*. South Atlantic Review. 1994, 59(1). 《德里达的地形学》(论文)
1995	*Topographies*. Stanford: Stanford University Press. 《地形学》(专著) *History, Narrative and Responsibility: Speech Acts in Henry James's "The Aspern Papers"*. Textual Practice. 1995, 9(2). 《历史、叙事和责任:亨利·詹姆斯〈阿彭斯文稿〉中的言语行为》(论文) *The University of Dissensus*. Oxford Literary Review. 1995, 17(1). 《大学中的契约解除》(论文) *The Ethics of Hypertext*. Diacritics. 1995, 25(3). 《超文本的伦理》(论文) *What Is the Future of the Print Record?*. Profession - MLA. 1995. 《印刷文本的未来是什么?》(论文)

(续表)

年份	事　件
1996	*Literary Study in the Transnational University*. Profession-MLA. 1996. 《跨文化大学中的文学研究》（论文）
1997	George Hoffmann, J. Hillis Miller, Jacques Raphanel, Flossie Lewis, Louise K. Horowitz. *The Changing Academy [with Reply]*. Profession-MLA. 1997. 《正在改变的学科》（带回应）（对话）
1998	*Reading Narrative*. Oklahoma: Oklahoma University Press. 《阅读叙事》（专著）
1999	*Black Holes*. Stanford: Stanford University Press. 《黑洞》（专著）
2000	"*World Literature*": *In the Age of Telecommunications*. World Literature Today. 2000, 74(3). 《数字媒介时代中的"世界文学"》（论文）
2001	*Others*. Princeton: Princeton University Press. 《他者》（专著） *Speech Acts in Literature*. Stanford: Stanford University Press. 《文学中的言语行为》（专著） *Derrida, Benjamin, the Internet, and the New International*. Parallax. 2011, 7(3). 《德里达、本雅明、互联网和新国际》（论文） *Literary Study Among the Ruins*. Diacritics. 2001, 31(3). 《废墟中的文学研究》（论文）
2002	*On Literature*. New York and London: Routledge. 《论文学》（专著） *Promises, Promises: Speech Act Theory, Literary Theory, and Politico-Economic Theory in Marx and De Man*. New Literary History. 2002(1). 《承诺，承诺：马克思和德曼的言语行为理论、文学理论和政治经济学理论》（论文）
2003	*The "Quasi-Turn-of-Screw Effect": How to Raise a Ghost with Words*. OLR-Oxford Literary Review. 2003(25). 《"回旋效应"：如何用词语唤起鬼魂》（论文）

(续表)

年份	事件
2004	*Aphorism as Instrument of Political Action in Nietzsche*. Parallax. 2004(32). 《尼采的政治行为中作为工具的格言》(论文) *Parody as Revisionary Critique: Charles Palliser's The Quincunx*. Postmodern Studies. 2004(35). 《对修订批评的嘲弄:查尔斯·帕利泽的梅花》(论文) *Moving "Critical Inquiry"*. Critical Inquiry. 2004,30(2). 《推进"批判性"调查》
2005	*The J. Hillis Miller Reader*. Edinburgh: Edinburgh University Press and Stanford: Stanford University Press. 《希利斯·米勒读本》(专著) *Literature as Conduct: Speech Acts in Henry James*. New York: Fordham University Press. 《文学作为行为:亨利·詹姆斯的言语行为》(专著)
2006	*Part Four after Automobility: Virtual Automobility: Two Ways to Get a Life*. Sociological Review. 2006,54(S1). 《移动汽车之后的第四阶段:虚拟汽车·两种生活方式》(论文) *Oscar in The Tragic Muse*. Arizona Quarterly: A Journal of American Literature, Culture and Theory. 2006,62(3). 《悲剧缪斯中的奥斯卡》(论文) *Derrida's Destinerrance*. Modern Language Notes. 2006,121(4). 《德里达的黑笔记本》(论文) *Derrida's Remains*. Mosaic-Winnipeg. 2006,33(1). 《德里达的遗产》(论文)
2007	*Boundaries in Beloved*. Symploke. 2007,15(1). 《真爱的界限》(论文) *A Defense of Literature and Literary Study in a Time of Globalization and the New Tele-technologies*. Neohelicon. 2007,34(2). 《全球化和新电子媒介时代中文学和文学研究的辩护》(论文) *"Don't Count Me in": Derrida's Refraining*. Textual Practice. 2007,21(2). 《德里达的抵制:"不要将我纳入其中"》(论文) *Performativity as Performance / Performativity as Speech Act: Derrida's Special Theory of Performativity*. South Atlantic Quarterly. 2007,106(2). 《述行性作为表演/述行性作为言语行为:德里达的异述行》(论文) *Literature and a Woman's Right to Choose: Not to Marry*. Diacritics. 2007,35(4). 《文学以及女性的选择权:不结婚》(论文)

(续表)

年份	事件
2008	*Reading (about) Modern Chinese Literature in a Time of Globalization.* Modern Language Quarterly. 2008,69(1). 《在全球化语境中阅读现代中国文学》(论文) *What Do Stories about Pictures Want?.* Critical Inquiry. 2008(7). 《关于图片的故事想要什么?》(论文) *Derrida's Politics of Autoimmunity.* Discourse-Journal for Theoretical Studies in Media and Culture. 2008,30(1). 《德里达的自身免疫的政治》(论文)
2009	*The Medium is the Maker: Browning, Freud, Derrida, and the New Telepathic Ecotechnologies.* Brighton: Sussex Academic Press. 《媒介是制造者:布朗宁、弗洛伊德、德里达和新心灵感应》(专著) *For Derrida.* New York: Fordham University Press. 《致德里达》(专著) *"Mr. Sludge, C'est moi": The Conflict of Media.* The Hopkins Review. 2009,2(2). 《这是我大污泥先生:媒介的冲突》(论文)
2010	*Anachronistic Reading.* Derrida Today. 2010,3(1). 《不合时宜的阅读》(论文)
2011	*The Conflagration of Community: Fiction Before and After Auschwitz.* Chicago: The University of Chicago Press. 《社区的冲突:奥斯维辛之前和之后的小说》(专著) *Resignifying "Excitable Speech".* Women's Studies Newsletter. 2011,39(1). 《重新激活"令人兴奋的言语"》(论文) *Should We Read or Teach Literature Now?.* Anglia-Zeitschrift für Englische Philologie. 2011,129(1-2). 《我们现在应该如何阅读和教授文学?》(论文) *Globalization and World Literature.* Neohelicon. 2011,38(2). 《全球化和世界文学》(论文)
2012	*Reading for Our Time: "Adam Bede" and "Middlemarch" Revisited.* Edinburgh: Edinburgh University Press. 《我们这个时代的阅读:重读〈亚当·贝德〉和〈米德尔马契〉》(专著) *How To (Un)Globe the Earth in Four Easy Lessons.* SubStance. 2012,41(1). 《如何在四个轻松的教训中进行全球化(非全球化)》(论文)

(续表)

年份	事件
2013	*Response by J. Hillis Miller*. Comparative Literature Studies. 2013, 50(2). 《希利斯·米勒的回应》（论文） *Literature Matters Today*. SubStance. 2013, 42(2). 《今天的文学问题》（论文） *Stray Savages All Around: Performative James or Fiction as Forgery*. Literary Imagination. 2013, 15(1). 《四处流浪的野人：詹姆斯或伪作的述行》
2014	*Communities in Fiction*. New York: Fordham University Press. 《小说中的共同体》（专著） *How to Read the Derridas: Indexing moi et moi, Der und Der*. Oxford Literary Review. 2014, 36(2). 《如何阅读德里达》（论文） *The Waves as Exploration of (An) Aesthetic of Absence*. University of Toronto Quarterly. 2014, 83(3). 《波浪作为美学缺席的探索》（论文）
2015	*How to Read the Derridas: Indexing moi et moi, Der und Der, me and me, this one and that one*. Derrida Today. 2015, 8(1). 《如何阅读德里达》 *The Anatomy of Bloom: Harold Bloom and the Study of Influence and Anxiety by Alistair Heys*. Wallace Stevens Journal. 2015, 39(2). 《布鲁姆的解剖学：阿利斯泰尔·西斯关于哈罗德·布鲁姆的影响和焦虑研究》（书评）
2016	*Twilight of the Anthropocene Idols*. London: Open Humanities Press. 《人类世偶像的黄昏》（专著） *On First Looking into Derrida's Glas*. Paragraph. 2016, 39(2). 《德里达的格拉斯初探》（论文）
2017	*Differences in the Discipline of Literary Study*. Symploke. 2017, 25(1). 《文学研究学科的差异》（论文）

附录二 希利斯·米勒在中国

时间	事件
1987	《"耶鲁四人帮"之一：希利斯·米勒》(王逢振著)，发表于《外国文学》，首次将希利斯·米勒引介到中国
1988	米勒第一次访问中国，于北京大学、中国社会科学院发表学术演讲
1994	分别于北京大学、中国社会科学院发表演讲
1995	《跨越边界：翻译·文学·批评》(单德兴编译)，台北书林出版公司出版
1997	分别于北京大学、中国社会科学院发表演讲
1998	论文《论全球化对文学研究的影响》(郭英剑编译)，发表于《当代外国文学》1998年01期
1999	于中国社会科学院发表演讲
2000	于北京语言大学发表演讲 参加"马克思主义美学的现状与未来国际学术研讨会"并发表演讲
2000	文集《重申解构主义》(郭英剑等译)，中国社会科学出版社出版
2001	分别于辽宁大学、清华大学、北京语言大学、北京师范大学发表演讲
2001	论文《亚里士多德的俄狄浦斯情结》(申丹译)，发表于《南方文坛》2001年01期
2001	论文《全球化时代文学研究还会继续存在吗？》(国荣译)，发表于《文学评论》2001年01期
2002	《解读叙事》(申丹译)，北京大学出版社出版
2003	分别于清华大学、苏州大学发表演讲
2004	分别于郑州大学、中国人民大学和清华大学发表演讲

(续表)

时间	事　　件
2005	分别于华中师范大学、深圳大学和山东大学发表演讲
	论文《文学中的后现代伦理：晚期德里达、莫里森及其他》(何卫华译)，发表于《华中师范大学学报(人文社会科学版)》2005 年 06 期
	论《托马斯·品钦的后现代叙事——〈秘密融合〉》(徐颖果译)，发表于《西北师大学报(社会科学版)》2005 年 05 期
	论文《从主权与无条件性看德里达的"整体性他者"》，发表于《清华大学学报(哲学社会科学版)》2005 年 02 期
2006	分别于武汉大学、清华大学发表演讲
	以米勒的理论为研究对象的博士学位论文《希利斯·米勒文学观的元观念探幽发微》(肖锦龙著)发表
	以米勒的理论为研究对象的博士学位论文《论希利斯·米勒的解构批评》(张青岭著)发表
	访谈：《对文学研究的呼唤：J. 希利斯·米勒访谈录》(生安锋)，发表于《外国文学研究》2006 年 06 期
2007	《文学死了吗？》(秦立彦译)，广西师范大学出版社出版
	访谈《批评的愉悦·解构者的责任与叙述自由：米勒访谈》(生安锋)，发表于《国外理论动态》2007 年 01 期。
2008	分别于南京邮电大学和南京师范大学发表学术演讲
	《小说与重复》(王宏图译)，天津人民出版社出版
2009	以米勒的理论为研究对象的博士学位论文《阅读的伦理：希利斯·米勒批评理论探幽》(郭艳娟著)发表
2010	分别于上海交通大学和广东外语外贸大学发表学术演讲
	论文《中美文学研究比较》(黄德先译)，发表于《外国文学》2010 年 04 期
	论文 Challenges to World Literature，发表于《中国比较文学》2010 年 04 期
2011	分别于扬州大学和南京大学发表学术演讲
	《土著与数码冲浪者——米勒中国演讲集》(易晓明编)，吉林出版社出版
	论文《在全球化时代阅读现(当)代中国文学》(史国强译)，发表于《当代作家评论》2011 年 05 期
	米勒研究专著《意识批评、语言分析、行为研究——希利斯·米勒的文学批评之批评》(肖锦龙著)，北京高等教育出版社出版
	米勒研究专著《希利斯·米勒解构批评研究》(秦旭著)，社会科学文献出版社出版
	米勒研究专著《在理论和实践之间——J. 希利斯·米勒解构主义文论管窥》(申屠云峰、曹艳著)，光明日报出版社出版

(续表)

时间	事件
2012	分别于北京语言大学、北京大学和清华大学发表学术演讲
	以米勒的理论为研究对象的博士学位论文《希利斯·米勒文学言语行为理论研究》(王月著)发表
2013	论文 Why Literature Matters to Me,发表于《中国比较文学》2013 年 04 期
	论文《文学在当下的"物质性"和重要性》(丁夏林译),发表于《国外文学》2013 年 02 期
2015	论文《论罗斯金,或"刮的艺术"》(钱文逸译),发表于《新美术》2015 年 02 期
	对话《J. 希利斯·米勒致张江的第二封信》(王敬慧译),发表于《文学评论》2015 年 04 期
2016	《J. 希利斯·米勒文集》(王逢振、周敏主编),中国社会科学出版社出版
	《萌在他乡——米勒中国演讲集》(国荣译),南京大学出版社出版
	论文《对全球对话主义和价值星丛的对话性回应》(高丽萍译),发表于《中国比较文学》2016 年 04 期

参 考 文 献

一、英文文献
(一) 著作

[1] MILLER H. The form of Victorian fiction[M]. Cleveland: Arete Press of Case Western Reserve University, 1979.

[2] MILLER H. Fiction and repetition: seven english novels [M]. Cambridge: Harvard University Press, 1981.

[3] MILLER H. The ethics of reading [M]. New York: Columbia University Press, 1987.

[4] MILLER H. Versions of Pygmalion [M]. Cambridge: Harvard University Press, 1990.

[5] MILLER H. Illustration[M]. Cambridge: Harvard University Press, 1992.

[6] MILLER H. Literature as conduct: speech acts in Henry James[M]. New York: Fordham University Press, 2009.

[7] MILLER H. New starts: performative to pographies in literature and criticism[M]. Taipei: The Institute of European and American Studies, Academic Sinica, 1993.

[8] MILLER H. Speech acts in literature [M]. Stanford: Stanford University Press, 2001.

[9] MILLER H. Tropes, parables, performatives: essays on twentieth century literature[M]. Durham: Duke University Press, 1991.

[10] MILLER H. Theory now and then [M]. New York: Harvester

Wheatsheaf, 1991.

[11] MILLER H. Ariadne's thread: story lines[M]. New Haven: Yale University Press, 1992.

[12] MILLER H. Reading narrative [M]. Norman: University of Oklahoma Press, 1998.

[13] MILLER H. Black holes [M]. Stanford: Stanford University Press, 1999.

[14] MILLER H. Others[M]. Princeton: Princeton University Press, 2001.

[15] MILLER H. On literature[M]. New York: Routledge Press, 2002.

[16] MILLER H. For Derrida [M]. New York: Fordham University Press, 2009.

[17] MILLER H. The conflagration of community: fiction before and after Auschwitz[M]. Chicago: University of Chicago Press, 2011.

[18] MILLER H. Reading for our time: "Adam Bede" and "Middlemarch" tevisited[M]. Edinburgh: Edinburgh University Press, 2012.

[19] MILLER H. Communities in fiction [M]. New York: Fordham University Press, 2015.

[20] COHEN T, COLEBROOK C, MILLER H. Twilight of anthropocene idols[M]. London: Open Humanities Press, 2016.

[21] MILLER H. The medium is the maker: Browning, Freud, Derrida, and the new telepathic ecotechnologirs[M]. Portland: Sussex Academic Press, 2009.

[22] DUNNE É. Hillis Miller and the possibilities of reading: literature after deconstruction[M]. New York: The Continuum International Publishing Group Inc, 2010.

[23] DUNNE É. Reading theory now: an abc of good reading with Hillis Miller[M]. New York: Bloomsbury Academic, 2013.

[24] HABERMAS J. The theory of communicative action vol. II [M]. Boston: Beacon Press, 1987.

[25] BUTLER J. Bodies that matter: on the discursive limits of "Sex" [M]. New York: Routledge,1993.

[26] HARTMAN G. The fate question of culture [M]. New York: Columbia University Press,1997.

[27] GOETHE. Theory of colours[M]. London: John Murray,1840.

[28] DERRIDA J, STIGLER B. Echographoes of television: filmed interviews[M]. Trans. Jennifer Bajorek. Cambridge: Polity Press, 2002.

[29] MAN de P. The resistance to theory[M]. Minneapolis: University of Minnesota Press, 1986.

[30] CARLOS W. William: a collection of critical [M]. Englewood Cliffs: Prentice-Hall Inc, 1966.

[31] GORDON P. The critical double: figurative meaning in aesthetic discourse[M]. Tuscaloosa: The University of Alabama Press, 1995.

[32] SEARLE J. Speech acts: an essay in the philosophy of language[M]. 北京:外语教学与研究出版社,2001.

[33] DERRIDA J. Acts of literature[M]. London: Routledge,1992.

[34] ESTERHAMMER A. The romantic performative: language and action in British and German romanticism[M]. Stanford: Stanford University Press, 2000.

(二) 论文

[1] MILLER H. Narrative[M]// LENTRICCHIA F, MCLAUGHLIN T. Critical terms for literary study. Chicago: The University of Chicago Press, 1990.

[2] MILLER H. Robert Browning[M]// RAWSON C. English poets. Cambridge: Cambridge University Press,2011.

[3] MILLER H. Derrida and literature[M]// COHEN T. Jacques Derrida and the humanitier: a critical reader. Cambridge: Cambridge University Press, 2001.

[4] BEARDSLEY M. Deconstruction and criticism by Harold Bloom, Paul

de Man, Jacques Derrida, Geoffrey Hartman and Hillis Miller[J]. The Journal of Aesthetics and Art Criticism, 1980, 39(2):219-221.

[5] JOSEPH G. The ethics of reading: Kant, de Man, Eliot, Trollope, and Benjamin by J. Hillis Miller[J]. The Journal of Aesthetics and Art Criticism, 1987, 46(2):312.

[6] RENDALL S. The ethics of reading: Kant, de Man, Eliot, Trollope, and Benjamin by Hillis Miller[J]. Comparative Literature, 1990, 42(1).

[7] SCHOLES R. The pathos of deconstruction[J]. A Forum on Fiction, 1989, 22(2):223.

[8] REDFIELD M. Humanizing de Man[J]. Diacritics, 1989, 19(2):35.

[9] FOSSO K, HARP J. J. Hillis Miller's virtual reality of reading[J]. College English, 2012, 75:79-94.

[10] ROMERO L. Making history[J]. NOVEL: A Forum on Fiction, 1993, 26(2):215.

[11] THAKKA S. *J. Hillis Miller* The conflagration of community: fiction before and after Auschwitz[J]. Modern Philology, 2014, 112(1):118-125.

[12] SCHOLES R. The pathos of deconstruction[J]. NOVEL: A Forum on Fiction, 1989, 22(2):223.

[13] VALKONEN P. Showing a little promise: identifying and retrieving explicit illocutionary acts from a corpus of written prose[M]//JUCKER A H, TAAVITSAINEN I. Speech acts in the history of English. Amsterdam: John Benjamins Publishing Company, 2008:247-272.

[14] KOHNEN T. Tracing directives through text and time: towards a methodology of a corpus-based diachronic speech-act analysis[M]//JUCKER A, TAAVITSAINEN I. Speech acts in the history of English. Amsterdam: John Benjamins Publishing Company, 2008:295-310.

二、中文文献

（一）著作

[1] 米乐. 跨越边界:翻译·文学·批评[M]. 单德兴,编译. 台北:书林出版

公司,1995.

[2] 米勒.重申解构主义[M].郭英剑,等译.北京:中国社会科学出版社,2000.

[3] 米勒.解读叙事[M].申丹,译.北京:北京大学出版社,2002.

[4] 米勒.文学死了吗[M].秦立彦,译.桂林:广西师范大学出版社,2007.

[5] 米勒.小说与重复[M].王宏图,译.天津:天津人民出版社,2008.

[6] 米勒.希利斯·米勒文集[M].北京:中国社会科学出版社,2016.

[7] 米勒.土著与数码冲浪者:希利斯·米勒中国演讲集[M].长春:吉林人民出版社,2004.

[8] 米勒.萌在他乡:米勒中国演讲集[M].国荣,译.南京:南京大学出版社,2016.

[9] 肖锦龙.意识批评、语言分析、行为研究:希利斯·米勒的文学批评之批评[M].北京:高等教育出版社,2011.

[10] 秦旭.希利斯·米勒解构批评研究[M].北京:社会科学文献出版社,2011.

[11] 申屠云峰,曹艳.在理论和实践之间:J.希利斯·米勒解构主义文论管窥[M].北京:光明日报出版社,2011.

[12] 奥斯汀.如何以言行事:1955年哈佛大学威廉·詹姆斯讲座[M].杨玉成,赵京超,译.北京:商务印书馆,2012.

[13] 布莱.批评意识[M].郭宏安,译.南昌:百花洲文艺出版社,1993.

[14] 本雅明.启迪:本雅明文选[M].张旭东,王斑,译.北京:生活·读书·新知三联书店,2012.

[15] 哈贝马斯.交往与社会进化[M].张博树,译.重庆:重庆出版社,1989.

[16] 伊格尔顿.二十世纪西方文学理论[M].伍晓明,译.北京:北京大学出版社,2007.

[17] 伊格尔顿.审美意识形态[M].王杰,傅德根,麦永雄,译.桂林:广西师范大学出版社,2001.

[18] 伊格尔顿.理论之后[M].商正,译.北京:商务印书馆,2009.

[19] 亚里士多德.诗学[M].陈中梅,译.北京:商务印书馆,2012.

[20] 艾布拉姆斯.镜与灯:浪漫主义文论及批评传统[M].郦稚牛,张照进,

童庆生,译. 北京:北京大学出版社,2015.

[21] 杜威. 艺术即经验[M]. 高建平,译. 北京:商务印书馆,2005.

[22] 卡勒. 文学理论入门[M]. 李平,译. 南京:译林出版社,2013.

[23] 塞尔. 意向性:论心灵哲学[M]. 刘叶涛,译. 上海:上海人民出版社,2007.

[24] 麦克奎兰. 导读德曼[M]. 孔锐才,译. 重庆:重庆大学出版社,2015.

[25] 德曼. 阅读的寓言[M]. 沈勇,译. 天津:天津人民出版社,2007.

[26] 朗格. 情感与形式[M]. 刘大基,傅志强,周发祥,译. 北京:中国社会科学出版社,1986.

[27] 伽达默尔. 真理与方法[M]. 洪汉鼎,译. 上海:上海译文出版社,2004.

[28] 胡塞尔. 纯粹现象学通论[M]. 李幼蒸,译. 北京:商务印书馆,1992.

[29] 韦勒克,沃伦. 文学理论[M]. 刘象愚,等译. 北京:文化艺术出版社,2010.

[30] 费瑟斯通. 消费文化与后现代主义[M]. 刘精明,译. 南京:译林出版社,2000.

[31] 布鲁姆. 西方正典[M]. 江宁康,译. 南京:译林出版社,2015.

[32] 布雷德坎普. 图像行为理论[M]. 宁瑛,钟长盛,译. 南京:译林出版社,2016.

[33] 德布雷. 媒介学引论[M]. 刘文玲,陈卫星,译. 北京:中国传媒大学出版社,2014.

[34] 麦克卢汉. 理解媒介:论人的延伸[M]. 何道宽,译. 南京:译林出版社,2011.

[35] 麦克卢汉,等. 麦克卢汉精粹[M]. 何道宽,译. 南京:南京大学出版社,2000.

[36] 马克思. 马克思恩格斯选集:第2卷[M]. 2版. 北京:中央编译局,1995.

[37] 马克思. 1844年经济学—哲学手稿[M]. 中共中央马克思恩格斯列宁斯大林著作编译局,编译. 北京:人民出版社,2000.

[38] 黑格尔. 美学:第2卷[M]. 朱光潜,译. 北京:商务印书馆,1979.

[39] 卡西尔. 人论[M]. 甘阳,译. 上海:译文出版社,1985.

[40] 佩珀雷.后人类景况[M]//盖恩,比尔.新媒介:关键概念.上海:复旦大学出版社,2015.

[41] 迈尔-舍恩伯格,库克耶.大数据时代:生活、工作与思维的大变革[M].盛杨燕,周涛,译.杭州:浙江人民出版社,2012.

[42] 勒庞.乌合之众:大众心理研究[M].王浩宇,译.北京:群言出版社,2015.

[43] 韦尔施.重构美学[M].陆扬,张岩冰,译.上海:上海译文出版社,2006.

[44] 朱立元.当代西方文艺理论[M].上海:华东师范大学出版社,2005.

[45] 陈嘉映.语言哲学[M].北京:北京大学出版社,2003.

[46] 谭好哲.文艺与意识形态[M].济南:山东大学出版社,1997.

[47] 王汶成.文学语言中介论[M].济南:山东大学出版社,2002.

[48] 王汶成.文学及其语言[M].北京:人民出版社,2012.

[49] 张瑜.文学言语行为论研究[M].上海:学林出版社,2009.

[50] 张龙海.哈罗德·布鲁姆的文学观[M].上海:上海外语教育出版社,2012.

[51] 赵宪章,王汶成.艺术与语言的关系研究[M].北京:人民出版社,2013.

[52] 谢龙新.文学叙事与言语行为[M].北京:中国社会科学出版社,2017.

[53] 冯宪光."西方马克思主义"美学研究[M].重庆:重庆出版社,1997.

[54] 孙婷婷.朱迪斯·巴特勒的述行理论与文化实践[M].北京:中国社会科学出版社,2015.

[55] 聂珍钊.文学伦理学批评导论[M].北京:北京大学出版社,2014.

[56] 岳梁.幽灵学方法批判[M].北京:人民出版社,2008.

[57] 许国璋.许国璋文集1[M].北京:商务印书馆,1997.

[58] 张彦远.历代名画记[M].新1版(影印本).北京:中华书局,1985.

[59] 戚良德.文心雕龙校注通译[M].上海:上海古籍出版社,2008.

[60] 苏轼.跋蒲传正燕公山水[M]//俞剑华.中国画论类编.北京:人民美术出版社,1986.

[61] 徐复观.中国艺术精神[M].上海:华东师范大学出版社,2001.

[62] 申丹.结构与解构:评希尔斯·米勒的"反叙"[M]//欧美文学论丛 第三辑.北京:人民文学出版社,2003.

(二) 学位论文

[1] 肖锦龙.希利斯·米勒文学观的元观念探幽发微[D].北京:北京师范大学,2006.

[2] 张青岭.论希利斯·米勒的解构批评[D].北京:北京师范大学,2006.

[3] 王建香.文学述行:当代西方文论中的言语行为视域[D].北京:北京师范大学,2008.

[4] 郭艳娟.阅读的伦理:希利斯·米勒批评理论探幽[D].北京:北京语言大学,2009.

[5] 王月.希利斯·米勒文学言语行为理论研究[D].济南:山东大学,2012.

[6] 余双梅.论希利斯·米勒的解构主义阅读观[D].济南:山东大学,2014.

[7] 杨彩娟.文学述行理论及其方法论意义[D].济南:山东大学,2017.

(三) 期刊论文

[1] 米勒.现代性、后现代性与新技术制度[J].陈永国,译,文艺研究,2000(5):134-148.

[2] 陈晓明.美国解构主义在中国的传播与接收分析[J].文艺理论研究,2012,32(6):44-52.

[3] 肖锦龙.解构批评的洞见与盲区:从希利斯·米勒的《小说和重复》谈起[J].外国文学研究,2009,31(2):81-88.

[4] 秦旭.希利斯·米勒文学解构的"异质性维度"[J].外语研究,2010(6):93-96.

[5] 何博超.论希利斯·米勒的文学解构"方法"[J].理论与创作,2009(2):22-25.

[6] 张秋娟."异质性"维度在两种重复理论中的体现:从希利斯·米勒的《小说和重复》谈起[J].文艺理论前沿,2016,15(1):60-75.

[7] 申丹.解构主义在美国:评希利斯·米勒的"线条意象"[J].外国文学评论,2001(2):5-13.

[8] 申屠云峰.作为重复的阅读[J].湖南工业大学学报(社会科学版),2010,15(3):106-108.

[9] 肖锦龙.试探希利斯·米勒的言语行为理论文学观[J].外国文学,2007(2):93-102.

[10] 肖锦龙.希利斯·米勒"文学终结论"的本义考辨[J].兰州大学学报(社会科学版),2007,35(4):15-20.

[11] 朱立元."文学终结论"的中国之旅[J].中国文学批评,2016(1):34-38.

[12] 张晓光.误读米勒与米勒的误读:评希利斯·米勒"文学死了吗"[J].文艺理论研究,2008,28(3):113-117.

[13] 罗宏."文学终结"论的中国解读[J].学术研究,2004(10):120-123.

[14] 刘阳.文化的意指与文学的意指:兼论希利斯·米勒文学认同方式悖论的一种解法[J].文艺理论研究,2012,32(5):125-131.

[15] 彭亚非.图像社会与文学的未来[J].文学评论,2003(5):30-39.

[16] 赖大仁.图像化扩张与"文学性"坚守[J].文学评论,2005(2):154-157.

[17] 肖锦龙.米勒视野中的传播媒介和文学[J].文艺理论研究,2007,27(1):32-41.

[18] 张旭.困境与出路:全球化时代希利斯·米勒的比较文学观[J].中国比较文学,2013(4):84-94.

[19] 秦旭.意识和语言的困惑:论希利斯·米勒早期文学批评之嬗变[J].苏州大学学报(哲学社会科学版),2010,31(4):132-136.

[20] 蔡熙.希利斯·米勒的狄更斯批评及其反思[J].贵州社会科学,2013(5):72-76.

[21] 赖大仁.我们今天应该如何研究文学:关于米勒近期的"文学研究"观念[J].文艺理论研究,2004,24(5):65-72.

[22] 段德宁.施为性:从语言到图像[J].中南大学学报(社会科学版),2015,21(2):182-187.

[23] 刘保山.英语中的施为句[J].现代外语,1982,5(3):7-13.

[24] 白云.王宗炎主编的《英汉应用语言学词典》问世[J].外语教学与研

究,1988,20(2):73-74.

[25] 申屠云峰. 翻译的(不)可能性[J]. 科教文汇,2010(12):152-153.

[26] 张江. 强制阐释论[J]. 文学评论,2014(6):5-18.

[27] 谭好哲."强制阐释论"系列研究的理论建构意义:兼就几个问题做进一步商讨[J]. 文艺争鸣,2017(11):123-128.

[28] 王建香,王洁群. 阶级身份述行:布迪厄社会学理论的言语行为视角[J]. 国外社会科学,2011(6):104-109.

[29] 王建香. 文学言语行为:文学与现实关系新思考[J]. 社会科学辑刊,2008(6):176-179.

[30] 王汶成. 作为言语行为的文学话语[J]. 文学评论,2016(2):65-71.

[31] 姚楠. 修辞学与文学批评[J]. 福建师范大学学报(哲学社会科学版),2010(6):46-49.

[32] 田海龙. 新修辞学的落地与批评话语分析的兴起[J]. 当代修辞学,2015(4):32-40.

[33] 闫爱华. 图像行为理论:一种理解图像的新维度[J]. 新闻界,2016(24):32-40.

[34] 余谋昌. 人类世时代的地学文化[J]. 上海师范大学学报(哲学社会科学版),2010,39(4):21-29.

[35] 丛新强. 人类中心主义的转换与超越:论赵德发的长篇新作《人类世》[J]. 当代作家评论,2017(2):157-165.

[36] 王宁."后理论时代"的理论风云:走向后人文主义[J]. 文艺理论研究,2013,33(6):4-11.

[37] 翁青青. 政治话语中的隐喻和身份构建:以英国、加拿大、中国在德班气候大会上的发言为例[J]. 国际新闻界,2013,35(8):26-36.

[38] 张谨. 论文化转型[J]. 学术论坛,2010,33(6):158-163.

[39] 李勃,段微晓. 新媒体阅读对青少年思维发展的影响[J]. 中国青年研究,2015(8):17-20.

[40] 于亦龙,王丹. 青少年新媒体阅读分析及引导方式探究[J]. 图书馆学研究,2013(22):69-74.

[41] 罗良清. 保罗·德曼:阅读的寓言理论[J]. 马克思主义美学研究,

2006(1):243-258.

[42] 黄萍.论塞尔的意向性:意向状态与言语行为[J].黑龙江社会科学,2009(6):134-136.

[43] 吕生禄.塞尔的言语行为成功条件:识解与重构[J].外语教学,2015,36(5):26-30.

[44] 何莲珍.论塞尔的言语行为理论[J].浙江大学学报,1996,10(4):111-116.

[45] 徐玫.诗画一律与"诗画异质":从莱辛的《拉奥孔》看中西诗画观差异[J].江西社会科学,2011,31(5):187-190.

[46] 代玉梅.自媒体的传播学解读[J].新闻与传播研究,2011,18(5):4-11.

后　　记

时常有人探讨文学有什么用,理论有什么用。诚然,文学和理论无法直接形成物质生产力,但语言、文学还有理论却在不同的年代、不同的语境中持续发挥着建构的力量,建构着我们认识世界的方式,建构着整个世界,也建构着作为主体的人。述行理论就是这种力量之一。

我在攻读博士学位期间接触了述行理论,尤其是希利斯·米勒的述行理论,并以此为题完成了我的博士论文。从学术领域来看,述行理论从语言本身拓展到了文学研究、媒介批评、图像阅读乃至文化领域,展现了其理论强大的生长性。当我们步入现实生活,述行理论也提供了一种新的看待世界的角度和态度,我想这便是理论的力量和意义,也是文学研究的效用。因此我在本书的写作中并不局限于理论层面的逻辑推演,而是始终将理论置于生活中进行阐释,试图展示一种阐释的可能,并从意识层面树立一种观念、一种认知和批判的方式。

2021年2月7日,J.希利斯·米勒逝世,享年92岁。希利斯·米勒教授一生致力于文学研究,他的研究视角广阔,不断追求着研究方法的创新,同时他的研究主题也紧跟现实的发展,他的理论充满了现实关照的温度。更为难得的是,他与中国学界和中国学者始终保持着密切联系,不仅让中国学者和学生能够近距离了解他的研究成果,同时也鼓励着研究者们的研究。在我的博士论文写作期间,已经90岁高龄的他始终热心而认真地回复我的邮件和问题,对我的研究给予了极大的支持并对论文的写作提出了很多建议。从他身上我看到了一个学者对理论研究的热忱,这种热忱也激励着我继续在研究的道路上前行。因此,本书的出版也是我对米勒教授的纪念。

在本书付梓之际,我要感谢我的博士导师谭好哲教授。这本书从写作思路到文章架构,从措辞、语法到标点符号,都在老师的帮助下几经打磨。谭老师为人谦逊宽和,治学态度严谨认真,有着丰厚精深的学识和广博开拓的学术视野,无论是做人还是做学问,老师都是我的榜样,老师的教诲我也将铭记终生。

我还要感谢我的父母对我无条件的支持和信任,一路走来的辛酸、压力与快乐、收获他们始终与我共担。感谢我的爱人,他不仅是我生活中的最佳搭档,更是我精神上的最佳伴侣。

本书得以出版也要感谢学校、学院的支持,特别是曹燕黎主任的支持,她不仅积极推动本书的出版,也始终鞭策着我在学术上追求进步。

最后,感谢东南大学出版社编辑为本书出版的辛勤付出。

拙作定有些许未尽之处,但是无论是回顾希利斯·米勒教授的学术生涯,还是回顾我的写作过程和博士生涯,这段经历都不仅让我收获了良师益友,增长了知识并受到了专业的学术训练,更让我获得了可以获益一生的意志品质和思维方式。

对于未来,我无惧亦无畏。

王雅楠
2022 年 7 月于南京